Como se livrar de um escândalo

Título original: *Do You Want to Start a Scandal*

EDITORA RESPONSÁVEL
Silvia Tocci Masini

EDITORAS ASSISTENTES
Carol Christo
Nilce Xavier

ASSISTENTE EDITORIAL
Andresa Vidal Vilchenski

PREPARAÇÃO
Andresa Vidal Vilchenski

REVISÃO FINAL
Sabrina Inserra

CAPA
Larissa Carvalho Mazzoni (sobre imagens de Oleksandr Lipko e Aksana Shum / Shutterstock)

DIAGRAMAÇÃO
Larissa Carvalho Mazzoni

Dados Internacionais de Catalogação na Publicação (CIP)
Câmara Brasileira do Livro, SP, Brasil

Dare, Tessa

   Como se livrar de um escândalo / Tessa Dare ; tradução A C Reis. -- 1. ed.; 2. reimp -- Belo Horizonte : Gutenberg, 2021. -- (Série Spindle Cove, 5)

   Título original: Do You Want to Start a Scandal.

   ISBN 978-85-8235-527-5

   1. Ficção histórica 2. Romance norte-americanoI. Título. II. Série.

18-14699   CDD-813

Índices para catálogo sistemático:
1. Romances históricos : Literatura norte-americana 813
Maria Paula C. Riyuzo - Bibliotecária - CRB-8/7639

A **GUTENBERG** É UMA EDITORA DO **GRUPO AUTÊNTICA**

São Paulo
Av. Paulista, 2.073, Conjunto Nacional,
Horsa I . Sala 309 . Cerqueira César
01311-940 São Paulo . SP
Tel.: (55 11) 3034 4468

Belo Horizonte
Rua Carlos Turner, 420
Silveira . 31140-520
Belo Horizonte . MG
Tel.: (55 31) 3465 4500

www.grupoautentica.com.br
SAC: atendimentoleitor@grupoautentica.com.br

Série Spindle Cove • Livro 5
Série Castles Ever After • livro 4
(CROSSOVER)

TESSA DARE

Como se livrar de um escândalo

2ª reimpressão

Tradução: A C Reis

GUTENBERG

Para meus três gatinhos cósmicos – as duas irmãs solteiras e o malandro impenitente que apareceram certa noite para agitar minha existência tranquila. Embora vocês sentem no meu teclado e derrubem café na minha mesa, o carinho e os ronronados mais do que valem a pena.

Capítulo um

Nottinghamshire, Outono de 1819

O cavalheiro de preto virou no corredor e Charlotte Highwood o seguiu. Discretamente, é claro. Ela não podia deixar que ninguém percebesse.

Os ouvidos de Charlotte captaram o clique sutil da maçaneta de uma porta mais adiante, à esquerda. A porta da biblioteca de Sir Vernon Parkhurst, se não lhe falhava a memória.

Ela hesitou em um nicho enquanto debatia em silêncio consigo mesma.

No grande esquema da Sociedade inglesa, Charlotte era uma jovem sem importância alguma. Invadir a intimidade de um marquês – ao qual ela nem tinha sido apresentada – seria o pior tipo de impertinência. Mas preferia isto a outro ano de escândalo e sofrimento.

Uma música distante vinha do salão de baile: os primeiros acordes de uma quadrilha. Se ela pretendia agir, precisava ser neste momento. Antes que ela pensasse melhor e desistisse. Na ponta dos pés, Charlotte seguiu pelo corredor e pôs a mão na maçaneta da porta.

Mães desesperadoras exigiam medidas desesperadas.

Quando ela abriu a porta, o marquês levantou os olhos. Estava sozinho, de pé atrás da escrivaninha da biblioteca. E ele era perfeito.

Por perfeito Charlotte não queria dizer atraente – embora ele o fosse. Maçãs do rosto altas, maxilar definido e um nariz tão reto que o próprio Deus deve tê-lo desenhado com uma régua. Mas todo o resto dele também afirmava perfeição. A postura, a atitude, o cabelo castanho. O ar de comando que emanava dele e dominava todo o ambiente.

Apesar do nervosismo, ela sentiu uma pontada de curiosidade. Nenhum homem podia ser perfeito. Todos tinham falhas. Se as imperfeições não eram aparentes, deviam estar escondidas nas profundezas. Mistérios sempre a intrigaram.

– Não se alarme! – Charlotte disse, fechando a porta atrás de si. – Eu vim para salvá-lo.

– Me salvar. – A voz grave e profunda deslizou por ela como veludo. – De...?

– Oh, de todo tipo de coisa. Inconveniência e humilhação, principalmente. Mas a possibilidade de ossos quebrados não está descartada.

Ele fechou uma gaveta da escrivaninha.

– Nós fomos apresentados?

– Não, meu lorde. – Atrasada, ela se lembrou de fazer uma mesura. – Quer dizer, eu sei quem você é... Piers Brandon, Marquês de Granville.

– Pelo que me lembro, você está certa.

– E eu sou Charlotte Highwood, uma das Highwood que você não tem motivo para conhecer. A menos que leia O *Tagarela*, mas o mais provável é que não leia.

Deus, espero que não.

– Uma das minhas irmãs é a Viscondessa Payne – ela continuou. – Você deve ter ouvido falar dela; Minerva gosta de pedras... Minha mãe é impossível.

Depois de um instante, ele inclinou a cabeça.

– Encantado.

Ela quase riu. Nenhuma outra resposta poderia ter soado menos sincera. "Encantado", claro. Sem dúvida "chocado" teria sido mais verdadeiro, mas ele era bem-educado demais para tanto.

Num outro exemplo de seus modos refinados, ele gesticulou na direção do divã, convidando-a a sentar.

– Obrigada, mas não. Eu preciso voltar ao baile antes que minha ausência seja notada, e não posso amarrotar meu traje. – Ela alisou as saias do vestido cor-de-rosa com a palma das mãos. – Não quero incomodar. Só vim para dizer uma coisa. – Ela engoliu em seco. – Não estou nem um pouco interessada em me casar com você.

Sem pressa nem qualquer emoção, ele a observou dos pés à cabeça.

– Você parece estar esperando que eu manifeste algum sinal de alívio.

– Bem... sim. É o que faria qualquer cavalheiro em seu lugar. Sabe, minha mãe é notória por suas tentativas de me atirar no caminho de aristocratas. É um fato ridicularizado publicamente. Talvez você já tenha ouvido a expressão "A Debutante Desesperada"?

Oh, Charlotte detestava até mesmo pronunciar essas palavras. Elas a acompanhavam durante toda a Temporada, como uma nuvem carregada e sufocante.

Durante a primeira semana em Londres, na última primavera, Charlotte e sua mãe estavam passeando no Hyde Parque, apreciando a bela tarde quando a mãe avistou o Conde de Astin cavalgando pela Rotten Row. Ansiosa para que o cavalheiro casadouro notasse sua filha, a Sra. Highwood empurrou-a no caminho dele – lançando a desavisada Charlotte no caminho de terra, e fazendo a montaria do conde empinar e pelo menos três carruagens trombarem.

A edição seguinte de *O Tagarela* trouxe uma caricatura mostrando uma jovem com espantosa semelhança a Charlotte derramando os seios e desnudando as pernas enquanto mergulhava no tráfego. A legenda era "A PRAGA PRIMAVERIL DE LONDRES: A DEBUTANTE DESESPERADA".

E foi assim que Charlotte passou a ser considerada uma mulher escandalosa. Pior que escandalosa: quase como uma ameaça à saúde pública. Durante o restante da Temporada, nenhum cavalheiro se arriscou a chegar perto dela.

– Ah – ele fez, parecendo juntar os fatos. – Então você é a razão de Astin estar mancando.

– Foi um acidente! – Ela fez uma careta de constrangimento. – Contudo, por mais que me doa admitir, é bem provável que minha mãe queira empurrar-me para você. Eu só queria lhe dizer para não se preocupar. Ninguém espera que as maquinações dela funcionem. Muito menos eu. Quero dizer, seria absurdo. Você é um marquês. E um marquês rico, importante e atraente.

Atraente, Charlotte? Sério? Por que... por que tinha dito isso em voz alta?

– E eu não estou mirando em nada acima de um terceiro filho ovelha-negra – ela disse logo. – Para não falar da diferença de idade. Não imagino que você esteja procurando um casamento com alguém como eu.

Lorde Granville apertou os olhos.

– Não que você seja velho – Charlotte se apressou em dizer. – Nem eu sou assim tão nova. – Ela escondeu o rosto nas mãos por um instante. – Estou sendo péssima nisso, não?

– Horrível.

Charlotte foi até o divã e desabou sobre ele. Imaginou que seria melhor sentar, afinal.

Granville saiu de trás da escrivaninha e sentou no canto do divã, mantendo um pé plantado com firmeza no chão.

Acabe logo com isso, Charlotte disse para si mesma.

– Sou amiga íntima de Delia Parkhurst. Você é conhecido de Sir Vernon. Nós dois vamos ficar nesta casa, como hóspedes, pelos próximos quinze dias. Minha mãe vai fazer tudo que puder para encorajar um relacionamento entre nós. Isso significa que eu e você precisamos nos evitar. – Ela sorriu, tentando ser engraçada. – É uma verdade universalmente reconhecida que um homem solteiro, de posse de boa fortuna, deva me evitar.

Ele não riu. Nem sorriu.

– A última parte... foi uma piada, meu lorde. É o começo de um romance...

– *Orgulho e Preconceito*. Sim, eu já li.

Claro. Claro que ele tinha lido. Granville passou anos em postos diplomáticos no exterior. Depois da rendição de Napoleão, ele ajudou a negociar o Tratado de Viena. O marquês era vivido e instruído, e provavelmente falava uma dúzia de idiomas.

Charlotte não tinha muitas aptidões – do tipo que a sociedade levava em consideração –, mas possuía boas qualidades. Era uma pessoa agradável, sincera, que sabia rir de si mesma. Conversando, ela sabia deixar os outros à vontade. Esses talentos, ainda que modestos, não lhe serviram no momento. Com a atitude e o penetrante olhar azul dele, falar com o Marquês de Granville era o mesmo que conversar com uma escultura de gelo. Aparentemente, ela não conseguia despertar nenhuma simpatia nele.

Devia existir um homem de carne e osso ali. Ela olhou para ele de soslaio, tentando imaginá-lo em um momento de descontração. Recostado naquela poltrona de couro com os pés apoiados em cima da escrivaninha. Sem paletó nem colete; as mangas desabotoadas e enroladas até os cotovelos. Lendo um jornal, quem sabe, enquanto tomava goles ocasionais de conhaque. Uma barba por fazer adornando aquele maxilar esculpido, e o cabelo castanho, volumoso, desfeito por...

– Srta. Highwood.

Ela se assustou.

– Pois não?

Ele se inclinou na direção dela, baixando a voz.

– Pelo que sei, quadrilhas, embora pareçam intermináveis, uma hora acabam. É melhor você retornar ao salão de baile. A propósito, eu também.

– Sim, você tem razão. Eu vou primeiro. Se possível, espere uns dez minutos antes de voltar. Isso vai me dar tempo de arrumar alguma desculpa para ir embora do baile de uma vez. Quem sabe uma dor de cabeça.

Oh, mas nós temos quinze dias à frente. Cafés da manhã são fáceis. Os cavalheiros sempre comem primeiro, e eu nunca levanto antes das dez. Durante o dia, você irá se entreter com Sir Vernon, e nós, mulheres, sem dúvida teremos cartas a escrever ou caminhadas pelos jardins. Isso resolve nossos dias. O jantar de amanhã, contudo... receio que será sua vez.

– Minha vez?

– De fingir indisposição. Ou ter outros planos. Não posso estar com dor de cabeça todas as noites durante minha estadia, posso?

Granville estendeu a mão para Charlotte, que a aceitou. Quando ele a fez se levantar, manteve-a perto de si.

– Você está certa de que não pretende se casar comigo? Porque parece já estar cuidando da minha agenda. Como uma esposa.

Ela riu, nervosa.

– Nada disso, acredite em mim. Não importa o que minha mãe venha a sugerir, não compartilho das esperanças dela. Nós seríamos uma péssima combinação. Sou jovem demais para você.

– Algo que você já deixou bem claro.

– Você é um exemplo de decoro – ela afirmou.

– E você... está aqui. Sozinha.

– Isso mesmo. Eu sempre sigo o meu coração, e você...

– Mantenho o meu no lugar correto.

Charlotte imaginou que lugar seria esse, provavelmente algum ponto no Ártico, debaixo de gelo.

– A questão, meu lorde, é que não temos nada em comum. Seríamos pouco mais que dois estranhos morando na mesma casa.

– Eu sou um marquês. Possuo cinco casas.

– Você sabe o que eu quero dizer – ela insistiu. – Seríamos um desastre completo.

– Uma existência marcada pelo tédio e pontuada pelo sofrimento.

– Sem dúvida – ela concordou.

– Seríamos forçados a basear todo nosso relacionamento nas atividades sexuais.

– Em... quê?

– Estou falando de atividades na cama, Srta. Highwood. Isso, ao menos, seria tolerável.

Ela sentiu um calor se espalhar do peito ao couro cabeludo.

– Eu... você...

Enquanto ela, desesperada, tentava destravar a língua, o indício sutil de um sorriso brincou nos lábios dele. Seria possível? Uma trinca no gelo?

– Acredito que esteja me provocando, meu lorde. – Ela sentiu uma onda de alívio.

Ele deu de ombros, admitindo.

– Foi você quem começou.

– Eu, não.

– Você me chamou de velho e desinteressante.

Ela conteve um sorriso.

– Você sabe que não foi o que eu quis dizer.

Oh, céus. Aquilo não era bom. Se ele sabia brincar e aceitava brincadeiras, Charlotte logo o acharia atraente demais.

– Srta. Highwood, não sou homem de ser forçado a nada, muito menos matrimônio. Em todos os meus anos de diplomacia, negociei com reis e generais, déspotas e loucos. O que a faz pensar que eu poderia ser derrotado por uma mãe casamenteira?

Ela suspirou.

– Porque você ainda não conheceu a minha. – Como ela poderia fazê-lo entender a gravidade da situação?

Lorde Granville não podia saber – e provavelmente não se importaria, se soubesse –, mas havia mais em jogo para Charlotte do que escândalo e jornais de fofocas. Ela e Delia Parkhurst pretendiam perder a próxima Temporada de Londres inteira, em troca de uma viagem ao continente. Elas tinham planejado tudo: seis países, quatro meses, duas grandes amigas, uma dama de companhia que seja extremamente tolerante e nenhum pai ou mãe para atrapalhar.

Contudo, antes que pudessem começar a arrumar as malas, precisavam conseguir permissão. Esses dias de outono na casa de Sir Vernon e Lady Parkhurst deveriam servir para que Charlotte provasse aos anfitriões que os boatos a seu respeito não eram verdadeiros. Que ela não era uma caçadora de fortuna descarada, mas uma dama bem-comportada, além de amiga leal, a quem podiam confiar a companhia de sua filha no *Grand Tour*.

Charlotte não podia estragar tudo. Delia contava com sua ajuda. E ela não aguentaria ver seus sonhos arruinados outra vez.

– Por favor, meu lorde. Se você puder concordar em...

– *Silêncio.*

Em um instante a atitude dele se transformou. Ele foi de aristocrático e frio para uma postura alerta, virando a cabeça para a porta. Ela também ouviu. Passos no corredor. Aproximando-se. Vozes sussurradas, ao lado da porta.

– Oh, não – ela disse, em pânico. – Não podemos ser encontrados juntos.

Ela mal terminou de pronunciar essas palavras e a biblioteca se tornou um redemoinho. Charlotte nem saberia explicar como foi que aconteceu. Ela tinha fugido, em pânico? Ele a tinha pegado nos braços?

Num momento ela estava encarando, horrorizada, a maçaneta sendo virada. No outro, Charlotte estava enfiada no vão da janela, escondida pelas cortinas pesadas de veludo. Apertada junto ao peito do Marquês de Granville. O homem que precisava evitar a qualquer custo.

Oh, Senhor. Ela agarrava as lapelas do paletó dele com as duas mãos. Os braços do marquês estavam ao seu redor, apertados. As mãos estavam espalmadas nas costas dela – uma na cintura, outra entre os ombros. Charlotte encarava a imaculada gravata branca dele.

Apesar da situação constrangedora, Charlotte jurou não se mover nem fazer qualquer som. Se fossem vistos naquela condição, ela nunca iria se recuperar. A mãe dela afundaria suas garras em Lorde Granville e não permitiria que ele escapasse. Isso é, se Charlotte não morresse de vergonha antes.

Contudo, conforme os minutos se arrastavam, parecia cada vez mais improvável que ela e Granville fossem descobertos.

Duas pessoas tinham entrado na sala e não perderam tempo para utilizá-la. Os sons eram sutis, abafados. Risadinhas contidas e tecido farfalhando. Um perfume passou pela cortina em uma onda carregada e pungente.

Charlotte olhou para cima, buscando a reação de Granville na escuridão. Ele olhava em frente, de novo impassível como uma escultura de gelo.

– Você acha que ele notou? – murmurou uma voz masculina.

Como resposta, o sussurro rouco de uma mulher:

– Shhh. Vai logo.

Uma sensação de pavor se formou no peito de Charlotte. O pavor aumentou após vários instantes de sons suaves, perturbadoramente molhados.

Por favor, ela rezou, apertando bem os olhos. *Por favor, não permita que isso seja o que eu desconfio.*

A oração dela não foi atendida. Ruídos sincronizados começaram. Rangidos rítmicos que ela só podia imaginar que se originavam da mesa sendo balançada com violência. E quando ela tinha se preparado para aguentar os ruídos e rangidos... começaram os grunhidos.

O corpo humano é uma coisa tão estranha, ela refletiu. As pessoas têm pálpebras para fechar quando desejam descansar a vista. Elas podem fechar a boca para evitar sabores desagradáveis. Mas o corpo não possui nenhum mecanismo para bloquear sons.

Orelhas não podem ser fechadas. Não sem o uso das mãos, e ela não se atrevia a movê-las. O nicho da janela era muito apertado. Até o menor movimento poderia balançar as cortinas e entregá-los.

Charlotte não tinha escolha a não ser escutar tudo aquilo. Pior ainda: saber que Lorde Granville também estava escutando. Pois ele também devia estar ouvindo cada rangido da escrivaninha, cada grunhido animalesco.

E, depois de alguns instantes, cada gemido penetrante.

– Ah!

Grunhido.

– Oh!

Grunhido.

– Iiiii!

Minha nossa. Aquela mulher estava manifestando seu prazer ou recitando as vogais numa aula de gramática?

Charlotte sentiu uma risada maldosa subindo por sua garganta. Ela tentou afastá-la ou engoli-la, mas não adiantou. Devia estar sendo provocada pelo nervosismo ou pelo puro constrangimento da situação. Quanto mais tentava se convencer a não rir – lembrando-se de sua reputação, de sua viagem com Delia, de que todo seu futuro dependia de ela não rir –, maior ficava a vontade.

Ela mordeu o lado de dentro da bochecha. Apertou os lábios, desesperada para se controlar. Mas apesar de seus valorosos esforços, seus ombros começaram a sofrer espasmos.

Os amantes aceleraram o ritmo, até que o rangido da mesa virou um som agudo contínuo, parecido com um cachorro ganindo. O homem desconhecido soltou um rosnado gutural:

– *Grrrraaaarr.*

Charlotte perdeu a batalha. A risada irrompeu de seu peito.

Tudo estaria perdido se não fosse pela mão de Lorde Granville, que deslizou até a nuca de Charlotte. Contraindo o braço, ele aproximou o rosto dela de seu peito, abafando a risada em seu colete.

Ele a manteve apertada enquanto os ombros dela convulsionavam e lágrimas escorriam por suas faces, contendo a explosão do mesmo modo que um soldado quando este pula sobre uma granada.

Foi o abraço mais estranho que ela já recebeu na vida, mas também o que ela mais precisava.

E então, graças aos céus, a cena inteira acabou. Os amantes dedicaram alguns minutos a sussurros e beijos de despedida. Quaisquer tecidos que tinham sido afastados foram recolocados em seus lugares. A porta foi aberta, então fechada. Só permaneceu um aroma leve de perfume.

Não havia mais sons, exceto um tamborilar forte e contínuo. O coração de Lorde Granville, ela se deu conta. Parecia que o coração dele, afinal, não estava enterrado no Ártico.

Com uma inspiração profunda e repentina, ele a soltou. Charlotte não sabia muito bem para onde olhar, muito menos o que dizer. Ela enxugou os olhos, depois passou as mãos pela frente do vestido, para garantir que estava tudo no lugar. O cabelo deveria ter sofrido mais que o resto.

Ele pigarreou. E seus olhos se encontraram.

– Posso esperar que você seja inocente o bastante para entender o que acabou de acontecer? – ele perguntou.

Ela arregalou os olhos.

– Existe inocência e existe ignorância. Posso ser inocente, mas não sou ignorante.

– Era o que eu temia.

– Temer é a palavra certa – ela disse, estremecendo. – Isso foi... horroroso. Traumatizante.

– Não precisamos mais falar disso. – Ele ajeitou os punhos.

– Mas vamos pensar sobre o que aconteceu aqui. Seremos assombrados. Está gravado em nossa mente. Daqui a dez anos poderemos estar casados com outras pessoas, levando vidas plenas, satisfatórias. Então, um dia, iremos nos encontrar por acaso em uma loja, no parque, e... – ela estalou os dedos – nossos pensamentos voarão no mesmo instante para este esconderijo entre a cortina e a janela elevada.

– Eu pretendo banir para sempre esse incidente da minha memória. Sugiro que faça o mesmo. – Ele puxou uma dobra da cortina. – Já deve ser seguro sairmos daqui.

Ele foi na frente, dando o primeiro passo para fora do esconderijo. Ela ficou espantada, de novo, com o modo como ele conseguiu esconder os dois tão rapidamente. Os reflexos dele deviam ser espantosos.

Granville encontrou o cordão para amarrar as cortinas e começou a prender um dos lados.

Charlotte segurou a saia, preparando-se para também descer do nicho.

– Espere um pouco – ele disse. – Vou ajudar você.

Mas ela já tinha começado o movimento, e o que deveria ser um movimento gracioso transformou-se numa queda desajeitada. Ele saltou à frente para impedir a queda dela. Quando Charlotte recuperou o equilíbrio e se aprumou, estava novamente nos braços dele. Naqueles braços fortes e protetores.

– Obrigada – ela disse, sentindo-se emocionada. – De novo.

Ele a fitou e ela percebeu o indício de um sorriso disfarçado e atraente.

– Para uma mulher que não quer nada comigo, você se atira na minha direção com uma frequência alarmante.

Ela se soltou, corando.

– Eu detestaria ver como você trata um homem de que gosta – ele disse.

– Do jeito como andam as coisas, nunca vou ter a chance de gostar de ninguém.

– Não exagere. – Ele pegou o cordão de cortina caído. – Você é jovem, bonita, além de ser inteligente e entusiasmada. Se algumas rédeas emaranhadas na Rotten Row conseguem convencer todos os homens com sangue nas veias a evitar você, receio pelo futuro deste país. A Inglaterra está condenada.

Charlotte amoleceu por dentro.

– Meu lorde, é muita gentileza sua dizer isso.

– Não é gentileza nenhuma. É uma simples observação.

– De qualquer modo, eu... – Ela congelou. – Oh, Deus.

Eles tinham sido descobertos. A porta da biblioteca foi escancarada. Edmund Parkhurst, o garoto de 8 anos que era o herdeiro do título de baronete de seu pai, estava parado no vão da porta, pálido e de olhos arregalados.

– Oh, é você. – Charlotte levou a mão ao peito, aliviada. – Edmund, querido, pensei que você estivesse na cama.

– Eu ouvi barulhos – o garoto disse.

– Não foi nada – Charlotte procurou tranquilizá-lo, aproximando-se do garoto e agachando-se para fitá-lo nos olhos. – Apenas a sua imaginação.

– Eu ouvi barulhos – ele repetiu. – Barulhos ruins.

– Não, não. Nada de ruim aconteceu. Nós só estávamos... jogando um jogo.

– Então por que você chorou? – O garoto inclinou a cabeça na direção de Lorde Granville, que continuava segurando o cordão das cortinas. – E por que esse homem estranho está segurando uma corda?

– Ah, isso? Não é uma corda. E Lorde Granville não é um homem estranho. Ele é convidado do seu pai. Chegou esta tarde.

– Venha, eu vou lhe mostrar. – O marquês deu um passo adiante e mostrou o cordão de veludo trançado – sem dúvida esperando desfazer os temores do garoto. Ele não deve ter imaginado como era improvável que um homem alto e forte pudesse acalmar um garoto assustado que nunca o tinha visto na vida.

O garoto recuou, gritando com toda força:

– Socorro! Socorro! Assassinato!

– Edmund, não. Não há nenhum...

– ASSASSINATO! – ele guinchou, saindo em disparada pelo corredor. – ASSASSINATO!

Ela olhou para Granville.

– Não fique aí parado. Temos que detê-lo.

– Eu poderia derrubá-lo no corredor, mas algo me diz que isso não vai ajudar.

Em menos de um minuto, Sir Vernon, o anfitrião preocupado, juntou-se a eles na biblioteca. Seguido pela pior pessoa possível, a mãe de Charlotte.

– Charlotte – ela ralhou. – Eu a procurei por toda parte. É aqui que você estava?

Sir Vernon acalmou a histeria do filho.

– O que aconteceu, meu garoto?

– Ouvi barulhos. De assassinato. – O garoto estendeu o braço e apontou o dedo. – Foram eles.

– Não houve nenhum assassinato – Charlotte disse.

– O garoto está confuso – Lorde Granville acrescentou.

Sir Vernon pôs a mão no ombro de Edmund.

– Conte-me exatamente o que você ouviu.

– Eu estava lá em cima – o garoto disse. – Começou com um rangido. Assim: nheque, nheque, nheque.

Charlotte foi morrendo aos poucos por dentro enquanto o garoto fazia uma reencenação dos sons apaixonados dos últimos quinze minutos. De cada gemido, suspiro e grunhido. Não restou dúvida a respeito de qual atividade o garoto tinha de fato ouvido. E então todos concluiriam que Charlotte e o marquês estiveram envolvidos nessa atividade. Enquanto grunhiam. E usavam cordas. Em seus piores pesadelos ela não conseguiria ter sonhado com essa cena.

– Então, depois de grunhidos terríveis, ouvi uma mulher gritar. Então desci correndo para ver o que estava acontecendo. – Ele apontou o dedo acusador para o nicho da janela. – Era lá que eles estavam juntos.

Sir Vernon estava visivelmente constrangido.

– Muito bem – a mãe de Charlotte disse. – Com toda certeza espero que Lorde Granville saiba se explicar.

– Perdão, madame. Mas como podemos saber que não é sua filha quem tem que se explicar? – Sir Vernon olhou para Lorde Granville. – Afinal, boatos estão circulando em Londres.

Charlotte estremeceu.

– Sir Vernon, eu e você precisamos conversar em particular – Lorde Granville disse.

Não, não. Uma conversa em particular a condenaria. Todos precisavam ouvir a verdade, ali mesmo, naquele instante.

– Não é verdade – ela declarou. – Nada disso.

– Está chamando meu filho de mentiroso, Srta. Highwood?

– Não, é só que... – Charlotte apertou a ponte do nariz. – Tudo isto é um mal-entendido. Nada aconteceu. Ninguém foi assassinado nem agredido de modo algum. Não havia corda. Lorde Granville estava amarrando a cortina.

– Para começar, por que a cortina estava solta? – Sir Vernon perguntou.

– Tem alguma coisa no chão, ali – Edmund disse.

Quando ele levantou o objeto para observá-lo, o coração de Charlotte parou. Era uma liga. Uma liga vermelha.

– Não é minha – Charlotte afirmou. – Nunca vi essa liga na minha vida. Eu juro.

– E quanto a isto? – Edmund virou a peça para ela, exibindo um bordado.

A cinta tinha uma letra bordada. A letra C.

Charlotte trocou olhares desesperados com Lorde Granville. *E agora?*

– Não posso acreditar – a mãe dela declarou, em voz alta – que Lorde Granville, dentre todos os cavalheiros, poderia se comportar de maneira tão chocante e desavergonhada com minha filha.

Mãe, não.

– Só posso concluir que ele foi dominado pela paixão! – a mãe continuou, barulhenta. Para Charlotte, ela sussurrou: – Nunca senti tanto orgulho de você.

– Mãe, por favor. Você está fazendo uma cena.

Mas claro que uma cena era exatamente o que sua mãe desejava fazer. Ela iria aproveitar a oportunidade para começar um escândalo, se isso significava garantir um marquês para a filha.

Oh, Senhor. Charlotte bem que tentou avisá-lo, mas seus piores receios tinham se tornado realidade.

– Estou dizendo a verdade, mãe. Nada aconteceu.

– Não importa – a mãe suspirou para ela. – O que importa é que as pessoas vão pensar que algo aconteceu.

Charlotte precisava fazer algo, e rápido.

– Essa liga não é minha! Ainda estou usando as minhas duas. Vejam, eu posso provar. – Ela se curvou para pegar a barra da saia.

A mãe bateu nas mãos dela com o leque fechado.

– Na frente dos cavalheiros? Você não vai fazer nada disso!

Como provar que estava com as duas ligas poderia ser pior do que deixar Sir Vernon acreditar que só estava com uma? Mais uma vez, ela tentou explicar a verdade:

– Lorde Granville e eu estávamos apenas conversando.

– Conversando? – A mãe se abanou com vigor. – Eu gostaria de saber a respeito de quê.

– Assassinato! – Edmund gritou. Ele entoava a palavra como um cântico, batendo o pé para marcar o ritmo: – As-sas-si-na-to, as-sas-si-na-to, as-sas-si-na-to.

– Nada de assassinato! – Charlotte exclamou. – Ou qualquer outra atividade imprópria. Nós estávamos falando de... de...

– De quê? – Sir Vernon insistiu.

Lorde Granville interveio. Ele silenciou Charlotte com um toque no braço. Então pigarreou e ofereceu a resposta absolutamente verdadeira – e devastadora:

– Estávamos falando de casamento.

Capítulo dois

Na manhã seguinte, Piers estava sentado à mesa de sua suíte, encarando uma xícara de café e massageando as têmporas. Sua cabeça latejava.

— Como foi mesmo que isso aconteceu? — No canto do quarto, Ridley escovava o casaco azul de Piers. — Explique de novo.

— Não sei muito bem se consigo explicar. Você não precisa fazer isso, sabia?

Ridley deu de ombros e continuou a escovar o casaco.

— Não me importo. Isto me acalma.

— Como preferir, então.

Para o resto da casa, Ridley era seu criado pessoal. Para Piers, ele era um colega a serviço da Coroa. Um parceiro confiável e seu igual profissionalmente. Como sempre, o objetivo de Ridley na Mansão Parkhurst era ouvir as conversas dos criados enquanto Piers se movimentava em meio à elite. Piers não gostava de pedir a outro agente que executasse tarefas servis.

— Quando a quadrilha começou, fui até a biblioteca — ele disse, tentando relembrar seus passos da noite anterior e compreendê-los. — Eu planejava começar a investigação.

A investigação. A verdadeira razão para aquela temporada no campo. Sir Vernon Parkhurst ainda não sabia, mas ele estava sob consideração para um posto importante. A Coroa precisava de um enviado confiável para resolver uma questão complicada, envolvendo corrupção na Austrália. O processo de verificação de Sir Vernon tinha sido simples... com apenas um problema.

Ao longo dos últimos meses, o homem estava gastando demais. Cem libras aqui, duzentas ali. Ele também desaparecia de Londres durante alguns dias. Nada sério demais, mas o padrão indicava que havia algo errado. Um vício em jogo ou, o mais provável, uma amante. Chantagem não podia ser descartada.

Se Sir Vernon estava disposto a pagar para manter algo em segredo, o trabalho de Piers era descobrir do que se tratava.

– Eu pretendia dar uma busca rápida na escrivaninha dele, para ver se encontrava um livro-caixa ou qualquer correspondência. Então ela me interrompeu. Sem ser apresentada ou sequer bater na porta. Eu a achei... provocadora.

– E bonita.

– Creio que sim. – Não havia motivo para negar. Ridley não era cego. A Srta. Highwood era muito bonita, na verdade, com olhos entusiasmados e um sorriso franco e generoso. Um corpo tentador, também.

– Charmosa também, eu imagino.

– Talvez.

– E ela era um sopro de ar fresco – Ridley continuou, fazendo um floreio com a mão. – Um raio de inocência e luz do sol a aquecer o coração frio e cínico de um espião entorpecido.

Piers emitiu um ruído de pouco caso e tomou um gole de café, encerrando a conversa. O diabo era que Ridley o conhecia bem demais – e, até certo ponto, estava correto.

O marquês tinha passado muito tempo andando por palácios e parlamentos como se fossem cenários de uma peça de teatro interminável. Todas as pessoas que ele encontrou, de reis a cortesãs, interpretavam papéis. A Mansão Parkhurst era apenas mais um cenário – e bem tedioso.

De repente, surgiu em cena aquela mulher – uma jovem bonita num vestido rosa –, que era a pior atriz que ele já tinha visto. Ela se atrapalhava com as falas, derrubava o cenário. Não importava o quanto tentasse, Charlotte Highwood não conseguia ser outra que não ela mesma.

Essa qualidade era rara e revigorante, e Piers era um maldito clichê por se sentir encantado, mas a vida tinha lhe ensinado a apreciar um momento fugaz de prazer quando se deparava com um.

Ele pagaria caro por esse lapso. E ela também.

– Eu deixei que ela se demorasse demais – ele disse. – Fomos descobertos. Era impossível dar alguma explicação que não provocasse mais perguntas.

Perguntas como por que ele estava na biblioteca particular de Sir Vernon. Era melhor deixar seu anfitrião pensar que ele buscava um lugar sossegado para seduzir a jovem do que admitir a verdade.

– Erros não combinam com você, meu lorde – Ridley disse.

Não, não combinavam. Piers esfregou o rosto com as duas mãos. Também não adiantava sofrer com o que havia dado errado. A única coisa a ser feita era seguir em frente. Encarar seus erros e corrigi-los, se possível. Ou, pelo menos, minimizar os danos.

Em certo momento, durante o fiasco da noite anterior, suas alternativas tornaram-se evidentes. Ele podia negar qualquer atividade indecorosa e escapar da cena do "crime", abandonando sua missão e jogando uma jovem inocente aos dragões. Ou ele podia cumprir seu dever – em mais de um modo.

– Naturalmente, você vai fazer o que é honrado – Ridley disse. – Como sempre.

Piers lançou um olhar irônico para o outro. Os dois sabiam que honra era uma ilusão na profissão dele. Oh, eles perseguiam aquele sentimento grandioso que era o heroísmo patriótico – o motivo de aceitarem o trabalho, afinal. Mas eles pareciam nunca conseguir alcançá-lo. Ao mesmo tempo, eram perseguidos de perto por vergonha e culpa.

O melhor a fazer, Piers tinha aprendido, era não pensar demais. No momento, ele evitava olhar para dentro de si. A pouca honra que ele ainda tinha estava embaralhada com fraude e imoralidade.

A questão com a Srta. Highwood não seria diferente, o que era uma pena para ela. A jovem merecia mais do que Piers pretendia fazer.

Ele apontou para a pasta sobre a mesa. Ela continha informações a respeito de todos os residentes, hóspedes e criados da Mansão Parkhurst – incluindo Charlotte Highwood.

– Você já leu isto – Piers disse. – Faça um resumo para mim.

– Poderia ser pior. – Ridley deu de ombros. – Ela é da aristocracia rural. Várias gerações de fidalgos. Uma propriedade com renda modesta, mas estável. O pai morreu após ter três filhas, sem deixar um herdeiro. A propriedade passou para um primo e as moças ficaram com dotes medíocres. Charlotte é a mais nova. A mais velha, Diana, sofria de asma na juventude, então a família se mudou para o litoral por causa da saúde dela. É aí que a coisa fica interessante.

Piers esvaziou a xícara de café até chegar à borra amarga.

– Como?

– Elas foram para Spindle Cove.

– Spindle Cove. Por que o nome é familiar?

– Antes do casamento, Lady Christian Pierce também passou algum tempo lá.

– Violet? Tem razão. Isso é interessante. – Pelo que Piers lembrava, o casal estava agora vivendo no sul da França.

– Um belo vilarejo, Spindle Cove – Ridley continuou. – Transformado pela filha de Sir Lewis Finch em santuário para mulheres não convencionais. As jovens seguem uma agenda rigorosa: Segundas-feiras, caminhadas no campo. Terças, banhos de mar. Quartas, jardinagem. Quinta...

– Na verdade, não preciso dos detalhes – Piers disse, impaciente. – Vamos voltar às Highwood. Ela tem boas ligações?

– Aí temos boas e más notícias.

– As más primeiro, por favor.

– A irmã mais velha se casou com o ferreiro de Spindle Cove.

Piers meneou a cabeça.

– Não consigo acreditar que a mãe permitiu. Ela não devia ter escolha.

– A boa: a irmã do meio fugiu para casar com um visconde.

– Sim, Charlotte mencionou isso. Que visconde, mesmo?

Uma batida na porta. Quando Ridley a abriu, o mordomo estava parado no corredor.

– Visconde Payne deseja vê-lo, meu lorde – o homem anunciou.

Ridley fechou a porta e sorriu para Piers.

– Esse visconde.

– Colin, é você mesmo?

– Aí está minha irmãzinha favorita.

Charlotte atravessou apressada a sala de estar e passou os braços ao redor do cunhado, abraçando-o apertado.

– Como foi que você conseguiu chegar tão rápido?

– Sua mãe enviou uma carta expressa. E eu tenho o talento reconhecido de fazer viagens velozes para o norte.

– Estou tão feliz que você esteja aqui.

Colin iria acertar tudo. Ou, para dizer a verdade, ele faria uma bagunça, riria da situação de um modo irresistível, acabando com qualquer escândalo, e então todos se sentariam para almoçar juntos.

Almoço... Charlotte não tinha conseguido comer nada pela manhã e estava ficando faminta.

– Por favor, diga que não está pensando em nenhuma bobagem, como um duelo, por exemplo – ela disse. – Você sabe que eu atiro melhor do que você. Minerva nunca me perdoaria.

— Nós não vamos duelar. Não há necessidade.

— Ah, que ótimo. – Ela suspirou de alívio.

— Granville quer pedir sua mão esta manhã e concordei em permitir.

— Pedir minha mão? Mas isso é absurdo. Nós dois... só estávamos conversando.

— Sozinhos – ele observou.

— Sim, mas foi só quando os outros entraram que nos escondemos.

— No nicho da janela. – Ele a fitou desconfiado. – Quando vocês ouviram um encontro apaixonado.

Charlotte suspirou, frustrada.

— Nós não fizemos nada.

Colin arqueou a sobrancelha, com a expressão cheia de dúvida.

— Eu já aprontei muito na vida. Não vou acreditar que vocês não fizeram nada.

— Não aconteceu nada. Estou lhe dizendo. Não entre nós. Não acredita em mim?

— Eu acredito. Acredito de verdade, querida. Mas a menos que esses amantes misteriosos apareçam para assumir a culpa, ninguém mais irá acreditar. E, para ser honesto, a própria verdade – que você estava sozinha com ele num lugar tão apertado – pode ser suficiente para prejudicá-la. Você não foi muito prudente, Charlotte.

— Desde quando você liga para prudência? Você é um malandro inveterado.

Ele levantou o dedo indicador para discordar.

— Eu *era* um malandro inveterado. Agora sou pai. E vou lhe dizer uma coisa: embora Minerva possa contestar a velha máxima de que libertinos corrigidos se tornam os melhores maridos, ela seria a primeira a concordar que somos os pais mais superprotetores. Eu costumava entrar num salão de festas e ver um jardim de flores, prontas para serem colhidas. Agora eu vejo minha filha. Dezenas dela.

— Isso parece perturbador.

— Nem me fale. – Ele estremeceu. – O que quero dizer, é que conheço muito bem os pensamentos imundos que habitam a mente dos homens.

— Não existe nada imundo na mente de Lorde Granville. Ele possui a mente mais limpa que já encontrei.

Enquanto falava, contudo, ela se questionou. Charlotte lembrou do coração dele batendo forte no nicho da janela, do modo como ele a segurou nos braços. Acima de tudo, da provocação sutil.

Estou falando de atividades na cama, Srta. Highwood. Isso ao menos seria tolerável.

Calor se espalhou por todo o corpo dela.

— Não estou pronta para me casar — ela disse. — Sim, eu queria a diversão de uma Temporada em Londres, mas não tinha planos de me casar tão cedo.

— Bem, as pessoas dizem algo sobre os grandes planos que fazem homens e ratos. Tenho certeza de que está nas Escrituras.

— É um poema de Robert Burns.

— Sério? — Ele deu de ombros, despreocupado. — Eu raramente leio. E com isso quero dizer nunca. Por outro lado, entendo alguma coisa de amor, e de como ele debocha das intenções das pessoas.

— Não existe amor envolvido nisso! Nós mal nos conhecemos. Ele quer se casar ainda menos do que eu.

— Oh, eu duvido disso.

— Por quê?

Colin inclinou a cabeça. Lorde Granville estava sentado em uma poltrona na outra extremidade da sala comprida e estreita. Charlotte não o tinha visto entrar. Ele estava ali o tempo todo?

— Porque o modo como ele olha para você me faz querer quebrar alguma coisa.

— Colin. Você não é desse tipo.

— Eu sei! Mas acredite, todas essas mudanças me deixaram tão perturbado quanto você.

— O momento também é péssimo.

Colin pôs as mãos nos ombros dela.

— Ouça o que ele tem a dizer, querida. Reflita sobre o que está em jogo. Faça isso por você mesma. Vou apoiar qualquer decisão que tomar. Mas é você quem tem que decidir.

Ela concordou.

Quando se casou com Minerva, Colin se tornou o homem da família. Contudo, ele nunca foi uma figura autoritária. E por mais que Charlotte prezasse sua independência, quase ficou decepcionada com a resposta.

Ela nunca conheceu o pai. Na infância, ansiava por uma presença masculina em sua vida. Um irmão mais velho, um tio... até um primo serviria. Apenas um homem que fosse capaz de entrar na sala, agindo com sabedoria, autoridade e com os interesses dela no coração, e dissesse:

Vá para seu quarto e descanse, Charlotte. Eu cuido de tudo.

– Vá para seu quarto e descanse, Charlotte – Lorde Granville disse, levantando-se e atravessando a sala. – Eu cuido de tudo.

Não, não, não. Esse é o homem errado.

E por que ele a estava chamando pelo primeiro nome? Educado como era, devia saber que esse grau de intimidade era reservado à família. Ou a casais de noivos.

Ela olhou para o carpete.

– Não estamos noivos, meu lorde.

– Acredito que não. Mas isso não vai demorar.

Colin a beijou no rosto.

– Vou deixar vocês dois sozinhos.

– Não – ela sibilou para ele, segurando-lhe a manga do paletó. – Colin, não. Você não pode me deixar aqui.

Mas a tentativa dela foi em vão. O cunhado escapou de suas garras, abandonando-a. Sem qualquer outra alternativa, ela se virou para encarar o marquês. A julgar pelo abatimento em seus olhos, assim como Charlotte, ele não tinha dormido nem um pouco na noite anterior. Contudo, ele encontrou disposição para tomar banho e se barbear, e vestir um paletó matinal azul-escuro, calças brancas e botas brilhantes.

Charlotte nunca confiou em pessoas com aparência tão boa logo pela manhã. Ela prendeu uma mecha de cabelo rebelde atrás da orelha.

– Não é possível que você esteja planejando me pedir em casamento – ela disse.

– É possível e eu vou. Dei minha palavra a sua mãe, a Sir Vernon e agora há pouco também ao seu cunhado.

– Essa situação é intolerável. – Ela meneou a cabeça, sem conseguir acreditar.

Ele não respondeu.

– Sinto muito. – Ela suspirou. – Eu não pretendia parecer tão insensível. Não é como se você fosse o último homem da Terra que eu escolheria para casar. Não sou tão estúpida para afirmar algo do tipo. Eu sempre acho ridículo quando as mulheres dizem algo assim. O último homem, mesmo? Quero dizer, o mundo tem muitos criminosos e cretinos. E mesmo eliminando esses, devem existir milhões que mal se lavam.

– Então você está dizendo que estou acima da média.

– Você está pelo menos na quarta posição superior. E é por isso que merece algo melhor do que se casar com a primeira garota inoportuna que literalmente se joga em você.

Os lábios dele tremeram em um sorriso sutil.

– O que a faz acreditar que é a primeira?

Oh, céus. Lá estava ele, sendo amável de novo. Era cedo demais para o humor sutil dele. Ela não tinha armado suas defesas.

– Você é marquês e diplomata.

– Mas não sofro de amnésia. Eu sei quem sou.

– Então deve saber disso: você precisa de uma mulher que seja elegante e talentosa. A anfitriã perfeita.

O olhar de Granville parou sobre ela de um modo bastante perturbador.

– Tudo que eu preciso de um casamento, Srta. Highwood, é um herdeiro.

Ela engoliu em seco.

– Eu não preciso casar por dinheiro ou relacionamentos – ele continuou. – Você, contudo, pode se beneficiar dos meus. Da minha parte, necessito de uma noiva jovem e saudável – de preferência que seja inteligente e bem-humorada –, que me dê filhos e garanta a sucessão da minha linhagem. A situação em que nos encontramos, embora inesperada, pode ser vantajosa para ambos.

– Então você está propondo um casamento de conveniência – ela disse. – Uma simples transação. Sua fortuna pelo meu ventre.

– É uma descrição bem grosseira.

– É honesta?

Talvez ele não precisasse mesmo de uma companheira refinada e elegante. Talvez ele satisfizesse sua necessidade de companhia em outros lugares, e tudo que queria fosse uma noiva fértil sem o inconveniente de cortejá-la.

O que era mais razão ainda para pular fora daquela situação.

Granville a levou até um par de poltronas e fez sinal para que se sentasse. Charlotte sentia seu corpo dormente.

– Esse pode não ser o casamento que você tinha imaginado – ele disse –, mas desconfio de que logo perceberá que pode ser um acordo muito satisfatório. Como Lady Granville, você terá uma bela casa. Várias, na verdade.

– Sim – ela disse, a voz rouca. – Acho que me lembro do número cinco.

– Você também terá uma renda, um legado e acesso às altas rodas da Sociedade. Quando os filhos vierem, não terá nenhum trabalho na criação deles. Logo verá que conseguiu tudo que poderia desejar.

– Com uma notável exceção – ela observou.

– Diga qual é e será sua.

Não era óbvio?

– Eu gostaria de me apaixonar.

Ele refletiu antes de falar.

– Imagino que poderemos negociar isso. Depois que me der um herdeiro, claro, e apenas se prometer ser discreta.

Ela estava incrédula.

– Não me entendeu, meu lorde. Gostaria de me apaixonar pelo homem com quem vou me casar. E mais, eu gostaria de ser amada por ele. Você não deseja o mesmo?

– Com toda honestidade, não.

– Não me diga que você é um desses cabeças-duras que se recusa a acreditar no amor.

– Oh, eu acredito que o amor exista. Mas nunca o desejei para mim.

– Por que não?

Ele olhou para o lado, como se estivesse escolhendo as palavras com cuidado.

– O amor tem o hábito de redefinir as prioridades de um homem.

– Eu espero que sim – Charlotte disse, rindo um pouco. – Se for de verdade.

– E é por isso que o amor é um luxo que não me permito ter. Eu tenho deveres e responsabilidades. Um grande número de pessoas depende da clareza do meu raciocínio. Existe um motivo pelo qual os poetas dizem "caindo de amor" e não "subindo". Não há como controlá-lo, nem como escolher onde se irá cair.

De certa forma, ele tinha razão. Mas mesmo que ela se obrigasse a decepcionar Delia, suportar as fofocas e desistir de tudo que acreditava... Charlotte não conseguia se imaginar em um casamento sem amor...

Amor não enche barriga, ela ouviu a mãe dizer. Mas é impossível conversar com uma pilha de moedas. E ela nunca encontraria paixão e carinho em uma casa imensa e vazia. Nem em cinco casas.

Charlote se conhecia bem demais. Um casamento por conveniência não continuaria conveniente para sempre. Ela tentaria fazer com que o marido a amasse, e se não desse certo, ficaria ressentida. Eles terminariam se odiando.

Foi por isso que – não importando o quanto sua mãe conspirasse e planejasse – Charlotte tinha prometido a si mesma apenas seguir o coração.

– Não posso concordar com um casamento de conveniência, meu lorde. Sua dedicação ao dever talvez seja admirável, mas o ditado que diz "deite-se aí e pense na Inglaterra" não serve para mim.

A voz dele ficou grave e ameaçadora.

– Eu não posso lhe prometer tudo que deseja, mas prometo isto: quando eu a levar para a cama, você não vai estar pensando na Inglaterra.

– Oh.

Na noite anterior, quando ele falou em atividades sexuais, a deixou sem fala. Desta vez, ele a deixou sem fôlego. Ela não era a mais bonita das irmãs Highwood – essa honra pertencia a Diana. Apesar de tudo, Charlotte sabia que era bonita pelos padrões ingleses. Já tinha recebido a admiração do sexo oposto – tendo até mesmo sido beijada uma ou duas vezes. Mas ela se deu conta de que esses admiradores eram todos garotos. Lorde Granville era um homem. Por baixo daquele paletó matinal impecavelmente moldado, ele devia ser todo esculpido com músculos tesos. O corpo dele devia ser duro em todos os lugares em que ela era macia. Ele devia ter pelos escuros em lugares interessantes...

– Charlotte.

Ele estremeceu, voltando à realidade.

– Sim?

Bom Senhor. Ela o estava imaginando sem roupas de novo. A sala ficou insuportavelmente quente.

– Isso não é justo – ela disse, lamentando-se por sua reação infantil. – Nós não cometemos nenhum pecado. Por que você não diz a verdade a Sir Vernon? Por que não diz que entrou na biblioteca dele para... – Ela inclinou a cabeça para o lado, intrigada. – O que você estava fazendo na biblioteca, afinal?

– Isso não importa.

– Acho que não. O que importa é que algum outro casal teve um encontro escandaloso naquela mesa e nós não podemos ser punidos por isso.

Ele a fitou.

– Se não nos casarmos, só um de nós vai ser punido. E não serei eu.

– Eu sei.

O mundo parabenizava os homens por suas aventuras sexuais, mas era cruel com as mulheres que ousassem se comportar da mesma forma. Ele sairia daquela situação sem sequelas. Mas ela estaria arruinada. Sem amigos. Sem amor. Sem *Grand Tour*. Desgraçada.

Lorde Granville devia ser um homem muito decente, se estava disposto a fazer isso por ela. Um cavalheiro perfeito.

Ele estendeu a mão e segurou a dela.

– Isto é o que eu vou pedir.

Por favor, não peça. Não agora que minha determinação está tão fraca.

– Um compromisso – ele disse.

Ela o encarou, confusa.

– Com o que estamos nos comprometendo? Ou é você quem está se comprometendo? Estou perdida.

– Nós vamos garantir a sua mãe e Sir Vernon que temos um compromisso. Algo particular, que vamos manter só entre nós até o fim da minha estadia. Anunciar um noivado depois de apenas uma noite só provocaria mais fofocas. Depois de quinze dias, contudo... ninguém irá nos questionar.

Ela riu alto.

– Todos irão nos questionar. Esqueceu da minha reputação? Ninguém nunca irá acreditar que você me pediu em casamento porque quis. Todos acharão que você tem sorte por ter preservado todos os seus membros.

Apesar de suas reservas, Charlotte sabia que esse era o melhor resultado que conseguiria naquela conversa. O "compromisso" que ele sugeria... não era uma solução, mas ao menos lhe dava algum tempo. Ela teria quinze dias para encontrar um modo de escapar daquela situação. E precisava encontrar um modo. Mas a menos que os amantes misteriosos se apresentassem para assumir a culpa, estaria condenada.

Era pouco provável que os amantes misteriosos se apresentassem. Mas isso não significava que não podiam ser descobertos. Eles estavam em uma casa de campo, não em Londres. As possibilidades eram limitadas. Se Charlotte conseguisse descobrir a identidade deles e obrigá-los a confessar... Ela e Lorde Granville estariam livres.

Duas semanas. Deveria ser tempo suficiente. Tinha que ser.

– Muito bem, temos um compromisso. – Ela se levantou e apertou a mão dele com vigor. Mas quando ela se virou para sair, ele continuou segurando sua mão. Charlotte olhou para as mãos ainda apertadas, depois para ele. – Meu lorde?

– Eles estão nos esperando; sua mãe, seu cunhado e Sir Vernon. Não posso deixar que você saia da sala com essa aparência.

Envergonhada, ela levou a mão ao cabelo.

– Que aparência?

Ele a puxou para si.

– De quem não foi beijada.

Capítulo três

Charlotte olhou para ele, em choque. Com certeza ela não tinha acabado de ouvi-lo dizer "não foi beijada". Mas... o que mais poderia ter sido? Não foi invejada, não foi sujada... Não foi encorajada? Nada mais fazia sentido...

– Você pretende me beijar? – ela perguntou.

– Acredito que foi o que acabei de dizer.

– Aqui. Agora.

– Essa é a ideia – ele concordou.

– Mas... por quê?

Ele pareceu se divertir com a pergunta.

– Pelos motivos mais óbvios.

– Acho que você está se referindo à persuasão. Deve achar que sou muito volúvel. Uma dose de seu elixir de lábios masculinos e estarei curada das minhas dúvidas, é isso?

Ele observou o vazio brevemente, antes de voltar a encará-la.

– Vou beijá-la, Charlotte, porque espero gostar da experiência. E porque espero que você também goste.

A voz baixa e grave dele fez coisas estranhas com ela.

– Você parece muito seguro de si, meu lorde.

– E você, Srta. Highwood, parece estar querendo ganhar tempo.

– Ganhar tempo? De tudo que você poderia dizer. Eu não estou ganhando temp...

Ele levantou uma sobrancelha acusatória.

– Tudo bem. – As desculpas dela acabaram. Charlotte ergueu o queixo, resignada. – Muito bem. Faça seu pior.

O pior beijo era o que ela esperava. Essa era a única razão pela qual permitiria aquilo, ela disse para si mesma. Um enlace frio, isento de paixão, afirmaria a verdade – que não havia nada entre eles. Se os dois não tivessem química para esquentar um beijo, como o casamento poderia funcionar? Quem sabe ele não desistia da ideia ali mesmo?

Mas deu tudo errado muito antes de os lábios dele tocarem os dela. O simples poder dos braços do marquês ao puxá-la para perto fez um arrepio imaturo e inebriante percorrer todo seu corpo.

Charlotte levantou os olhos para ele, sem querer demonstrar medo. Contudo, esse movimento expôs a pulsação em seu pescoço, fazendo-a se sentir ainda mais vulnerável. Então baixou os olhos para a boca dele. Outro erro. O maxilar que parecia severo de longe, de perto emoldurava uma boca larga e generosa. Que estava tão perto.

E então, enquanto procurava se lembrar de que aquilo deveria ser um enlace sem emoção ou empolgação, Charlotte entrou em pânico e piorou tudo. Ela umedeceu os lábios com a língua. *Charlotte, sua tonta!* Bom, quem sabe ele não notou? Ah, mas ele notou.

Ele conseguia ver tudo. A vontade dela. A curiosidade. Os minúsculos tremores de expectativa que corriam para cima e para baixo na coluna dela. Era como se ela estivesse nua diante dele.

– Feche os olhos – ele disse.

– Você primeiro.

Ela viu aquela curva sutil que era o esboço de um sorriso. Então ele desceu os lábios até tocar os dela.

O beijo... ah, não foi nada parecido com ele. Ou nada parecido com o que ela pensava de Granville. Na aparência, ele era contido e formal. Mas quando os lábios dele encontraram os dela, foram quentes, passionais. Provocadores. E as mãos dele passearam por lugares em que um cavalheiro perfeito não se atreveria.

A mão dele desceu pelas costas dela – não hesitante, mas possessiva. Como se determinada a explorar cada centímetro do que seria dele. O toque do marquês deixou um rastro ondulante de sensações no corpo de Charlotte.

Então essa mão envolveu o traseiro dela e o apertou, levando-a de encontro à força e ao calor dele. Ela exclamou, chocada pela ousadia. Ele deslizou a língua por entre os lábios dela. Gentil, mas insistente. Explorando um pouco mais a cada investida. Convencendo-a a se entregar ao beijo. E ela se entregou.

Que Deus a ajudasse, mas ela se entregou. Charlotte passou os braços ao redor do pescoço dele e retribuiu o beijo. Tentando se comportar como se tivesse a menor noção do que fazia.

Mas seja lá o que ela estivesse fazendo, ele parecia gostar. Um gemido suave emergiu do fundo do peito dele. Foi uma sensação inebriante saber que ela podia provocar uma reação dessa em um homem. Ela agarrou com força os ombros dele. Algo dentro dela tinha despertado. Uma consciência, um desejo... um vislumbre de uma Charlotte do futuro, alguém que ela ainda não tinha certeza de que estava pronta para ser.

Mais tarde, quando estivesse sozinha, ela precisaria reviver cada segundo desse encontro. Quando foi mesmo que os joelhos dela ficaram bambos? Como ele a fez desejar essas coisas? O mais preocupante de tudo...

Quando foi que ela começou a *desejá-lo*?

O desejo não pegou Piers de surpresa.

Ele a tinha achado atraente à primeira vista, e tentadora poucos minutos depois que a conheceu. Tinha sentido os contornos esguios e femininos do corpo dela pressionado contra o seu no nicho da janela na biblioteca. Todos aqueles exercícios mentais que ele tinha treinado para usar em caso de captura e tortura? Ele utilizou cada um deles atrás daquelas cortinas, só para não ficar excitado.

Neste dia, contudo, foi diferente. Neste dia ele não precisava se segurar. E depois que as comportas foram abertas, um verdadeiro dilúvio de desejo o inundou. Não, o desejo não o surpreendeu. Mas a carência? Isso o sacudiu dos pés à cabeça.

Ela estava correta; a intenção desse beijo era persuadir. Ele precisava convencer Charlotte Highwood a aceitar sua mão – tanto para preservar sua reputação imaculada como para afastar questões quanto ao verdadeiro objetivo dele naquela casa.

Beijá-la era uma questão de dever cívico. Mas ele nunca tinha sentido tanto prazer no trabalho. A musselina do vestido era pura maciez, e sedutoramente frágil. O encontro dos corpos era perfeito; ela parecia pronta em suas mãos. E o gosto dela era tão bom. Ele nunca colocava açúcar no chá, não gostava de calda de chocolate. Mas Charlotte tinha bebido algo doce. Melaço? Mel? Talvez fosse apenas a essência natural dela. O que fosse, ele não conseguia se fartar. Piers estava ávido por ela.

– Charlotte – ele murmurou. Parou por um instante para admirar o rosto dela antes de beijar-lhe a face. Depois o pescoço claro e macio.

E embora não fosse necessário – ou mesmo aconselhável –, ele a puxou para mais perto ainda e renovou o beijo.

Há tanto, tanto tempo Piers não fazia algo apenas porque queria. Mas ele merecia isso, não? Uma mulher doce e atraente em seus braços. Não era justo com ela, mas a vida não era justa. Todo mundo acabava aprendendo essa lição, e Charlotte passaria por essa experiência com um resultado melhor que a maioria – uma marquesa, com fortuna e título ao seu dispor. Se fosse deixada por sua própria conta, ela poderia se dar muito pior – o que era bem provável.

O marquês afastou a sensação de culpa. E mergulhou mais fundo nela. Aquele não era o primeiro beijo de Charlotte. Ele conseguia perceber isso, embora duvidasse de que qualquer um dos jovens que a tivessem beijado soubesse o que estava fazendo. Piers sentiu um tipo de raiva vaga e estúpida deles. E isso o deixou ainda mais decidido a tornar aquele beijo sublime. Longo, lento, doce e apaixonado o suficiente para eliminar os encontros passados da memória dela. Desse dia em diante, quando ela pensasse em beijos, pensaria apenas nele.

Piers sentiu o momento em que ela lembrou do mundo à volta deles. Charlotte ficou rígida em seus braços. *Não, não.* Ele a apertou mais. Ela não iria se livrar dele. Ainda não.

Piers passou a dar beijos leves e provocadores. Roçando de novo seus lábios naquela boca doce e exuberante. E de novo. Só mais uma vez... e então mais uma.

Quando ele se afastou, os lábios dela estavam inchados e avermelhados. A visão o satisfez de um modo profundo, primitivo.

Ela piscou várias vezes, parecendo entorpecida.

– Eu... eu, de repente não tenho tanta certeza de que nosso compromisso seja uma boa ideia.

– Vou falar com sua família e Sir Vernon. Você não precisa se preocupar. Eles irão concordar.

– Meu lorde...

– Piers – ele a corrigiu. – De agora em diante, você deve me chamar de Piers.

– Muito bem, Piers. – Ela observou o rosto dele. – Que tipo de diplomata é você?

Querida, se você soubesse... daria meia-volta e fugiria correndo o mais rápido que seus sapatinhos permitissem.

– Um diplomata com uma especialidade – ele disse, com absoluta sinceridade. – Negociar rendições.

– Um compromisso? – A mãe seguiu Charlotte até o quarto desta. – Você o tinha na palma da mão e se conformou com um compromisso?

– O compromisso foi escolha minha, mãe. – Charlotte desabou na cama.

– Pior ainda. Eu não lhe ensinei nada? Feche o negócio quando tem a chance.

Charlotte cobriu a cabeça com um travesseiro. Ela não queria discutir com a mãe nesse momento. Queria ficar sozinha para poder reviver em sua cabeça cada momento daquele beijo, e organizar todas as sensações que a agitavam por dentro. Então ela poderia dividir suas reações em duas pilhas: emocionais e físicas.

A pilha emocional seria a menor das duas – umas dez vezes menor, sem dúvida. O alvoroço que Piers tinha provocado dentro dela era só uma questão de corpos e desejo. Corações não tinham nada a ver com a história.

No mínimo, era isso que ela esperava. Mas se sentiria muito melhor após confirmar essa esperança.

Ela ouvia os passos de sua mãe, andando de um lado para outro.

– Garota imprudente. Quinze dias. Você sabe que é mais do que duas semanas inteiras?

– Sim, mamãe. Eu sei quantos dias têm duas semanas.

– E se ele mudar de ideia? – ela choramingou. – Você deu a ele a oportunidade de pular fora. Ele pode fazer as malas e fugir no meio da noite.

Charlotte jogou o travesseiro de lado.

– Sua confiança em mim é tão inspiradora, mãe.

– Não temos tempo para essa insolência que você chama de humor. O marquês já esteve noivo antes, sabia? Ele adiou o casamento por oito anos, e então a garota se casou com o irmão dele.

Sim, ela lembrava de ter ouvido fofocas a respeito.

– Esse noivado tinha sido um arranjo da família. Eles eram jovens e mudaram de ideia.

– É melhor você torcer para que ele não mude de ideia de novo. Se ele desistir desse "compromisso", você estará arruinada. Trata-se da sua vida, Charlotte.

– Oh, eu sei. – Ela sentou na cama. – E é culpa sua que estou correndo perigo.

— Culpa minha?

— Você encorajou o escândalo e forçou Lorde Granville com toda aquela conversa de ele estar dominado pela paixão.

— Eu posso ter encorajado, mas foi você quem começou. Foi você que ficou se agarrando com ele atrás das cortinas. — Ela desabou em uma poltrona e abanou o leque. — Pela primeira vez, uma das minhas filhas me deixou orgulhosa. Sabe, eu estava esperando que você agarrasse um duque nestas férias. Pensei que esta região se chamasse Ducário, mas fui terrivelmente enganada.

— A região se chama Ducário. Isso não significa que funcione como um orquidário. Você imaginava que cultivassem duques em vasos?

A mãe bufou.

— De qualquer modo, depois de um duque, um marquês é o que há de melhor. Você foi muito esperta de agarrá-lo.

— Eu não estava tentando agarrar ninguém!

— Agora que o fisgou, é melhor segurá-lo. Precisa se comportar o melhor possível durante o resto da nossa estadia. Um modelo de etiqueta. Observe sua postura. Nada de gírias nem ironias. Fale menos, sorria mais.

Charlotte revirou os olhos. Mesmo que sorrisse até entortar a boca, ela nunca se transformaria na noiva ideal para Piers.

— Aproveite toda oportunidade de ficar sozinha com ele. Sente-se perto dele nos jantares e na sala de estar. Peça-lhe que vire as páginas da partitura enquanto você toca piano. Não, espere... não toque piano. Isso irá afastá-lo. — Ela bateu na coxa com o leque. — Eu sempre lhe disse para se aplicar mais na prática de música.

— Mãe, pare com isso. Se esse "compromisso" se tornar um noivado – *e eu irei garantir que não se torne* – não vai ter nada a ver com meus dotes ou minhas maneiras, e tudo a ver com o caráter de Lorde Granville. Não foi meu charme que o agarrou. Foi o próprio senso de decência dele que o prendeu a mim.

A mãe bufou, soltando todo o ar dos pulmões.

— Ele é um homem honrado – Charlotte disse.

Ela deixou de acrescentar "um que beija como um devasso impenitente".

A mãe pareceu refletir sobre isso. Então ela levantou e se preparou para sair.

— Só para garantir, vamos aumentar o decote de todos os seus vestidos. Vou instruir a criada a esse respeito.

— Não. — Charlotte pulou da cama e bloqueou o caminho da mãe. — Mãe, você não pode. Não pode falar disso para ninguém.

— Mas...

– Você não pode dizer nem uma palavra. Nem para os criados nem para Lady Parkhurst. Nem para os vizinhos, nem para suas correspondentes. Nem para as paredes.

– Eu não falo com as paredes – a mãe protestou. – Não muito.

Charlotte conhecia muito bem sua mãe. Se permitisse, a mãe começaria dando indiretas durante o almoço. Faria insinuações no chá. Quando todos se reunissem para o licor após o jantar, ela estaria se vangloriando do casamento iminente e escrevendo cartas para todas as amigas. Não haveria escapatória, então.

– Lorde Granville pediu para que o compromisso fosse mantido em segredo – ela continuou. – Ele é um homem importante e dá valor à discrição. Ele ficaria muito contrariado se fosse alvo de fofocas. – Ela teve uma ideia. – Na verdade... eu não ficaria surpresa se isso tudo fosse algum tipo de teste.

– Um teste?

– Isso mesmo. Para ver se pode confiar em nós. Se falar qualquer coisa para alguém, ele saberá. E então é provável que retire seu pedido.

A mãe ficou boquiaberta e mordeu a mão.

– Oh, Charlotte. Vire essa boca para lá.

Charlotte pôs as mãos nos ombros da mãe.

– Eu sei que você consegue, mãe. Todos os seus anos de incentivo e cuidado, na esperança de que suas filhas casassem bem... resumem-se a isso: você precisa segurar sua língua. Mordê-la. Cortá-la, se necessário. Tudo depende do seu silêncio.

– Sim, mas é só...

Charlotte a interrompeu com o olhar. *Silêncio.* A mãe choramingou, mas ficou de boca fechada.

– Ótimo – disse Charlotte, batendo de leve nos ombros da mãe como incentivo. – Agora vá para seu quarto e descanse. Eu tenho que escrever.

Ela levou a mãe para fora do quarto e trancou a porta atrás dela, deixando, em seguida, o corpo desabar contra a madeira.

Oh, céus. Quem poderia dizer se sua mãe iria conseguir se controlar por duas semanas inteiras? Charlotte precisava identificar os verdadeiros amantes – e logo.

Ela foi até a pequena escrivaninha e mergulhou a pena na tinta. Charlotte não tinha mentido; precisava mesmo escrever.

Uma letra, na verdade. A letra C.

Com um gesto decidido, ela escreveu a letra no papel e se recostou na cadeira para refletir. Tinha um mistério para resolver, e essa era sua primeira – talvez única – pista.

Capítulo quatro

Piers se inclinou para frente, fechou um olho e alinhou sua tacada.

Sinuca – como tantos outros esportes – era um exercício de geometria e física aplicadas. Se o equipamento fosse padrão e a superfície de jogo lisa, a única variável era a habilidade do jogador.

O sucesso estava todo na concentração. Em estreitar o foco. Amortecer os sentidos, ignorando emoção, eliminando quaisquer fragilidades humanas, até que restassem apenas o corpo do sujeito, o alvo e a intenção.

Com um movimento rápido do braço, ele deu a tacada, enviando a bola branca de encontro à vermelha, fazendo as duas girarem pelo feltro verde em trajetórias perfeitas e previsíveis.

Durante a maior parte da vida, ele tinha lidado com as pessoas dessa forma. Não que desdenhasse delas, nem que tivesse uma noção aumentada de sua própria importância, mas porque a emoção podia facilmente desviar sua tacada. Distanciamento era essencial – e nunca tinha sido um problema.

Até então. Até Charlotte.

Ela deixava Piers com a cabeça e o corpo girando, fora de controle. Não conseguia parar de pensar nela. Na doçura que ele não parava de querer. No encaixe perfeito do corpo dela com o seu. No modo fácil como ela superou as defesas dele e se moldou a sua pele.

Sim, ela era jovem. Mas Piers tinha aprendido a avaliar rapidamente as pessoas, e Charlotte Highwood era mais do que aparentava. Ela possuía o tipo de honestidade que exigia autoconfiança, e uma consciência aguçada de si mesma e dos outros.

Droga, isso era perigoso – mas talvez perigo fosse o que ele estava procurando. Ela tinha feito o sangue dele correr rápido e sua mente permanecer alerta, do mesmo modo que as missões mais perigosas que ele havia aceitado durante a guerra.

Aquele beijo fez com que ele se sentisse vivo.

– Ai.

Algo longo e pontudo o cutucou no traseiro. Depois no flanco.

Edmund Parkhurst estava entre ele e a porta, brandindo um taco de bilhar. O garoto fazia uma careta de escárnio, e espetou a ponta do taco debaixo da última costela de Piers – como uma miniatura de canibal mantendo seu prisioneiro na ponta da lança.

– Eu sei. – A voz do garoto era mais ameaçadora do que a voz de um garoto de 8 anos podia ser. – Eu sei o que você fez na biblioteca.

Maldição. Isso de novo não.

– Edmund, você está enganado. Eu sou amigo do seu pai. Ninguém cometeu nenhuma violência. Já falamos disso.

– Assassinato. – *Cutucão*. – Assassinato. – *Cutucão*. – Assassinato.

Piers jogou seu taco sobre a mesa. Onde estavam os pais dessa criança? Ele não tinha uma babá? Tutores? Brinquedos, passatempos, animais de estimação?

– Eu não sou um assassino – Piers disse, com firmeza dessa vez.

E não era mesmo. Não tecnicamente, desde que se usassem as mesmas acrobacias éticas empregadas na absolvição de soldados e carrascos de seus deveres sangrentos. Nenhum tribunal da Inglaterra o condenaria por assassinato. Ele se sentia menos seguro quanto a escapar do julgamento divino, mas... só a eternidade diria.

– Eu sei o que você fez. E você vai pagar. – O garoto levantou o taco de bilhar e o usou como uma espada.

Piers evitou o golpe colocando-se trás da mesa.

– Edmund, acalme-se.

Ele poderia ter desarmado o garoto com facilidade, mas ficou imaginando a cena que se seguiria se ele machucasse nem que fosse um dedinho de Edmund. O garoto sairia correndo pelos corredores gritando não apenas "ASSASSINATO!", mas também "AGRESSÃO!" e "TORTURA!". Era provável que também acrescentasse "SONEGAÇÃO DE IMPOSTOS!", só para completar.

Edmund o seguiu ao redor da mesa de sinuca, atacando de novo – com mais força dessa vez. Quando Piers se abaixou, o golpe acertou um faisão empalhado que estava pendurado na parede, derrubando a ave de seu poleiro. Piers podia jurar que ouviu a coisa grasnar. A sala foi tomada por uma explosão de penas, que caíram sobre os ombros dos dois como flocos de neve.

As emoções no rosto de Edmund sofreram alterações rápidas – de arrependimento por destruir um dos troféus de seu pai, a receio pelo castigo, a... Fúria pura e total.

O garoto baixou o taco como uma lança, curvou os ombros e avançou sobre Piers a toda velocidade.

– AS-SAS-SI-NO!

Isso, Piers decidiu, já era demais. Ele agarrou o taco com uma mão, mantendo o instrumento e Edmund onde estavam.

– Escute-me, garoto – ele falou com a voz baixa e severa. – Bater um no outro com tacos de sinuca não é modo de cavalheiros resolverem suas diferenças. Seu pai ficaria bastante insatisfeito com seu comportamento. Eu também estou perdendo minha paciência. Pare com isso. Agora mesmo.

Ele e o garoto ficaram se estudando, desconfiados. Piers soltou o taco de sinuca.

– Vá para seu quarto, Edmund.

Houve um silêncio demorado e tenso. Então Edmund deu uma estocada nas partes baixas de Piers e mergulhou debaixo da mesa de sinuca, deixando o marquês ofegante.

– Sua coisinha miserável... – Ele se dobrou e bateu com o punho fechado no feltro verde da mesa de sinuca.

Foi a conta. Edmund Parkhurst iria aprender uma lição.

– Posso apoiar isto? – Charlotte perguntou, a voz tensa. – Acho que estou ficando com cãibras.

Delia não tirou os olhos do cavalete.

– Só mais alguns minutos. Eu preciso terminar de esboçar as dobras da sua toga.

Charlotte tentou ignorar as pontadas nos braços.

– Afinal, que deusa grega carrega uma bandeja de prata?

– Nenhuma delas. Está substituindo uma lira.

Havia poucas pessoas no mundo para quem Charlotte ficaria de pé, na sala matinal, envolta em lençóis, segurando uma pesada bandeja de prata por horas a fio, mas Delia Parkhurst era uma delas.

Depois que *O Tagarela* a transformou em pária social, Charlotte desistiu de preencher seus cartões de dança. Contudo, ficar se lamentando não era do seu feitio. Quando desdenhada pelos cavalheiros, ela procurou novas amigas. E encontrou Delia.

Ela era calorosa, espirituosa e também invisível nos bailes, tendo nascido com um quadril maior do que o das outras mulheres. Elas conspiravam pelos cantos e inventavam jogos como "Localize o dente de madeira" e "Devasso, devasso, duque", e faziam barcos de papel com os cartões de dança sem uso para a "Regata da Tigela de Ponche".

Mas isso foi até elas começarem a usar melhor seu tempo: planejando a fuga.

— No ano que vem estaremos a milhares de quilômetros daqui — Delia disse. — Livres das nossas famílias, e longe de qualquer um que leia os jornais de fofocas de Londres. Vou ter esculturas renascentistas para desenhar e você, templos e catacumbas para explorar. E à noite estaremos rodeadas por *comtes* e *cavaliere*. Sem bandejas de chá de prata.

Charlotte se sentiu culpada. Depois da cena na biblioteca, o plano das duas viajarem para o continente corria sério risco, mas Delia nem sabia. Charlotte morreria se tivesse que decepcionar a amiga.

Delia pôs o lápis de lado.

— Pronto. Encerrei por hoje.

Charlotte baixou a bandeja, desenrolou-se dos lençóis e sacudiu braços e pernas para relaxá-los.

— Vamos abordar o assunto da nossa viagem hoje? — Delia perguntou.

— Ah, não. Ainda não.

Não enquanto seu pai pensar que eu levantei a saia para um marquês na biblioteca dele.

— Por que não?

Charlotte tentou ser vaga.

— Eu ainda não tive tempo suficiente para mostrar aos seus pais que sou confiável. Muito menos para sua irmã. Frances olha para mim como se eu fosse arruinar você jogando-a nas mãos do primeiro libertino.

— Frances é protetora, e presta atenção demais a fofocas. Pelo menos não tenho irmãos mais velhos para se oporem. Só Edmund, e ele pode ser convencido com facilidade.

Eu não teria tanta certeza disso, Charlotte pensou.

— O que está fazendo você hesitar? Lorde Granville?

A pergunta pegou Charlotte de surpresa.

— Como você sabe?

Delia deu de ombros.

— Você saiu do salão de baile assim que ele entrou, e sei como sua mãe pensa. Mas eu não me preocuparia com as armações dela para chamar a atenção do marquês. O homem está tão fora de alcance que parece morar na Lua.

Era o que Charlotte pensava. Até ela não só se ver ao alcance dele, mas envolta em seus braços. A lembrança provocou um arrepio em sua nuca. Ela sentou e pegou a mão de Delia.

– Eu preciso lhe contar uma coisa. Estou preocupada com o modo como você vai receber essa notícia.

– Charlotte, você é minha amiga mais querida. Pode sempre se abrir comigo.

Um nó se formou na garganta de Charlotte. Ela continuaria sendo a amiga mais querida de Delia depois que lhe contasse a verdade?

Um pequeno baque no fim do corredor chamou a atenção delas. Então um grande baque fez com que se levantassem. Ela e Delia saíram apressadas da sala matinal e seguiram os sons de louça estilhaçada até o saguão de entrada, onde um Edmund envergonhado estava ao lado dos restos de um vaso. Acompanhado por ninguém menos que Piers. Cada um deles empunhava um taco de sinuca.

Lady Parkhurst desceu a escadaria, correndo até eles, um pouco ofegante, com a touca de lado – como se tivesse acordado assustada de sua soneca.

– O que está...? – Ela assimilou a cena com uma rápida passada dos olhos. – Edmund, eu devia saber que você...

– Perdoe-me, Lady Parkhurst. – Piers fez uma reverência. – A culpa é minha. Eu estava dando a Edmund uma aula na arte da esgrima.

– Esgrima? Com tacos de sinuca?

– Sim. Receio que nos entusiasmamos demais. Edmund é rápido para aprender. Meu bloqueio derrubou o vaso. – Ele olhou de lado para outra pilha de destroços no canto. – E o cupido.

– E o faisão na sala de sinuca – Edmund interveio. – Foi ele também.

Piers pigarreou.

– Sim. Tudo culpa minha. Espero que consiga perdoar minha falta de jeito.

Charlotte segurou um sorriso. Falta de jeito? Como ela sabia muito bem por causa do encontro na biblioteca, Piers possuía reflexos rápidos como relâmpago e total controle de sua força. Ele só estava assumindo a culpa no lugar do garoto. Do mesmo modo que tinha assumido a culpa por ela.

– É claro que eu irei substituir todos os itens quebrados – ele disse para Lady Parkhurst.

– Oh, por favor, não faça isso – Delia disse. – Eram peças terrivelmente feias.

– Delia – a mãe disse.

– Ora, eram mesmo.

Lady Parkhurst lançou um olhar de repreensão materna para a filha.

— Vou chamar a criada para limpar isso. Por favor, leve seu irmão para cima.

Delia obedeceu, levando Edmund pelos ombros na direção da escadaria. O garoto foi de má vontade, arrastando os pés. Antes de chegar ao alto da escada, ele olhou por sobre o ombro e sussurrou para Piers:

— Isso não acabou. Estou de olho em você.

— O que ele quis dizer? — Charlotte perguntou para Piers.

— Não queira saber.

Charlotte ajoelhou no canto e começou a recolher os pedaços da estátua de cupido. Não estava tão destruída quanto o vaso. Talvez pudesse ser reconstruída.

Piers se juntou a ela, agachando-se para pegar a base de gesso do cupido, que recolocou no pedestal.

— Você não deveria ajudar — ela disse em voz baixa.

— Por que não?

— Porque é um marquês. Marqueses não fazem este tipo de coisa.

— Por que não? Se eu destruo alguma coisa, ajudo a arrumar a bagunça. É assim que deve ser.

Ela pegou uma parte dos pés do cupido e colocou sobre a base.

— Você não acredita nisso. Se acreditasse, Edmund deveria estar recolhendo esta coisa. É óbvio que foi culpa dele.

— Mas não só dele. — Piers acrescentou os tornozelos do cupido. — A prática requer dois participantes.

Charlotte entregou para ele a próxima parte da estátua — um par de joelhos brancos e coxas gorduchas. Quando ele a pegou, as pontas de seus dedos roçaram no dorso da mão dela. Apenas esse contato fugaz, de pele na pele, eletrizou Charlotte.

Ela baixou os olhos, pegando o traseiro redondo do cupido e colocando-o sobre a reconstrução que faziam. Os dedos dela deviam estar tremendo. Não importa o quanto ela tentasse, a peça de gesso não se encaixava no lugar.

— Acho que está faltando um pedaço — ela disse. — Não consigo encaixar este.

— Com licença. — Ele pegou a peça das mãos dela e a inverteu.

— Creio que a posição seja esta.

Oh, Deus. Ela estava segurando o traseiro de cabeça para baixo, tentando forçá-lo no lugar. Enquanto isso, o pênis pequenino do cupido ficou apontado para cima, como o ponteiro de um relógio indicando meia-noite.

Ela baixou a cabeça, envergonhada.

– Eu acredito que a próxima parte esteja aí, atrás do seu joelho.

Afobada, ela pegou a peça, e então a deixou cair de novo ao sentir uma pontada no dedo. Uma gota de sangue surgiu no local.

– Você se machucou – ele disse.

– Não é nada.

Mas ele já tinha pegado sua mão. Depois de uma rápida avaliação, ele levou o dedo machucado até a boca e sugou a dor. A ação foi eficiente, nada maliciosa, mas mesmo assim embaralhou seus pensamentos.

Então ele envolveu a mão dela, apertando o polegar contra a ferida minúscula. Os olhos, contudo, ele nunca desviou do rosto dela. Charlotte sentiu o coração bater como se estivesse decidido a manter o dedo sangrando; como se não quisesse que aquele momento terminasse.

– Sério, meu lorde...

– Piers – ele a corrigiu.

– Piers. – Ela olhou para o corredor em busca de salvação. – A empregada está vindo. Nós estamos juntos no chão, de mãos dadas, rodeados por pedaços de gesso da estátua de um anjo nu. Não é bom que sejamos vistos assim, juntos.

– Pelo contrário, é perfeitamente adequado. Iremos anunciar nosso noivado em menos de duas semanas.

– É o que estou tentando dizer. Não iremos.

Ele arqueou as sobrancelhas.

– Você se esqueceu dos fatos dos últimos dias?

– Não.

Ela não tinha se esquecido da provocação sutil. Muito menos dos braços fortes ao seu redor. E com certeza não tinha se esquecido do beijo escaldante, apaixonado.

Charlotte afastou sua mão da dele.

– O que aconteceu na biblioteca foi culpa minha. Nunca deveria ter seguido você até lá.

– Eu não deveria ter permitido que você ficasse. A prática requer dois participantes.

Charlotte derreteu por dentro. Por ela, Piers tentava fazer o que era certo. E ela se sentia mais grata do que ele podia imaginar. Mas isso só a deixava ainda mais decidida a fazer o que era certo para ele.

– Eu fiz a bagunça, e eu irei arrumá-la. – Ela reuniu coragem para sorrir para ele. – Tenho um plano.

Capítulo cinco

Ela tinha um plano. Piers reparou que aquelas declarações exaltadas dela estavam formando um padrão.

Não fique assustado. Eu vim para salvar você. Eu tenho um plano.

Ela ficava prometendo protegê-lo. Não tinha ocorrido a Charlotte Highwood que ele estava em melhores condições de salvá-la do que o contrário.

Piers não conseguiu decidir se ela era gravemente obtusa ou encantadoramente maluca.

Ele abandonou a tarefa de remontar o cupido e a ajudou a se levantar.

— Você tem um plano.

— Sim. — Depois de uma olhada cautelosa pelo saguão, ela baixou a voz. — Eu vou encontrar os amantes. Os que tiveram, de fato, um encontro naquela noite. Depois que eu apresentar as provas para minha mãe e Sir Vernon, não teremos que casar.

Essa era a grande ideia dela? Havia tantas coisas erradas com aquele plano que Piers nem sabia por onde começar.

Ao ouvir a criada se aproximando, ele acenou para que ela entrasse na sala de música, que estava vazia, onde poderiam conversar em particular.

— Sou muito boa em investigações, sabe. — Ela se afastou da porta aberta. — Quando minha irmã Diana foi acusada de roubar objetos na pensão, eu quase resolvi o mistério.

— Quase.

— Sim, eu descobri a pessoa responsável. Foi só o cúmplice dela que me pegou de surpresa.

O fato de ela ter quase resolvido o mistério da pensão pareceu não impressionar Piers. Ele estava ocupado demais em notar como as janelas amplas e os painéis espelhados daquela sala banhavam Charlotte em luz. O sol dourado pintava seu perfil delicado e iluminava os fios soltos de seu cabelo.

Bom Deus, o que ele estava pensando? Luz dourada e fios soltos de cabelo. Só faltava ele começar a escrever poesia.

Aquilo não era afeto, disse a si mesmo. Não podia ser. Piers cultivava atenção aos detalhes, só isso. Informações delicadas. Segredos de estado. Fios de cabelo soltos. Tudo era racional e fazia sentido.

– É simples – ela disse. – Alguém, ou melhor, dois alguéns tiveram um encontro tórrido na biblioteca. Sabemos que não fomos nós. Só temos que descobrir quem foram e fazer com que confessem.

Ele a encarou com ceticismo.

– Quem quer que tenha tido um encontro tórrido na biblioteca não quer ser encontrado. Muito menos confessar.

– Então teremos que obrigá-los de algum modo. Ou surpreendê-los no ato. – Ela fez um gesto de pouco caso. – Temos quinze dias para resolver isso e estou pondo a carruagem na frente dos cavalos. Primeiro temos que descobrir a identidade deles.

– Isso não é possível.

– É bastante possível.

– Nós estávamos atrás da cortina. Não vimos nada.

– Não, mas temos outros meios de observação. Para começar, nós os ouvimos. Se não a voz, pelo menos os... – Ela fez uma careta. – Ruídos que produzem.

Deus. Estava perto demais do almoço para ele ser lembrado disso.

– Não sei muito bem o que gemidos e guinchos podem nos dizer.

– Bem, no mínimo eles nos dão uma certeza razoável de que os amantes eram um homem e uma mulher. Não dois homens nem duas mulheres.

Ele ficou sem saber o que responder.

– Eu não devo admitir que casais assim existem? – ela perguntou. – Não obstante as partes do cupido, eu falei sério na outra noite. Sou inocente, mas não ignorante.

– Por favor, continue. – Ele fez um gesto convidativo.

Aquela garota era cheia de surpresas. Ele mal podia esperar para o que ela inventaria a seguir.

– Nós sentimos o cheiro do perfume – ela continuou. – Um aroma bem definido. Eu sei que o reconheceria se o sentisse outra vez.

– Considerando que as mulheres não usam perfume durante visitas ocasionais ou na igreja, isso parece improvável.

– Concordo. Mas ainda temos nossa pista mais importante. A liga.

– É uma liga, o que não diz muita coisa.

– Você deve ter pouca experiência com ligas.

– Eu não diria isso, mas admito que não as uso.

Ela sorriu.

– Para começar, era vermelho-escarlate. Não apenas uma cor sensual, mas pouco comum. Feita de seda, o que é caro. Isso indica que os amantes não eram criados. No mínimo, não os dois. Se for uma criada envolvida com um cavalheiro, pode ter sido um presente. A liga também ficou um pouco grande quando a experimentei em mim mesma, isso me diz algo sobre as formas da mulher.

– É mesmo? – Piers disse, distraído.

Ele ficou um momento perdido com a imagem de Charlotte levantando a saia e colocando uma fita vermelha na coxa branca e suave.

– Tudo isso e nem chegamos à melhor parte. A cinta trazia bordada a letra C. – Com outro olhar ao redor, ela tirou um papel do bolso e o desdobrou. – Fiz uma lista com todos os presentes na Mansão Parkhurst nessa noite. Família, convidados, criados.

– Como conseguiu fazer isso? Boa memória?

– Não totalmente. Os criados e a família eu listei sozinha, claro. Quanto aos convidados, logo cedo fui até o escritório de Lady Parkhurst e copiei a lista de convidados. Então procurei mulheres com a inicial C nos nomes ou títulos. Excluindo eu mesma, claro.

Ele inclinou a cabeça para o lado, observando-a.

– Por favor, não me dê esse olhar de desaprovação. Eu sei que foi errado, mas estou tentando ajudar. Nossos futuros estão em jogo.

Não foi um olhar de desaprovação. Piers estava impressionado. Ele sabia que Charlotte era inteligente, mas não esperava que a capacidade de dedução dela fosse tão desenvolvida.

– Depois que diminuirmos nossa lista de suspeitos, identificar a amante deve ser simples. Então, é só uma questão de seguir a mulher para encontrar o homem. Com um pouco de sorte, vou descobrir os nomes dos amantes misteriosos dentro de poucos dias.

– Como você sabe que eram amantes misteriosos?

Ela hesitou.

– O que você está querendo dizer?

– Usar a palavra "amantes" sugere um grau de sentimento. Existe fazer amor, mas também existe... – Ele pensou nas alternativas antes de escolher o termo vulgar menos chocante. – ...o simples coito.

– Qual a diferença?

Qual, não é mesmo?

— Um homem sem princípios poderia tomar isso como convite para uma demonstração.

— Felizmente, você tem princípios de sobra.

Ela não poderia estar mais errada.

— Basta dizer que o encontro que ouvimos cai na categoria de coito. Faltou certa... *finesse*.

— Talvez falte um pouco de imaginação para você.

Piers meneou a cabeça, achando graça. Não lhe faltava imaginação.

Naquele exato momento ele experimentava uma fantasia vívida em que apertava Charlotte contra a parede espelhada. Observando raios de luz dourarem os cílios e lábios dela. Beijando-a lentamente, fazendo com que ela imergisse em uma névoa de paixão. Então — somente depois que ela estivesse implorando por mais —, levantando a saia dela, ajoelhando-se e provando sua doçura. Demorando-se nisso. Dando-lhe prazer uma vez após outra. E mais outra. Assim, ele lhe diria então, é como se faz amor.

Ele se deu uma sacudida mental. Bastava. Aquela ideia seria guardada para depois do casamento. Acontece que ele tinha um ou dois espelhos — ou centenas — em sua propriedade.

E a propriedade dele era onde Charlotte precisava estar. Depois que Piers tivesse se casado e deitado com ela, e a colocado na casa de campo, conseguiria se concentrar novamente.

— Pode chamá-los do modo que quiser — ela disse. — Eu escolho acreditar que eram amantes. E vou descobrir quem são.

— Você não pode ficar vagando por Nottinghamshire brincando de resolver mistérios. Não é apenas pouco decente, mas também tarde demais. Nós temos um compromisso.

— Nós podemos ter um compromisso, mas não é tarde demais. Não para encontrar os amantes, e não é tarde demais para nós. — Os olhos azuis dela transbordavam sinceridade. — Eu quero me casar por amor. E tenho-lhe em alta estima, de modo que desejo o mesmo para você, que é um homem decente e honrado.

Garota doce e inocente. Ela não tinha ideia. Seus poderes de dedução podiam ser aguçados, mas Piers nunca poderia permitir que ela deduzisse a verdade a respeito dele. Decente? Honrado? Nem perto. Que tal implacável, querida. Traiçoeiro. Insensível. Desalmado e coisa pior.

— Charlotte, eu...

— Você não quer amor, eu sei. Você pensa que o amor pode, de algum modo, enfraquecê-lo, mas está enganado. Tão enganado. Amar a pessoa certa deixa as pessoas mais fortes. Melhores do que jamais seriam sozinhas. Eu sei. Já vi acontecer. É por isso que vou solucionar este mistério. Nós dois merecemos algo melhor do que um casamento por obrigação baseado em meias verdades.

– Não vamos nos casar baseados em meias verdades – ele disse. – Vamos nos casar baseados no fato de que eu a puxei para um abraço clandestino no nicho da janela. Só isso já é indecoroso o suficiente.

– Mas só na definição mais rigorosa da palavra.

– As definições rigorosas são as que importam.

Ele não gostou da ideia de Charlotte andando pela vizinhança, cheirando o perfume das mulheres e medindo suas coxas. Mas podia haver um benefício nisso: enquanto ela estivesse ocupada interrogando a população local a respeito de suas ligas, não faria perguntas inconvenientes para ele. De qualquer modo, era um plano imprudente – que podia dar errado de várias formas.

– Não posso apoiar esse seu plano – ele afirmou. – Com certeza não irei ajudá-la.

– Nunca esperei ter a sua ajuda. – Ela lhe deu um olhar sedutor por entre os cílios. – Contudo, arrisco dizer que a perda é sua. Acredito que você poderia se beneficiar de um pouco de mistério na sua vida.

Oh, Charlotte. Você não faz ideia.

– Responda-me isso – ele disse –, depois que você não conseguir encontrar...

Charlotte lançou um olhar magoado para ele, que reformulou sua ideia:

– Se você não conseguir encontrar os copuladores misteriosos ao fim da nossa estadia, o que vai acontecer? Pretende me rejeitar e aceitar sua desgraça?

– Não sou idiota – ela respondeu, com o olhar distante.

Não, ele pensou. Ela não tinha nada de idiota. Longe disso, na verdade. Charlotte era inteligente, determinada e – algo que ele estava começando a admirar – perigosamente observadora. Era isso que o deixava preocupado.

Pouco depois do almoço, Charlotte recebeu uma convocação da mãe. Ela adiou atendê-la por uma hora, depois duas. Finalmente, decidiu que era melhor resolver logo aquilo.

A caminho do quarto de sua mãe, contudo, Frances Parkhurst a deteve no corredor.

— Uma palavrinha, Srta. Highwood?

Charlotte não tinha motivo para recusar.

— Quero que saiba que gosto muito da minha irmã – Frances falou em voz baixa.

— Eu também gosto muito de Delia. Ela se tornou minha melhor amiga.

— Verdade? – Frances a fitou com desconfiança. – Porque você parecia estar se tornando uma grande amiga de Lorde Granville mais cedo. Na sala de música.

— Você nos espionou?

— Não precisei espionar. A porta estava aberta.

— Nesse caso, deveria saber que estávamos só conversando.

Nós estávamos mesmo só conversando. Quantas vezes ela tinha pronunciado essa frase nos últimos dias? Charlotte estava ficando cansada, não só de dizê-la, mas de ninguém acreditar nela.

— Ele nunca ficaria com você – Frances disse. – Você só vai conseguir constranger o marquês se continuar correndo atrás dele.

Que audácia! Charlotte fechou a mão em um punho, ao lado do corpo. *Ela acha que está protegendo Delia*, Charlotte procurou se lembrar. *Não posso culpá-la por isso. Ela só me conhece pelos jornais de fofocas.*

— Não estou correndo atrás de Lorde Granville – Charlotte respondeu.

— Ah, por favor. Você acha que eu não sei como você e sua mãe arrivista pensam? Pois eu lhe digo que sua esperança de um casamento vantajoso é risível. Você não tem virtudes. Sua linhagem não é nada de que se orgulhar. Para completar, você é uma completa descarada. Depois que o resto de Londres ficou sabendo do seu verdadeiro caráter, você resolveu se aproximar da minha irmã.

— Você me parou no corredor só para me insultar? – Charlotte disse com frieza. – Porque, ainda que isso seja encantador, tenho mais o que fazer.

— Eu parei você para lhe dizer o seguinte: não vou permitir que tire vantagem da bondade e do desespero de Delia.

— Desespero? – Então Charlotte ficou brava de verdade. – Delia não está desesperada por nada. A não ser, talvez, por ficar longe de você.

— Ela é vulnerável e confia demais nos outros.

— Ela é uma mulher adulta, perfeitamente capaz de escolher suas amigas. E espero que nunca descubra o quanto você menospreza a inteligência dela.

Frances semicerrou os olhos escuros.

– Pois eu lhe prometo que, se magoar minha irmã, vou arruinar você, e não só em Londres. Todas as boas famílias da Inglaterra vão saber muito bem quem você é.

Com isso, ela fez meia-volta e foi embora, deixando Charlotte furiosa.

Nada precisava ser dito a respeito de Frances Parkhurst além disso: depois de apenas alguns minutos com ela, Charlotte ficou verdadeiramente ansiosa para falar com a própria mãe. Ela bateu na porta.

– Você mandou me chamar, mamãe?

– Mandei. Por favor, sente-se. – Ela indicou a cama.

O tom dela era incomumente delicado. Charlotte ficou atônita, mas não iria reclamar. Ela precisava de um pouco de delicadeza e foi se sentar na cama ao lado da mãe.

– Charlotte, querida. Está na hora de discutirmos o significado do casamento.

– Nós já discutimos o significado do casamento, mamãe. Não me lembro de um dia, desde que completei 13 anos, em que você deixou de enfatizar a importância dessa instituição.

– Então hoje não vai ser diferente. – A mãe arqueou uma sobrancelha grisalha. – Um bom casamento é o objetivo mais importante na vida de uma mulher. A escolha do marido irá ditar sua felicidade.

Charlotte se conteve. Ela não acreditava que conseguir um bom casamento era o objetivo mais importante da vida de toda mulher. Com certeza algumas mulheres podiam se sentir completas sem casar com ninguém. E entre as que se casavam, felicidade era uma joia multifacetada. Casamento podia, de fato, levar alegria para a vida de alguém, mas amizade, aventuras e realizações intelectuais também.

Sua mãe tinha casado com 17 anos e ficado viúva aos 24. Nunca conheceu nada do mundo. Toda a segurança e todo o aconchego de sua casa morreram com seu pai. Com isso, sua mãe ficou ansiosa e perdida. E agora ela era ridicularizada.

Charlotte tinha decidido nunca ser igual. Não importava a pressão de sua mãe pelo casamento, ela não se acomodaria antes de estar pronta, e só obedeceria ao seu coração.

– Marido e mulher precisam ter sintonia – a mãe continuou.

– Mãe, eu já estou convencida disso. É melhor você usar seu fôlego para esfriar o mingau, e depois para reclamar que ficou frio.

– Não estou falando de abstrações, garota. Estou falando de casamento e do que ele significa em sua essência. Uma união, não apenas de corações e mentes, mas de... – A mãe retorceu a boca. – Corpos.

– Oh.

Oh, céus. Então a mãe queria ter *aquele* tipo de conversa. E Charlotte tinha pensado que não poderia haver nada pior que o sermão de Frances.

– Você pode ter observado – a mãe continuou, olhando para qualquer coisa, menos para Charlotte – que no reino animal os indivíduos masculinos e femininos têm órgãos reprodutores diferentes.

Não, não, não. Aquilo não podia estar acontecendo. Charlotte passou os olhos por todo o quarto à procura de uma saída.

– Mamãe, nós não precisamos ter essa conversa.

– É meu dever como sua mãe.

– Sim, mas não precisamos tê-la agora.

– Pode não haver um momento melhor.

– Eu já li livros. Tenho irmãs casadas. Eu já sei sobre relação...

– Charlotte. – A mãe lhe mostrou a mão aberta. – Feche a matraca e vamos terminar logo com isso.

Derrotada, Charlotte dobrou as mãos sobre as pernas e esperou que aquilo terminasse.

– Sabe o... aham... do homem tem um formato diferente da... coisa... da mulher... – Ela agitou a mão. – No leito nupcial, ele vai querer colocar o... negócio dele.... – Mais gesticulação. – ...dentro do seu.

– O aham dele vai entrar na minha coisa.

– Se quiser deixar claro. Sim. E então...

– E então é o dever matrimonial. Só uma pontada. Fique deitada e pense na Inglaterra. Acho que já entendi. Obrigada, mamãe.

Ela tentou levantar da cama para fugir, mas a mãe a puxou de volta.

– Fique quieta.

Charlotte ficou quieta. Deprimida, mas quieta.

– Eu pensei que poderia ser difícil falar disso, então reuni alguns objetos comuns para servirem de ilustração. – Mamãe esticou a mão para uma cesta coberta por um lenço. – Agora, você pode ter notado, alguma vez, ao tomar banho, que existe um tipo de fenda entre as suas pernas.

Charlotte se controlou para não falar. Sério? Ela *podia* ter notado seu próprio corpo em algum momento durante 20 anos de vida? Charlotte imaginou que podia existir, em algum lugar, uma jovem que nunca tivesse se dado conta da própria anatomia abaixo do umbigo. Mas quem quer que fosse aquela pobre alma, Charlotte não conseguiria ser amiga dela.

– É algo parecido com isto. – A mãe tirou um objeto redondo da cesta.

– Isso é um pêssego? – Charlotte perguntou.

– Sim. As partes íntimas da mulher são representadas por este pêssego.

– Por que um pêssego? E não uma orquídea, uma rosa, ou qualquer outra flor?

A mãe ficou estranhamente defensiva.

– O pêssego tem uma abertura. É da cor certa. É... aveludado.

– Mas não é muito preciso, certo? Quero dizer, pode não ser tão poético, mas até um repolho cortado ao meio teria, pelo menos, a...

– Charlotte, por favor. Deixe-me continuar.

Deixar que a mãe continuasse era a última coisa que ela queria na vida. Preferiria, sem dúvida, ser açoitada no pelourinho da vila a terminar aquela conversa. Ela preferiria a morte.

Charlotte se preparou quando a mãe voltou a colocar a mão dentro da cesta.

– Agora, o cavalheiro. É importante que, quando a hora chegar, você não fique assustada. Em estado de repouso, o...

– Aham – Charlotte sugeriu.

– ...o aham do homem não é nada impressionante – a mãe continuou: – Contudo, quando excitado, ele vai parecer com algo assim.

De sob o quadrado de tecido, a mãe retirou um vegetal comprido, curvo e coberto por uma casca roxa e brilhante.

Charlotte ficou boquiaberta, horrorizada. Não. Não podia ser. Mas era.

– Uma *berinjela*?

– Um pepino teria servido melhor, mas estava em falta na cozinha.

– Entendo – ela disse, atordoada.

– Ótimo. – A mãe dispôs os objetos sobre as cobertas. – Agora você pode fazer perguntas.

Perguntas? Ela ainda devia fazer perguntas? Só uma lhe veio à cabeça: *O que diabos eu fiz para merecer isso, e será que é tarde demais para me arrepender?*

Charlotte escondeu o rosto nas mãos. Ela sentia como se estivesse presa em um pesadelo. Ou em uma peça de teatro muito ruim. *O pêssego e a berinjela*, uma tragicomédia em um ato interminável.

Felizmente, fazia anos que ela tinha obtido seus conhecimentos a respeito da relação sexual por meio das amigas, de livros e do próprio bom senso. Porque se ela tivesse que se virar com aquela explicação...

Charlotte tomou uma decisão. Se a mãe iria sujeitá-la àquilo, teria que pagar pelo que estava fazendo. E só havia um modo de Charlotte se vingar daquela farsa que a mãe chamava de lição. Levá-la a sério.

Ela levantou a cabeça e assumiu uma expressão solene, inocente. Estendeu a mão e tocou a berinjela com um dedo.

– Este é o tamanho real?

– Nem todo cavalheiro é desse tamanho. Alguns são menores. Outros podem ser, na verdade, até maiores.

– Mas espero que a maioria não seja roxa assim. – Ela pegou os dois vegetais e empurrou um contra o outro, franzido a testa, confusa. – Como é que a berinjela pode caber dentro do pêssego?

O rosto da mãe se contorceu.

– O pêssego produz um tipo de néctar para facilitar a entrada.

– Um néctar? Que fascinante.

– Se o cavalheiro tiver habilidade com sua berinjela, não vai ser tão doloroso.

– Mas e a habilidade da mulher? A noiva não deveria saber como agradar a berinjela?

A mãe ficou quieta durante um instante.

– Ele pode... quer dizer, alguns cavalheiros podem gostar de ser... hum... acariciados.

– Acariciados. Como é que se acaricia uma berinjela? Do mesmo jeito que se acaricia um gato? – Charlotte pôs o vegetal na palma de uma mão e a acariciou delicadamente com a ponta do dedo. – Ou é mais do jeito que se escova o cabelo? – Ela aumentou o vigor dos movimentos.

A mãe soltou um tipo de exclamação estrangulada.

– Aqui – Charlotte disse, colocando a berinjela na mão da mãe. – Por que você não demonstra?

Ao ver a mãe em pânico, com o rosto vermelho, Charlotte perdeu a batalha contra o riso. Ela se desfez em uma gargalhada. Então pulou para se proteger, para evitar levar uma berinjela na cabeça.

– Charlotte! – A mãe jogou o pêssego nela quando Charlotte chegou à porta. – O que eu vou fazer com você?

– Você nunca mais vai falar de pêssegos e berinjelas comigo.

Capítulo seis

Após conferir seu reflexo no espelho, Piers lavou a lâmina na bacia e limpou o resto de sabão que havia em seu rosto com a tolha.

Se ele pedisse, Ridley viria ajudá-lo a se vestir para o jantar. Afinal, "criado pessoal" era o cargo fictício do outro, e talvez Piers devesse usá-lo mais nessa função – ainda que apenas pelas aparências. Contudo, ele tinha criado o hábito de se barbear em seus primeiros anos de serviço. Não gostava da ideia de alguém segurando uma navalha perto do seu pescoço.

Mesmo agora que ele era um agente tarimbado, continuava preferindo se barbear. Não era que ele não confiasse sua vida a Ridley. Piers não confiava na habilidade do outro barbeá-lo tão bem quanto ele próprio.

Enquanto vestia a camisa e abotoava os punhos, algo chamou sua atenção. Ele hesitou e olhou no espelho. Havia algo do lado de fora da janela. Ou alguém do lado de fora. Provavelmente, apenas um galho de árvore, ele disse a si mesmo. Talvez uma ave canora vespertina ou um morcego adiantado.

Em todo caso, ele teve o cuidado de não revelar nenhum sinal de alerta. Ele apenas manteve o olhar na direção do reflexo enquanto abotoava com calma os punhos. Então ouviu um ruído. Algo raspando.

Ele inspirou fundo. Enquanto puxava o ar, Piers avaliou todas as potenciais armas no quarto. A navalha, que jazia no lavatório, ainda brilhando com a água. O atiçador de lareira daria um porrete formidável. Com um puxão, sua gravata daria um bom garrote. Ele tinha aprendido isso do modo mais difícil, durante uma noite abafada em Roma.

Mas ele não precisava ser tão criativo nessa noite. Não com uma pistola carregada à sua espera na primeira gaveta do lavatório. Não era uma arma criativa, talvez, mas muito eficaz.

O barulho de raspar virou um arranhar, depois um arrastar. O invasor estava abrindo a janela devagar.

Piers manteve seu pulso sob controle, usando seu autocontrole para manter o sangue em suas veias tão frio quanto um regato em fevereiro. Ele abriu a gaveta, afastou uma pilha de lenços dobrados e pegou a pequena pistola de metal.

Então esperou. Caso se virasse cedo demais, afugentaria o potencial agressor, ficando sujeito a uma segunda tentativa. *Paciência. Ainda não.* Uma brisa fria soprou os pelos de sua nuca. *Agora.*

Ele deu meia-volta, engatilhando a pistola enquanto se virava, e apontou a arma para o invasor.

Ela levantou uma mão.

— Não se assuste. Sou eu.

— Charlotte?

Ele baixou a pistola no mesmo instante, desengatilhando o cão.

Uma perna esguia, com meia, passou pela janela aberta... e o resto dela caiu para a frente, pousando no chão com um baque surdo e formando uma pilha de vestido manchado de grama, botas enlameadas e cabelo dourado desgrenhado.

— Que diabos você está fazendo? — Ele estendeu a mão para ela, erguendo-a do chão. — De onde você está vindo?

— Desculpe incomodar — ela disse, o olhar indo do colarinho aberto dele para a bainha da camisa fora da calça.

Vê-la daquele modo, ofegante, corada e sorrindo, elevou a temperatura do sangue dele de gelada para a de lava em erupção.

Piers ficou aliviado. Ficou furioso. E, contra todas as probabilidades, divertiu-se. Ele ficou tudo, menos frio e apático.

— Você precisa ir para o seu quarto.

— Eu adoraria, mas agora não posso. — Ela baixou o olhar. — Essa é uma pistola Finch?

Ela estendeu a mão para a pistola ainda na mão direita dele. Piers deixou que Charlotte a pegasse, e ela a virou nas mãos antes de apontá-la para a janela aberta, fechando um olho ao fazer mira.

Piers tinha que admitir que ela possuía uma ótima postura.

— Como você reconheceu uma pistola Finch?

Ela baixou a arma, virando-a nas mãos para examiná-la.

— A filha de Sir Lewis Finch é uma boa amiga. Passei anos em Spindle Cove.

Spindle Cove. Ele pensou no breve relatório de Ridley sobre o lugar. *Segundas-feiras, caminhadas no campo. Terças, banhos de mar. Quartas, jardinagem. Quinta...*

– Às quintas-feiras vocês praticam tiro – ele disse.

– Então você ouviu falar. – Ela sorriu para ele. – Eu já estive na sala de armas de Sir Lewis e nunca vi exemplar tão belo. É bem leve e fina, não?

– Versão especial – Piers disse. – Só existem algumas dezenas.

– Incrível. – Charlotte devolveu a pistola para ele. – Como você conseguiu esta?

– Acho melhor eu fazer as perguntas. – Piers recolocou a pistola na gaveta, depois se virou para ela. – Explique-se. O que diabos você pensa que está fazendo entrando pela minha janela?

– Certo. Isso. Veja bem, esta tarde, o Sr. Fairchild... ele é o vigário, como deve se lembrar.

– Eu me lembro.

– Ele apareceu para falar com Lady Parkhurst. Algo a respeito da programação da paróquia no feriado. A seleção musical ou algo assim. Parecia que eles demorariam horas falando do assunto, então eu soube que era minha chance.

– Sua chance para quê?

– Para visitar a Srta. Caroline Fairchild. Ela está na minha lista de suspeitas. Lembra do meu plano, na outra manhã?

– Eu lembro, sim. – Ele levou a mão à têmpora.

– Bem, depois que examinei a lista de convidados, fiquei com cinco suspeitas. Tenho que começar a diminuir esse número de algum modo. Se Caroline Fairchild tivesse um romance secreto e soubesse que o pai ficaria ausente por horas, seria o momento perfeito para ela marcar um encontro. Não acha?

Piers não teve como contestar aquele raciocínio. O que era bem irritante.

– Então afirmei que estava com enxaqueca, fui para o meu quarto e disse às criadas que não deveria ser incomodada. Depois tranquei a porta e escapei pela janela.

– Sua janela fica a quase seis metros de altura. Aliás, a minha também.

– Sim, sim, é claro. Mas tem uma saliência que passa por baixo de todas as janelas, e no canto noroeste da mansão tem uma árvore com um galho à distância de um pequeno pulo.

Ele apertou o maxilar e tentou afastar a imagem de Charlotte dando um "pequeno pulo" do segundo andar da casa para o galho de uma árvore.

– Por favor, continue.

– Então eu atravessei o campo e fui andando até a vila. – Ela sentou em um banco ao pé da cama dele e começou a soltar o cadarço de suas botas, cujas solas forneciam evidências claras de sua caminhada pelas pastagens e por estradinhas lamacentas do interior. – Eu fui até o presbitério e perguntei pela Srta. Fairchild. E ela estava lá. Sozinha.

– Não nos braços de um sedutor.

– Não. Na verdade, ela me pareceu solitária e muito feliz com a visita. Uma garota encantadora, mas fiquei com a impressão de que ela nunca viveu nenhuma aventura. Com certeza não leu bons livros.

Ela tirou as botas e trouxe os pés para baixo das saias, sentando de pernas cruzadas no banco.

Piers decidiu que ele também poderia se sentar e desabou sobre a poltrona.

– Acredito que posso riscar a Srta. Fairchild da minha lista de suspeitas – ela disse.

– O que você pretende fazer quando alguém lhe perguntar como podia estar, ao mesmo tempo, incapacitada por uma enxaqueca em seu quarto e na vila visitando a Srta. Fairchild?

– Ah, ninguém vai perguntar isso. – Ela fez um gesto de pouco caso com a mão. – Os dias se embaralham durante uma temporada no campo. É impossível lembrar se alguém foi colher maçãs na segunda ou na terça. Foi na quarta-feira de manhã que caiu aquela tempestade? A questão vai ser tratada como uma confusão inocente, se um dia for levantada. E provavelmente não vai ser. Você sabe como é.

Piers sabia. Não só ele sabia como também usava esse conhecimento. O hábito de prestar atenção quando ninguém mais ao redor prestava... era uma vantagem e tanto. Mas se Charlotte Highwood costumava prestar atenção, era uma vantagem a menos que ele tinha sobre ela. E isso o preocupava.

– Acontece que eu planejava escalar a árvore e voltar para o meu quarto. Eu tinha deixado a janela aberta. Mas quando voltei, estava fechada.

– Então você veio pela saliência até a minha janela.

– Bem, o que mais eu podia fazer? Entrar pela porta da frente? Confessar que eu tinha mentido sobre estar doente e fugido pela janela?

O que mais, não é mesmo? Piers apoiou os cotovelos nos joelhos e esfregou o rosto com as duas mãos.

– Mais tarde, esta noite – ela continuou –, bem depois que todos na casa estiverem dormindo, vou invadir o gabinete da governanta, pegar o molho de chaves dela emprestado e voltar para o meu quarto. Ou... – ela ergueu o dedo indicador – ...nós podemos simular um incêndio.

– Você *não* vai incendiar nada.

– Não um incêndio de verdade. Só um alarme falso para tirar todo mundo da cama e me dar a chance de voltar para o meu quarto. – Ela levantou do banco e foi até a cama do marquês, sentando-se na borda desta. – Podemos decidir mais tarde. Eu queria tirar uma soneca enquanto você desce para o jantar. Você poderia esconder um sanduíche no seu bolso e trazê-lo para mim? Estou faminta.

Ela se reclinou, apoiando-se no cotovelo. Na cama dele. Parcialmente vestida. E, de acordo com o "plano" dela, pretendia ficar ali a maior parte da noite. Não. Aquilo não iria funcionar. Piers se levantou e começou a enrolar as mangas até os cotovelos.

– Vou abrir a porta do seu quarto.

– Eu já disse, está trancada por dentro.

– Deixe isso comigo.

Ele abriu um pouquinho a porta do seu quarto e espiou o corredor. Depois de esperar e escutar por alguns instantes, para garantir que ninguém estava vindo, virou-se e sinalizou para que ela o seguisse.

– Você está com um pouco de sabão na barba. – A ponta dos dedos dela roçou um pedaço de pele embaixo do queixo dele. – Pronto.

A suavidade do toque dela permaneceu. Charlotte inclinou a cabeça para o lado e o observou.

– Hum... Acabei de perceber que nunca tinha visto você sem o paletó. Sua constituição física é mais robusta do que era de se imaginar.

Charlotte deslizou a palma da mão do ombro ao cotovelo de Piers, traçando o contorno dos músculos de seu braço. Apesar de saber que não devia, ele contraiu os bíceps. Ela percebeu. Uma onda de puro orgulho masculino fez o sangue dele ser bombeado com mais vigor.

Quem é errado para você agora, querida?

– Vamos andando – ele disse. – Siga-me. E fique perto de mim.

Charlotte fez uma breve prece silenciosa e o seguiu pelo corredor, carregando suas botas em uma das mãos. A outra estava segurando o braço de Piers com firmeza. O caminho até a porta do quarto dela era relativamente curto, mas pareceu interminável.

O marquês sacudiu a maçaneta com a orelha colada na porta, examinando o trinco.

– Você disse que deixou a chave na fechadura? – ele perguntou.

Ela concordou.

– Não está mais lá.

– Isso é estranho.

De repente, Charlotte percebeu que Piers sabia qual era a porta do quarto dela sem nem mesmo perguntar. Ela imaginou qual o significado disso, mas outras preocupações eram mais urgentes. Como o som de passos distantes vindo do pé da escada de serviço.

– Alguém está vindo – ela sussurrou. – É melhor voltarmos para o seu quarto.

Ele não reagiu.

– Só um instante.

Trabalhando com movimentos ágeis, ele retirou um alfinete de gravata do bolso, mordeu a ponta para produzir uma reentrância, e o inseriu no buraco da fechadura. Usou o alfinete como uma alavanca, testando ângulos diferentes para forçar a fechadura.

Enquanto o observava, segurando o fôlego, Charlotte imaginou se o ouro e o ônix do alfinete de gravata já tinham sido empregados em uma função tão inferior. Para não falar das mãos aristocráticas do Marquês de Granville.

Os sons dos passos na escada de serviço ficaram mais altos. A qualquer momento, uma das criadas iria aparecer no fim do corredor. Charlotte podia ouvir a garota cantarolando uma música.

– *Depressa* – ela sussurrou.

Piers não fez menção de tê-la ouvido. A falta de pressa dele era de enlouquecer. Eles não podiam ser pegos daquele modo. Não havia explicação para como Charlotte tinha passado de se recuperar de uma enxaqueca em seu quarto para estar de pé no corredor, ofegante e desgrenhada, ao lado de sua própria porta trancada. E o pior de tudo, na companhia de Lorde Granville. Ela nunca conseguiria evitar de se casar com ele, se fossem pegos.

Oh, não. Um pensamento horrível lhe ocorreu. Talvez fosse isso mesmo o que ele queria. Talvez não estivesse nem tentando e toda aquela bobagem com o alfinete de gravata fosse apenas uma encenação.

O som dos passos chegou ao patamar da escada. Charlotte avistou uma saia de serguilha preta surgindo na extremidade do corredor. Ela queria fugir, se esconder. Mas onde? Aquele corredor sofria de uma imperdoável falta de alcovas, vasos de plantas e estátuas de mármore. Estava com o coração na boca.

— Pronto — ele murmurou.

A porta abriu com um estalido suave. Com um movimento fluido, Piers a puxou para dentro do quarto e fechou a porta atrás deles – deixando apenas a exclamação dela do lado de fora.

Ele a colocou contra a porta fechada, prendendo-a com o peso de seu corpo. Os dois permaneceram parados e em silêncio até o cantarolar da criada passar pelo quarto de Charlotte e sumir no corredor.

— Eu falei que precisava de apenas um instante — ele disse.

— Sim. Você falou. E mesmo com tudo isso seu cabelo nem saiu do lugar. O que seu criado põe nele?

— Nada. Não deixo ninguém tocar meu cabelo.

— Ninguém? — Ela inclinou a cabeça, observando o cabelo castanho e espesso dele. – Que pena.

O coração dele continuava batendo forte contra o dela, mas, por sua expressão – ainda que difícil de interpretar –, ele não parecia preocupado. Parecia estar se divertindo.

Será que enquanto se esgueirava por corredores e arrombava fechaduras com seu alfinete de gravata, o contido e correto Marquês de Granville estava se divertindo? Que interessante. Talvez existisse algo na iminência do perigo que o fizesse despertar.

Charlotte sentia, também. Não apenas os vestígios da agitação de terem escapado por pouco, mas também o modo como estavam próximos. Aqueles baços fortes, musculosos, apoiados dos lados do corpo dela prometiam protegê-la. Mas o olhar escuro e intenso dele revelava perigo.

— É melhor você ir. — Ela saiu de entre os braços dele. — Você precisa terminar de se vestir para o jantar.

— Espere. — A mão dele se fechou ao redor do braço dela, mantendo-a no lugar. — Antes vou checar como está seu quarto. Alguém passou por aqui enquanto você estava fora.

— Sério? Como você sabe?

— Além da chave não estar mais na fechadura? — Ele espiou debaixo da cama e dentro do armário. — É óbvio que o quarto foi revistado.

Ela olhou em volta.

— Não foi, não. Está exatamente como eu o deixei.

— Você o deixou *assim*? — Ele pegou um xale no chão, levantando-o pela franja, e preso nele veio um emaranhado de meias e um cadarço perdido.

— Não sou a mais organizada das mulheres — ela disse na defensiva.

Arqueando uma sobrancelha de modo reprovador, ele se virou e foi olhar atrás da porta do armário.

Charlotte, por sua vez, caminhou até a janela.

– Mas alguém esteve mesmo aqui – ela concordou. – A janela não só está fechada, como o trinco foi passado. Que estranho. Imagino que tenha sido a criada.

– A criada? – Ele emergiu do armário, tirando penas amarelas do ombro e parecendo irritado. – Acredite em mim, nenhuma criada esteve neste quarto.

– Não pode ter sido minha mãe. Ela teria feito um escândalo que a casa toda teria ouvido. Mas se não foi uma criada nem minha mãe, quem poderia ter sido?

– Talvez alguém saiba o que você está tramando – ele disse. – E esse alguém pode querer que você pare.

– Um dos amantes misteriosos, você está dizendo?

– Escute, Charlotte. Você não sabe que tipo de segredo pode estar revirando, ou o que os copuladores misteriosos estariam dispostos a fazer para protegê-lo. Está na hora de deixar o que aconteceu no passado.

Deixar no passado? Ela não podia deixar de se importar com isso. Desistir da investigação significava desistir do resto de sua vida.

– Bem, já que estamos dando conselhos um para o outro, meu lorde... acho que você deveria dar uma chance ao amor. Você pode ser bom no assunto.

– Não consigo imaginar o que a faz dizer isso.

Ela deu de ombros.

– Você parece ser bom em tudo. Então, por ser sempre bom em tudo, se preocupa em fracassar no amor. Você sofre dessa insegurança?

Como resposta, ele endireitou o corpo, atingindo sua impressionante estatura máxima, e fuzilou-a com o olhar.

– Não que eu ache que você deveria se sentir inseguro. Mas não consigo deixar de lembrar que, embora você tenha pedido duas mulheres em casamento, as duas foram obrigadas a aceitá-lo. A primeira por um acordo familiar, e eu pela ameaça de escândalo.

Ele foi até a cômoda dela.

– Guarde suas indagações para a filha do vigário. Minha história não tem nada a ver com isso.

– Talvez não tenha. Mas você é um mistério dos mais intrigantes. Não consigo decifrá-lo. – Ela se aproximou da cama e apoiou o ombro na coluna do dossel. – Você não parece o tipo de homem que tem medo de compromisso. Você se comprometeu comigo pela mais tênue das razões. Por que não mira em uma mulher de que goste e a corteja?

Ignorando a pergunta, ele abriu uma gaveta.

– Está vazia. O que você guardava aqui?

– Nada. Eu não a estou usando.

Ele lançou um olhar significativo para a pilha de roupas no chão.

– Você entende para que serve uma gaveta?

– Nem todo mundo mantém os lenços organizados por dia da semana. – Ela cruzou os braços. – Eu já disse, sou completamente inapropriada para ser sua esposa. Considere tudo isso como mais uma prova de que não combinamos. Sou jovem demais para você, indecorosa demais, péssima dona de casa. Você nem gosta de mim. Sou apenas uma garota impertinente que o embosсou na biblioteca. Você não precisa se conformar com isso.

– Conformar – ele repetiu, fechando a gaveta. – Você acha que, ao me casar com você, eu estaria me conformando?

– Todo mundo vai achar que sim.

– Você – ele disse – é a criatura menos conformista que eu já conheci na vida. Eu não consigo me conformar desde o momento que nos conhecemos.

Charlotte sorriu.

– Vou tomar isso como um elogio.

– Mas não deveria. – Ele avançou na direção dela, diminuindo a distância entre os dois. – Não lhe ocorreu que eu posso ter um motivo muito real, muito urgente para querer me casar com você?

A intensidade do olhar dele não deixou dúvida quanto ao motivo que ele teria.

– Mas você pode ter isso com qualquer mulher – Charlotte disse.

– Eu só quero de você.

Ela engoliu em seco, nervosa de repente.

– É melhor você ir. Logo vão nos chamar para o jantar.

– Sou o convidado de honra nesta casa. – Ele afastou uma mecha de cabelo do rosto dela, e o leve toque causou um arrepio no pescoço de Charlotte. – Eles vão me esperar.

– Se minha mãe souber que você esteve aqui...

– Ficará empolgada.

Verdade.

– Eu posso gritar.

– E garantir que seremos pegos juntos, em circunstâncias mais comprometedoras do que da última vez? Vá em frente.

Ela suspirou. Granville de fato a tinha encurralado. Charlotte só conseguia pensar em um modo de desconcertá-lo – mudando as regras do jogo dele.

Ninguém toca no meu cabelo, ele tinha dito.

Ela estendeu a mão, enfiando os dedos no cabelo espesso dele. Com leveza, de brincadeira – colocando-o para cima. Até que o cabelo ficou arrepiado, em um contraste divertido com o olhar penetrante e a expressão séria do marquês.

Ele não parecia ter ideia de como reagir. Oh, céus. Será que ele não estava familiarizado com demonstração de afeto? Talvez só estivesse sem prática. Há muito tempo ele se restringia a isso. Toda aquela educação era como uma gravata apertada demais, sufocando toda emoção que devia estar se escondendo dentro dele. O fato de que ele não via motivo para esperar um casamento por amor deixou de surpreendê-la. Todos aqueles anos sendo perfeito... ele tinha esquecido da felicidade desorganizada, caótica, que a intimidade humana podia ser. Se é que algum dia ele soube o que era a verdadeira intimidade.

Tolice, Charlotte disse para o próprio coração. *Pare de sofrer. Ele é um marquês rico e poderoso, não um cachorrinho perdido na chuva.*

Ela levou a outra mão ao cabelo dele, sentindo-se ainda mais à vontade. Contendo um sorriso malicioso, ela passou os dedos pelo cabelo dele, criando tufos que se elevavam em ângulos malucos – como o pelo de um urso furioso. Então Charlotte juntou todo o cabelo no centro, dando-lhe a aparência de um moicano.

– Você está se divertindo? – ele perguntou, sarcástico.

– Mais do que você pode imaginar.

O pomo de Adão subiu e desceu na garganta dele. Mas Granville não disse para ela parar.

Charlotte sentiu um pouco pena dele e penteou o cabelo com os dedos, deixando como estava antes. Ele fechou os olhos e expirou com força.

– Isso mesmo – ela sussurrou, brincando com o cabelo curto e macio na nuca dele. – É só um pouco de carinho. Não é preciso sentir vergonha em se render.

Charlotte sabia que estava brincando com o perigo. A cada carícia, ela se aproximava do limite entre provocar uma resposta dele e colocar suas próprias emoções e virtude em risco. Não faria mal permitir pequenas liberdades a Piers, faria? Demonstrar-lhe um pouco de afeto. Só o bastante para despertá-lo para o que ele poderia ter, se abrisse o coração para a possibilidade de amar.

Em algum momento ela tinha parado de brincar com o cabelo dele. O que não seria um problema, se Charlotte tivesse lembrado de recolher as mãos – o que não fez. Seus dedos permaneceram emaranhados nas mechas castanhas, grossas, desordenadas. As mãos de Piers estavam na cintura dela.

Ela estava segurando-se nele agora. E ele também a segurava.

O olhar do marquês baixou para os lábios dela. E ela soube que ele iria beijá-la. Soube que permitiria.

Parecia inevitável, totalmente previsível – e nunca algo a tinha empolgado tanto.

Respire, ela disse para si mesma. *Respire agora... e fundo. Logo será tarde demais para isso.*

Piers a segurou com firmeza. Por necessidade, não escolha. Ela o tinha desarmado. Todos os disfarces e defesas desmoronavam aos seus pés.

O que ela tinha? Os dedos dela não podiam ser tão diferentes dos de outras mulheres. Ela era bonita, mas não a criatura mais linda que ele já tinha visto. Como ela própria não parava de lembrar, Charlotte era jovem, incontida e impertinente, diferente do que um homem como ele deveria querer. Mas ainda assim ele a queria.

Charlotte o provocava. Mexia em seu cabelo. Ela acreditava que ele merecia isso e mais.

Piers não podia deixar que ela percebesse o efeito que tinha sobre ele. Não podia deixar ninguém perceber. Precisava conquistá-la, possuí-la, e guardá-la em algum lugar onde não pudesse causar tanto caos em seu autocontrole.

Mas seduzi-la não era o que ele mais queria neste momento. Ele queria deitar a cabeça no colo dela e deixar que Charlotte acariciasse seu cabelo a noite toda.

– O que você está fazendo comigo? – ele murmurou.

Ele permitiu que todas as partes dos dois corpos se encontrassem – as proeminências dos ossos dos quadris, a maciez das barrigas, seios contra músculos. O batimento dos corações, a respiração dos dois.

Sentindo o sangue ferver de desejo, ele colou cada centímetro de seu corpo viril, másculo e ardente ao corpo ao dela. Querendo que ela o sentisse, que conhecesse o tamanho, o formato e a força de seu corpo. Que ficasse espantada com o que causava nele, e com o que ele pretendia fazer com ela. Queria fazê-la exclamar, tremer. Que Deus o ajudasse, ele queria deixá-la com um pouco de medo. Porque ele estava completamente abalado.

Piers encostou a testa na dela e firmou as mãos em sua cintura. *Afaste-se*, ele desejou em silêncio. *Você não pode permitir que isso aconteça.* Então os lábios se encontraram, preenchendo o último espaço que havia entre eles. Como se não importasse que seus estilos de vida fossem tão diferentes, desde que concordassem naquilo – essa era a resposta, a razão de tudo.

A boca de Charlotte se suavizou para ele, como um presente sendo desembrulhado. Ele a beijou profundamente, com uma urgência crescente, e ela correspondeu a cada investida. Charlotte firmou a mão no pescoço de Piers, fazendo com que partes do corpo dele tensionassem em resposta.

Ele deslizou uma mão para cima, apalpando o seio dela. Charlotte arfou e interrompeu o beijo, ainda mantendo-o perto. A respiração dela ficou irregular quando ele levantou e apertou aquela maciez. A ponta do mamilo endurecido pressionou a palma da mãe dele.

Piers fechou os olhos bem apertados e buscou compostura dentro de si. Ele tinha que parar. Se não a soltasse naquele instante, não conseguiria largá-la até Charlotte estar nua debaixo dele, no aperto de seus braços.

Afastar-se dela era como ele tinha que agir com quase tudo em sua vida: frio, implacável. Necessário.

– Jantar – ele disse. – Estão me esperando.

Ela concordou. Ele tocou o rosto dela com o dorso de seus dedos. A pele de Charlotte estava macia e corada. Então ele saiu do quarto sem olhar para trás.

Em algum momento ela o veria como de fato era. Aquela máscara de honra que a tinha enganado logo cairia, revelando a escuridão por baixo.

Mas ele não estava pronto. Ainda não. Piers gostava do modo doce, compassivo com que ela o fitava, mesmo sabendo que não merecia. Nunca mereceria.

Eu vim para salvar você, ela tinha dito. Charlotte era uma garota doce e querida. Mas estava uma vida atrasada.

— E então – Charlotte disse, indignada –, ela me bateu na cabeça com a berinjela!

— Oh, querida. – Delia riu.

— Não é engraçado.

— É extremamente engraçado – Delia retrucou, sorrindo. – E você sabe disso.

Sim, Charlotte sabia. As circunstâncias podiam tê-la unido a Delia, mas honestidade e humor imoral as tinham tornado amigas.

— Eu só queria ter tido a chance de presenciar essa cena. Eu teria adorado ver sua... – Delia fez uma expressão de cansaço e diminuiu o passo no meio do caminho. Charlotte fez a mesma expressão.

— Vamos descansar um pouco? – Ela se aventurou alguns passos fora da trilha, caminhando até uma pequena clareira ensolarada. – Estou vendo umas amoras ali adiante.

— Bem, não pense em comê-las. – Delia se apoiou em uma árvore. Charlotte colheu as amoras de um galho baixo, reunindo-as na palma da mão.

— Por que não?

— Você sabe o que dizem. Não se pode comer amoras depois do dia de São Miguel Arcanjo. O diabo as estragou.

— Estragou como?

— Ele cospe nelas.

— Cospe nelas? – Charlotte fez uma careta. – Que folclore nojento. Para as crianças holandesas São Nicolau vai de casa em casa colocando doces em seus sapatos. Nós ingleses decidimos que o diabo passa o dia de São Miguel Arcanjo cuspindo nas amoras.

– Isso deve ter um motivo prático por trás. Alguma dona de casa, na Idade Média, teve dor de barriga depois de comer amoras e decidiram que o diabo foi o responsável.

Charlotte não teve tanta certeza.

– É mais provável que algum marido tenha bebido cerveja demais e, no dia seguinte, culpou as amoras por seu mal-estar.

– Acho que não importa quem foi. Só que tiraram a graça das amoras para nós.

– Só se nós deixarmos. – Charlotte pegou uma amora com à outra mão. – Você duvida que eu coma essa aqui?

Delia negou com a cabeça.

– Sério, eu vou comer. Com baba do diabo e tudo mais. – Ela inclinou a cabeça para trás e segurou a amora sobre a boca. – Última chance para me impedir.

– Eu nunca tentaria impedir você – Delia disse. – Tentar impedi-la é o jeito mais certo de encorajá-la.

Verdade. Delia a conhecia bem demais. Charlotte pôs a fruta na boca e a mastigou, pensativa.

– Está meio seca – ela disse, engolindo a que tinha na boca e jogando as outras no chão. – Talvez as donas de casa da Idade Média tivessem razão.

– Nós deveríamos continuar a seguir o caminho.

– Espere. – Charlotte colocou a mão sobre o estômago e se curvou. – Eu... de repente eu me sinto estranha.

– Você está bem? – Delia perguntou.

– Está doendo. Como se alguma coisa estivesse me queimando por dentro. Sinto gosto de enxofre. – Ela levou a mão à garganta e produziu um som de engasgo. – Eu... eu acho que é... baba de Satanás!

Charlotte rodopiou e desabou atrás dos arbustos, inerte. Ela esperava que Delia risse.

– Charlotte, levante-se – ela sussurrou, em vez de rir. – Lorde Granville está vindo.

– Não está não – respondeu Charlotte. Delia só estava tentando se vingar da brincadeira.

– Sim – Delia sibilou. – Ele está sim.

– Não sou tão fácil de enganar. – Charlotte ficou de joelhos e espiou por entre os arbustos. – Ah, não.

Piers se aproximava, devorando a distância entre eles com passadas longas e decididas. Ela se levantou às pressas, tirando a grama que ficou presa nas saias com as mãos.

– O que será que ele quer?

– Seja o que for – Delia murmurou –, parece decidido a conseguir.

Sim. Parecia mesmo.

Céus, ele era tão lindo. Sua beleza não era nenhuma novidade, claro, mas tinha começado a afetá-la de novas maneiras. Charlotte sentia uma possessividade estranha crescer dentro do peito. Como se ele – com todo seu encanto forte e sensual – pertencesse a ela.

A sensação a perturbava, então tentou desesperadamente reprimi-la. Mas sua tentativa foi malsucedida. Ele parou e fez uma reverência para elas.

– Srta. Delia. Srta. Highwood.

Charlotte e Delia fizeram uma mesura como resposta. Tudo era muito decoroso na aparência, mas pensamentos indecorosos fervilhavam dentro dela.

– Está indo para a vila, Lorde Granville? – Delia perguntou.

– Não, eu estava procurando vocês.

O olhar dele, intenso e sensual, parou em Charlotte. Ali, no meio da floresta, ela se sentiu como a Chapeuzinho Vermelho encarando o lobo. Bastava de folclore por um dia.

– Espero que esteja bem esta manhã, Srta. Highwood.

– Eu... – Será que ele conseguia perceber como ela estava agitada por dentro? Seria tão óbvio? – Por que não estaria?

– Além de cair, agora pouco, com as mãos no pescoço? Você estava indisposta noite passada.

– Ah, sim. Isso.

Com a menção à noite anterior, a brisa pareceu desaparecer. O ar ficou pesado e quente.

– Falando nisso, você também saiu do baile cedo, na outra noite – Delia comentou.

– É um padrão preocupante – ele disse. – Você já consultou um médico a respeito desses episódios, Srta. Highwood?

– Não são episódios – Charlotte falou, forçando um sorriso. – E não preciso de um médico.

– Não vou entrar em discussão – ele disse. – Se isso acontecer de novo, fazendo com que você perca outro jantar ou qualquer evento, vou contatar meu médico pessoal. Ele tem uma habilidade admirável com sanguessugas e purgantes.

Delia abafou uma risada.

– É muita bondade sua, Lorde Granville.

Oh, sim. Quanta bondade. Obrigando-a a comparecer a jantares sob ameaça de sanguessugas.

Se Piers acreditava que podia inibir suas investigações, Charlotte provaria que estava enganado. Não era como se ela gostasse de fingir indisposição, mentindo para Delia e seus anfitriões. Ela fazia isso por seu próprio bem, e pelo de Delia também.

— Os cavalheiros não deveriam estar atirando, caçando ou algo assim? – ela perguntou. – Pensei que tivessem vindo ao campo pelo esporte.

— Pescamos um pouco logo cedo, mas agora Sir Vernon está com seu administrador. Eu tenho assuntos para tratar na cidade. Sugeriram que as mulheres gostariam de visitar as lojas.

Charlotte apostaria todo seu dinheiro que a mãe tinha sido a fonte dessa sugestão. A mãe deveria estar amarrando as fitas de sua touca e pegando a bolsa enquanto eles conversavam. Ela inventaria qualquer desculpa para colocar Piers e Charlotte no mesmo lugar.

— Você e Frances devem ir, Delia. Eu vou ficar. Do contrário seríamos muitas, e não queremos que a carruagem de Sua Senhoria fique abarrotada.

— Não se preocupe com isso – ele disse. – Minha carruagem é grande o suficiente para acomodar nosso grupo.

E era mesmo.

Eles saíram da trilha para o pátio. Em frente à Mansão Parkhurst aguardava o maior e mais elegante *barouche-landau* que Charlotte já tinha visto. Uma carruagem preta e brilhante como obsidiana com um brasão dourado na porta. Ela era puxada por quatro cavalos sangue-quente de crinas pretas. Os animais eram tão perfeitamente iguais que pareciam ter sido feitos do mesmo molde.

Frances e Delia embarcaram primeiro, assistidas pelo próprio Lorde Granville. Charlotte se espremeu entre elas no banco voltado para frente. Então foi a vez da mãe.

— Charlotte, você precisa sair daí. Sabe muito bem que eu não posso ficar virada para trás.

— Na verdade, mamãe, não lembro de você já ter me dito isso.

— Interfere na minha digestão. Ande logo, vá para o outro lado.

Ela era tão constrangedora e dolorosamente óbvia. Em vez de causar uma cena ainda maior, Charlotte mudou para o outro banco. O que significava, claro, que Piers se sentaria ao seu lado.

Como era de se esperar, Frances a fuzilou. Pelo menos Delia teve a bondade de lhe dar um sorriso de solidariedade. Era bom ter uma amiga que não acreditava que ela fosse uma garota impudente e audaciosa.

Só que talvez ela *fosse* mesmo imprudente e audaciosa. Com Piers ao seu lado, Charlotte não pôde evitar de lembrar da noite anterior.

Da sensação do cabelo dele deslizando entre seus dedos. De como ele apreciou o toque dela e murmurou palavras hipnotizantes, indecentes.

A carruagem passou por uma elevação na estrada e Charlotte foi jogada para cima.

Piers a segurou, mantendo-a do seu lado. As vísceras dela reagiram dando uma cambalhota.

Como entender esse homem? Ele era correto. Passional. Seu comportamento público era o de um *iceberg*, mas ele a beijava como se Charlotte fosse seu oásis pessoal em um deserto imenso e árido.

O que você está fazendo comigo?, ele tinha sussurrado.

Charlotte não fazia ideia.

Mas o que fosse, ele estava fazendo o mesmo com ela.

Na loja de tecidos, a Sra. Highwood logo se aproximou do mostruário de toucas de renda.

— Venha aqui, Charlotte. Diga-me, qual é a mais bonita?

Charlotte fez uma careta. A moda das mulheres casadas usarem horríveis toucas rendadas era um dos principais motivos pelos quais ela não queria se casar jovem.

— Nenhuma.

— Vamos perguntar a Sua Senhoria.

— Mãe, não. — Ela baixou a voz para um sussurro. — Silêncio, lembra?

— Bobagem. Só vamos falar de toucas. — A mãe levantou o braço e acenou, chamando-o do outro lado da loja. — Lorde Granville! Oh, Lorde Granville! Venha nos ajudar. Aqui, junto às toucas.

Piers levantou a cabeça — lentamente, como se ouvisse seu nome ser chamado de uma distante terra da fantasia. Porque, com certeza, ninguém no mundo real teria a inacreditável má educação de gritar com um marquês como se estivesse chamando uma carruagem de aluguel. Ninguém, a não ser sua mãe.

Charlotte quis se esconder atrás das penas de avestruz, mas era inútil. Oh, bem... Se Piers estava pensando mesmo em se casar com ela, precisava saber no que estava se metendo. A verdade crua pareceu estar se revelando para ele conforme se aproximava.

— Lorde Granville — a Sra. Highwood começou —, uma certa jovem que conheço ficou noiva há pouco tempo e está em dúvida quanto ao tipo de touca que deve usar depois de casada. Qual você escolheria?

Piers observou a série de toucas rendadas diante de si.

– Acredito que nenhuma delas me serve.

A Sra. Highwood riu, exagerada demais para parecer sincera.

– Não para você, meu lorde. Qual escolheria para sua noiva?

– Continuo sem ter uma opinião.

A impaciência da Sra. Highwood começou a transparecer.

– Com certeza você deseja que a futura Lady Granville seja admirada.

– Espero que ela seja. Contudo, confiarei a ela a administração das minhas casas, o conforto dos meus convidados e a criação dos meus filhos. Eu não teria a ousadia de escolher suas toucas.

A mãe insistiu:

– Dizem que é papel do marido aconselhar a esposa em todos os assuntos.

– Alguns podem dizer isso – ele respondeu, calmo. – Eu ignoraria essas pessoas. – Com uma leve reverência, ele se afastou.

A Sra. Highwood ficou sozinha com seu leque e sua frustração.

Charlotte, por outro lado, quis aplaudir. *Bem, mamãe. Ainda quer me casar com um marquês?* Piers Brandon não era um cavalheiro que se podia pressionar, persuadir, implorar ou contrariar. Um homem da estatura dele estava totalmente além da capacidade de manipulação de sua mãe. Além da capacidade de Charlotte, também.

Sem dúvida Piers tinha começado a se dar conta da magnitude do abismo entre os dois. Mesmo que ele tivesse estômago para aguentar aquela sogra... Imagine, confiar a Charlotte a administração de cinco casas depois de ter visto o estado do quarto dela. Que insanidade.

Delia segurou a mão de Charlotte.

– Vamos para a outra sala. Eles têm carretéis de fitas.

– Vá na frente. – Charlotte disse. – Logo estarei lá.

Ela foi até a janela e espiou a rua, observando a fileira de lojas. Ela não precisava de renda nem de fitas ou luvas. Precisava de respostas. De pistas. Qualquer coisa que a levasse até os amantes misteriosos.

O olhar dela parou em uma fachada de loja pequena e sombria com uma placa gravada. Esta proclamava, em uma letra que ela precisou forçar a vista para entender: "Os mais finos perfumes franceses". Perfumes! *Isso.*

Seu pulso disparou de empolgação. Ela esperou até que ninguém estivesse prestando atenção para sair da loja de tecidos e descer a rua.

A loja de perfumes estava vazia, a não ser pelo vendedor de cabelo ralo, que vestia um paletó marrom do século passado. Ele olhou para ela por cima dos óculos.

– Posso ajudá-la, senhorita?

– Sim, por favor. Estou procurando um novo aroma.

– Excelente. – O vendedor esfregou as mãos e então tirou uma bandeja de trás do balcão. A bandeja estava forrada com pequenos frascos de diferentes cores e formatos.

– Os da frente são na maioria florais – ele disse, indicando os frascos da primeira fileira. – Depois os almiscarados. Quanto mais para trás, mais terrosos os aromas. Amadeirados.

Charlotte não tinha a menor ideia quanto ao perfume que estava procurando. Se o aroma podia ser descrito como floral, terroso ou almiscarado ou algo totalmente diferente. Ela só esperava conseguir reconhecê-lo ao cheirá-lo.

– Eu quero algo exclusivo – ela disse. – Exuberante. Não a água de sempre, com flor de laranjeira ou ramos de lavanda.

– Você veio à loja certa – o homem encarquilhado anunciou, pomposo. – Meu primo traz as últimas novidades de Paris. Tenho aromas impossíveis de achar mesmo em Londres.

Isso pareceu promissor.

– O que você recomenda?

– Se está atrás de algo realmente especial, sugiro que comece por este. – O vendedor destampou um frasco no centro da bandeja e o entregou a ela.

Charlotte segurou o frasco e o agitou delicadamente sob o nariz. Um aroma complexo provocou seus sentidos, misterioso e exótico.

– Passe no pulso, querida. Não dá para sentir o verdadeiro aroma a partir do frasco. – Ele pegou o vidro e acenou para a mão enluvada dela. – Posso?

Ela desabotoou o punho da luva e estendeu o braço. O vendedor passou a tampa do frasco em seu pulso, deixando uma fina camada de perfume em sua pele.

– Agora – ele disse. – Experimente.

Charlotte cheirou o pulso. Uma vez, depois outra. Ele tinha razão, o perfume se abria no calor de sua pele, revelando camadas e nuanças. Era como a diferença entre cheirar um botão e a flor aberta.

– O que tem nele? – ela perguntou.

– É uma combinação rara, senhorita. Flor-de-lis e âmbar-gris, com toques de cedro.

– Âmbar-gris? O que é isso?

Ele pareceu chocado com a ignorância dela.

– Apenas uma das substâncias mais raras e valiosas no mundo dos perfumes. É secretado na barriga das baleias.

– Baleias? – Charlotte olhou para o pulso e franziu o nariz. – Eles abrem a barriga das baleias para fazer isto?

– Não, não. As baleias vomitam a substância, formando um bolo. A coisa fica à deriva no oceano durante anos, curtindo. – Ele fez um gesto ondulante com a mão, indicando a viagem. – Até que vai parar em uma praia, parecendo uma pedra cinzenta. Âmbar-gris. Um tesouro que vale seu peso em ouro.

– Fascinante – ela disse. *Repugnante*, ela pensou. Seu pulso continha vômito de baleia curtido pelo mar. E se ela quisesse passá-lo nos pulsos em casa, teria que pagar – ela conferiu discretamente a etiqueta – uma libra e oito xelins pelo privilégio. Incrível.

– O senhor poderia me mostrar outro? Algo com um toque menos... marinho.

– Eu tenho o que você busca. Este é ideal para uma jovem de bom gosto. – Ele pegou um frasco elegante de vidro azul e esperou que Charlotte lhe estendesse o outro pulso. – Pronto. Veja o que acha deste.

Ela levou o pulso ao nariz, com mais cautela dessa vez. Ao inalar, notas vivas e ensolaradas tranquilizaram sua imaginação.

– Oh, eu gosto deste.

– Eu imaginei que gostaria. Todas as jovens ladies gostam. É fresco e gramíneo, não é? Limão verbena e flores de gardênia. Mas o segredo está no fixador. Um toque de castóreo é o que faz os aromas de verão se fixarem e não sumirem.

– Castóreo. Isso não é de baleias, certo?

– Claro que não. – Ele riu.

Charlotte também riu.

– Ah, que bom. É um alívio.

– É de castores.

Ela parou de rir.

– Com certeza você não disse...

– Castores canadenses. – O homem arregalou os olhos, empolgado. – Eles produzem a substância em uma glândula especial que fica bem debaixo da cauda. – Ele levantou as mãos, como se estivesse se preparando para uma demonstração vívida. – Quando os caçadores evisceram o...

A sineta acima da porta soou, avisando da chegada de novos clientes. Charlotte nunca se sentiu tão grata por uma interrupção. Com um sorriso de desculpas e a bênção entusiasmada de Charlotte, o vendedor se virou para atender uma dupla de senhoras de idade que precisavam repor seu estoque de água de colônia.

Ela aproveitou a oportunidade para cheirar todas as amostras da bandeja. Só Deus sabia que secreções bestiais e glândulas indizíveis estavam representadas ali, mas ela não teve estômago para perguntar.

Passados poucos minutos, ela tinha cheirado toda a bandeja. Sem sorte. Nenhum deles lembrava o perfume característico que ela tinha sentido na biblioteca da Mansão Parkhurst.

– Aí está você. Eu estava à sua procura.

As palavras, faladas em uma voz grave, aveludada e familiar, a assustaram. Ela se virou, quase derrubando toda a bandeja de amostras.

– Lorde Granville. Não o ouvi entrar.

– Eu não a vi se afastar.

– Todos pareciam tão ocupados. Decidi vir até aqui para fazer umas comprinhas.

– Na verdade parece que a senhorita veio xeretar.

Charlotte decidiu mudar de assunto.

– Você não acredita no que usam para fazer estas coisas. – Ela lhe ofereceu os pulsos perfumados. – Aqui, diga-me qual prefere, flor-de-lis e vômito de baleia ou limão verbena e bunda de castor.

O canto da boca dele se retorceu. Ele pegou a mão direita dela, ergueu-a, baixou a cabeça e inspirou fundo. Então repetiu o gesto com o pulso esquerdo. O tempo todo, seu olhar penetrante nunca abandonou o dela. A ação toda foi íntima, sensual, quase indecente, apesar da conversa ao lado entre as senhoras de idade e o vendedor.

– Então? – ela perguntou, sentindo a boca secar de repente.

Ele baixou as mãos dela, mas não as soltou. Seus polegares enluvados aproveitaram o punho aberto das luvas dela, deslizando para cima e para baixo sobre a pele exposta – couro deslizando sobre a carne macia. O pulso de Charlotte acelerou com o toque dele, ecoando em seus ouvidos. Ela ficou toda quente.

Granville se aproximou, encurtando a distância entre eles, e inclinou a cabeça até ficar a poucos centímetros do pescoço dela. Então ele inspirou. Charlotte também respirou fundo.

– Eu acho – ele murmurou –, que prefiro este.

Ela engoliu em seco.

– Não passei nenhum perfume aí.

– Tem certeza? – Ele levou a mão até o cabelo dela, prendendo os cachos cuidadosamente arrumados atrás da orelha e inclinando a cabeça dela para expor a curva do pescoço. Então ele inspirou fundo de novo.

Dessa vez, um som discreto ecoou em sua garganta. Um som masculino e sensual. Um som de satisfação.

Ela quase choramingou como resposta.

– Tecido seco ao sol – ele murmurou –, passado à ferro. Aromatizador de lavanda e pétalas de rosa no armário. Goles de chocolate no café da manhã. Por baixo de tudo isso, pele quente – lavada com sabonete de jasmim. – Ele se endireitou. – Sim, é esse o aroma que prefiro.

Os músculos internos de suas coxas tremularam. Como Piers fazia isso? Sua pele mal tinha tocado a dela. A menos de seis passos de distância, uma dupla de senhoras idosas discutia os preços inflacionados da água de colônia. Apesar disso, Charlotte estava... em chamas. Ela teve medo de que suas roupas se incinerassem. De que se desfizessem em fumaça, deixando-a nua e trêmula. Exposta ao mundo. Nenhum flerte antes a tinha afetado com um centésimo dessa força.

Ele estava fazendo amor com ela, em público. Essa era a sensação. Ilícita, excitante, perigosa. Qualquer coisa, menos decorosa.

– Conseguiu se decidir, senhorita?

Charlotte abriu os olhos de repente. Não se lembrava de os ter fechado.

Quanto tempo ela ficou ali, hipnotizada? Piers tinha se afastado. Estava de costas para ela, enquanto examinava uma fileira de colônias.

Homem traiçoeiro. Charlotte sabia que ele não aprovava sua investigação. Devia estar tentando abalá-la de propósito. Por um minuto, ele conseguiu. Ela pigarreou e se esforçou para focar nos frascos de amostra.

– Receio que nenhum deles seja o que estou procurando. Eu esperava encontrar um aroma único, se é que podemos chamar assim. Um que poucas mulheres poderiam ter comprado. Você tem certeza de que não tem algo assim?

– Eu recebi uma novidade de Paris. Só recebi dois frascos e já vendi um. – Ele entrou brevemente em uma despensa, de onde saiu com um frasco de vidro escuro, leitoso, com uma tampa dourada.

Antes de cheirar, Charlotte olhou desconfiada para o vidro.

– O que tem nesse?

– Em uma palavra? – O vendedor arqueou a sobrancelha com um ar dramático. – Paixão.

– Mas para sermos mais precisos...? – ela perguntou.

– Papoula, baunilha e âmbar negro.

– Ládano. – Charlotte mordeu o lábio. – Isso é...?

– Uma resina, senhorita. Um produto do arbusto floral *cistus labdanum*.

– Oh – ela exclamou, aliviada. – Isso não parece tão ruim. – Pelo menos essa fragrância não envolvia o traseiro de nenhum animal.

– É um processo muito interessante. – Mais uma vez, o vendedor procurou explicar com as mãos. – Pastores nômades da Terra Santa recolhem a resina penteando a barba e os flancos de cabras após os animais pastarem.

– Você só pode estar brincando – ela murmurou.

Ela fez uma pausa, refletindo sobre o quanto queria cheirar *Eau de Flanco de Cabra*. Mas não havia volta. Aquela podia ser a pista que a levaria até os amantes misteriosos.

Charlotte levou o frasco ao nariz e inspirou. O reconhecimento a acertou como um raio. Ela foi transportada até a biblioteca mais uma vez, para trás das cortinas de veludo. A biblioteca, os sussurros e o tecido farfalhando. Podia ouvir os gritinhos e grunhidos. Sentiu até mesmo os braços de Piers ao seu redor. Protetores e fortes.

– É este – ela disse, afastando as lembranças. – Você lembra quem comprou o outro frasco? Se esta vai ser minha fragrância característica, eu gostaria de saber o nome da outra cliente. Pode ser que frequentemos os mesmos círculos sociais.

– Bem, acho que posso consultar meu... – a voz do vendedor foi sumindo.

Piers tinha se juntado a ela no balcão. Ele fez um sinal discreto com a cabeça. Um que o vendedor pareceu entender no mesmo instante como: *Embrulhe e seja rápido. O preço não importa.*

Piers nem precisava de palavras para conseguir obediência imediata. O tom do vendedor ficou alegre quando ele estendeu a mão para o dinheiro que Piers colocou sobre o balcão.

– Não lembro o nome da outra cliente, senhorita.

– Espere. – Charlotte colocou a mão sobre as moedas. – Você não pode consultar seu livro-caixa?

– Ela pagou em dinheiro, não pôs na conta. O nome dela não vai estar no livro.

Ela suspirou, soltando o dinheiro. Era inútil insistir. Graças ao rápido pagamento de Piers, o vendedor se tornou inútil. Mesmo que ele lembrasse do nome da outra cliente, não o revelaria mais – não quando isso poderia significar a perda de uma venda garantida.

Enquanto os homens concluíam a transação, Charlotte sentiu a esperança se esvaindo. Não podia sair daquela loja sem uma nova informação. Ela não tinha cheirado bunda de castor e vômito de baleia por nada. Isso era inconcebível.

– Você lembra de algo dessa mulher? – ela perguntou. – Era mais velha ou jovem? Alta ou baixa? Estava acompanhada?

– Ora, ora – Piers interveio, recolhendo o pacote e pousando a outra mão nas costas de Charlotte, levando-a para a porta. – Não precisa interrogar o homem, Srta. Highwood.

– Não estou interrogando. Estou apenas fazendo perguntas.

– Essa é a definição de interrogar.

– Você – ela sussurrou – é a definição de um...

– Cabelo moreno – o vendedor anunciou, como se estivesse jogando migalhas para ela. – Ela tinha cabelos pretos, eu acho. Mas não estou certo dos detalhes, não sei mais do que isso.

Cabelo moreno. Já era alguma coisa. Não muito, mas era algo.

– Obrigada. – Ela deu um sorriso para o vendedor. – Obrigada por seu tempo.

– Você vai me agradecer pelo perfume? – Piers perguntou depois que eles saíram da loja.

– Vou agradecer quando parar de me atrapalhar na investigação dos amantes misteriosos.

– Copuladores misteriosos – ele a corrigiu.

– Eu tenho certeza de que o vendedor sabia o nome da cliente. Ele só não quis arriscar perder a venda depois que Vossa Graça e seu dinheiro apareceram. E depois você ficou me censurando por fazer perguntas.

– Eu estava preocupado com a demora.

– Você estava me atrapalhando. Não pense que eu não percebi seu objetivo com essa coisa de cheirar meu pescoço e massagear meus pulsos. Você só queria me desconcentrar.

– É justo – ele respondeu, calmo. – Você me desconcentrou primeiro.

Ela parou na rua e se virou para ele.

– Você podia... só por um instante... parar de ser tão perfeito? Por um minuto ou dois, tente enxergar além da sua devoção à honra e à decência. Talvez assim consiga perceber que estou tentando salvá-lo.

– Você não pode me salvar.

– Sim, eu posso. Salvar nós dois de décadas dessa mesma frustração e desse bate-boca constante. Mesmo você, com seu entendimento limitado do amor, não pode acreditar que esta seria uma combinação ideal de... – Ela olhou ao redor. – Onde está sua carruagem? – Pela vitrine, Charlotte espiou para dentro da loja de tecidos. – Onde estão Delia, Frances e a minha mãe?

– Elas se foram. – Ele a encarou, sério e frio. – Esse é o motivo pelo qual eu fui atrás de você. Houve um incidente.

Capítulo oito

– Um incidente? Como assim, um incidente?

Piers observou o tom corado da raiva sumir do rosto dela. Ele lhe ofereceu o braço e, para variar, Charlotte não discutiu.

– Eu vou explicar tudo – ele prometeu.

Ele a levou através da rua até a praça. Ali, com a voz calma, Piers relatou os eventos da meia hora passada. A Sra. Highwood, pouco depois de perceber que a filha tinha se separado do grupo, sofreu um ataque de tontura na loja de tecidos – um ataque que nenhum conforto oferecido conseguiu aplacar.

– Sua mãe – ele disse – sugeriu ser melhor que as irmãs Parkhurst retornassem com ela imediatamente à mansão, e depois enviassem a carruagem para nos pegar.

Charlotte meneou a cabeça.

– É claro. Claro que ela iria sugerir isso.

– Você não parece muito preocupada com a saúde de sua mãe.

– Porque não existe motivo para eu me preocupar. Se houvesse algum motivo verdadeiro para preocupação, você teria me interrompido na loja e contado logo.

Ela era rápida no entendimento. Piers tinha ficado impressionado com a técnica de interrogatório dela na loja de perfumes. Faltava-lhe sutileza, mas ela possuía instintos aguçados.

Assim que Charlotte lhe revelou seu plano de investigação, ele não foi a favor, mas disse para si mesmo que mal não faria. Então Charlotte irrompeu por sua janela na noite anterior, e isso o fez reconsiderar. Aquilo podia causar algum mal, sim. Na verdade, se ele não tomasse cuidado, alguém podia se machucar seriamente.

Ela fechou a mão em um punho.

— Agora vamos ficar sem acompanhantes por pelo menos mais uma hora. Frances vai salivar com a fofoca. — Ela se afastou dele e sentou em um dos bancos da praça. — Não podemos parecer um casal. Não pode parecer que você está me cortejando.

Ele sentou ao lado dela.

— Bem, não posso deixá-la sozinha. Não sem companhia em uma cidade estranha.

— Só não fique muito perto de mim. — Ela deslizou até a ponta do banco. — Nem olhe para mim. E, principalmente, não me cheire.

— Eu poderia...

— Não. — Ela tamborilou os dedos no braço do banco. — Ataque de nervos uma ova. Minha mãe não tem vergonha. Pior que isso.

— Parece, para mim, que ela só está ansiosa para garantir seu futuro.

Charlotte meneou a cabeça.

— O lugar dela é em um hospício. Ela tem problemas mentais.

— Não tem, não.

— Estou dizendo, ela é louca. Louca de pedra.

— Não — ele repetiu, de modo mais insistente. — Não é.

— Sou eu quem deveria saber dessas coisas, não você. Ela é minha mãe.

— Sim, mas não é nada parecida com a *minha* mãe, que de fato ficou demente. Então, na verdade, isso é algo que estou qualificado para julgar.

— Oh, Piers. — Ela deslizou de volta ao centro do banco. — Isso é horrível.

— Já passou. Faz muito tempo.

— Não deixa de ser horrível.

— Eu sou um marquês. Para outras pessoas é pior.

Ela o encarou.

— *Continua* sendo horrível. Não importa quem você é ou há quanto tempo aconteceu. Não finja que você é inatingível. Você não teria mencionado se isso não lhe provocasse alguma dor. O que aconteceu?

Ele tentou ser o mais simples possível:

— Ela esteve doente desde que eu consigo me lembrar. Surtos violentos de entusiasmo, seguidos por semanas de melancolia. Depois de sofrer durante anos, ela morreu enquanto dormia.

Charlotte passou o braço pela curva do cotovelo dele e emitiu um lamento baixo.

— A morte dela foi tranquila — ele observou.

Uma morte tranquila, talvez, mas depois de anos de sofrimento. As palavras da mãe assombravam Piers até o presente. *Não posso. Não posso suportar.*

– Deve ter sido um choque terrível.

Piers apertou o maxilar.

– Não para todos. Meu irmão era novo demais para entender e... famílias como a nossa não falam de coisas assim. Não sei muito bem por que estou falando sobre isso agora.

Ele nunca tinha falado sobre aquilo com ninguém.

– Eu sei por quê. Você queria me dar uma lição e conseguiu. Eu estava aqui reclamando sem parar da minha mãe, sem ligar para os seus sentimentos. Como se o maior sofrimento do mundo fosse ter uma mãe que se importa comigo. Você deve me achar insensível. – Ela apertou o braço dele. – Sinto muito.

– Você não tinha como saber.

– Mas agora eu sei e sinto muito. De verdade.

E ela sentia, ele percebeu em sua voz. Charlotte sentia muito pela perda dele e por sua ofensa não intencional. Não de um modo insincero, e também sem excessos melodramáticos, piegas.

Piers se perguntou se ela sabia como era raro o talento de pedir desculpas sinceras e sem reservas. Era uma técnica diplomática que ele mesmo ainda não tinha dominado totalmente.

Charlotte era tão franca a respeito de tudo, e ele tinha sido enganado o bastante para durar várias vidas.

Acrescente-se a isso os lábios de pétalas-de-rosa e o cabelo ensolarado... Ele nunca sentiu uma tentação tão pungente.

Sentados ali em silêncio, com os dedos dela acariciando a manga dele, o pouco que restava do autocontrole de Piers foi se desfazendo. Cada carícia despreocupada chegava mais perto do âmago dele. O contato transmitia uma sensação cada vez mais poderosa.

Não havia nada para distraí-lo do ritmo da respiração dela. Do pulso que batia com sutileza contra seu braço. Do calor e do aroma dela.

Ele bateu a ponta da bota no cascalho do chão. Quanto tempo a carruagem ainda demoraria para voltar da mansão? Uma hora, no mínimo, se não duas.

Piers conseguia suportar vários tipos de tortura, mas uma hora daquilo acabaria com sua tolerância.

A qualquer momento perderia a cabeça. Bem ali, naquele banco, ele a tomaria nos braços, puxando-a para perto. Entrelaçaria seus dedos naqueles raios de sol tecidos em forma de cabelo, enrolando-os nas mãos febris – para segurá-la melhor. Para segurá-la com firmeza e não deixá-la escapar.

Bom Deus. O que estava acontecendo com ele? Piers se sentia desmoronando. *Controle-se, homem.* Ele pigarreou.

– Nós deveríamos estar fazendo compras. O que eu posso comprar para você? Uma touca ou alguma quinquilharia?

– Almoço, se possível. Estou faminta.

Charlotte o acompanhou até uma estalagem, onde os dois dividiram uma torta de carne. Cerveja para Piers, limonada para Charlotte. Durante algum tempo, eles mantiveram um acordo tácito de substituir a conversa por comida.

Assim que a fome passou, ela tirou do bolso sua lista de suspeitas. Depois da conversa dolorosa sobre a mãe de Piers, Charlotte imaginou que ele ficaria grato pela mudança de assunto. Contudo, ela estava mais convencida do que nunca de que, apesar das negativas dele, Piers precisava de amor em sua vida.

Ela tinha começado com cinco nomes, depois passou-os por um processo de eliminação. Agora era somente uma questão de combinar uma das possibilidades restantes com o perfil:

- Presente na noite do baile.
- Nome com a inicial C.
- Um corpo roliço.

Após a conversa com o perfumista, ela acrescentou à lista:

- Cabelo moreno.

– Oh, droga! – ela exclamou olhando para o papel.

– Resta mais do que uma?

– Pior. Nenhuma delas se encaixa na descrição. Lady Canby é magra como um corrimão. Cathy não teve a oportunidade de estar presente, e eu já descartei Caroline Fairchild. Cross – esse é o sobrenome da criada – e a Sra. Charlesbridge são as duas que restam, mas nenhuma delas tem cabelo moreno. – Charlotte massageou a ponte do nariz. – Talvez o vendedor de perfumes tenha nos dado uma informação errada.

– O mais provável é que você tenha deixado alguém – ou vários alguéns – de fora da sua lista inicial.

– Pode ser.

Charlotte se sentiu abatida. Mas não derrotada.

– Tenho que pensar um pouco mais. A resposta vai aparecer. – Ela espetou uma torta de limão com o garfo. – Enquanto isso, que tal você me falar sobre o seu cachorro?

– Eu não tenho um cachorro.

– Bem, eu sei que você não tem um aqui. Mas deve ter em algum lugar. Todo cavalheiro tem.

– Um buldogue chamado Ellingworth. Ele veio para mim ainda filhote, quando eu estava na universidade. Durante meus anos no exterior viveu com meu pai e meu irmão. Quando eu finalmente voltei de Viena, ele estava bastante idoso, mas ainda me conhecia. Nós tivemos bons momentos desde então, mas Ellingworth morreu no ano passado.

Havia um algo mais escondido no olhar dele, mas Charlotte preferiu não mexer naquilo.

– Sua vez – ele disse.

– Eu? Nunca tive um cachorro.

– Conte-me sobre sua família, então.

– Não há muito para contar. Você já conheceu minha mãe. – Charlotte atacou a casca da torta. – Não tenho lembrança nenhuma do meu pai. Ele morreu quando eu era pouco mais que um bebê. A propriedade passou para um primo. Minha mãe casou jovem e ficou viúva cedo. Com três filhas para sustentar e garantir o futuro, imagino que a preocupação tenha pesado bastante.

– Por que seus cunhados não intercedem por você? Eles podem, no mínimo, se oferecer para ficar com ela por algum tempo.

– Colin e Aaron? – Ela deu de ombros. – Eu adoro os dois, mas são pais recentes que estão vivendo a felicidade conjugal. Não quero infligir minha mãe a seus casamentos.

– Eles sabem como você tem sido tratada nesta Temporada?

– Está falando da bobagem da "Debutante Desesperada"? – Ela meneou a cabeça. – Acredito que não.

– E você não contou para eles – Piers observou.

– Não quero que se sintam responsáveis.

– Mas eles são responsáveis por você. São seus irmãos por casamento.

– Não é desse tipo de responsabilidade que estou falando. – Ela mordeu o lábio, hesitando. – Não quero que se sintam responsáveis por minha humilhação.

– Ah. Porque os casamentos deles também foram pouco convencionais.

– Minerva é uma mulher peculiar. Intelectual. Era a última mulher que imaginaria fugindo para se casar com um charmoso libertino. Sempre houve fofoca a respeito da união deles. E Aaron é o melhor dos homens, mas é um ferreiro. Ele sabia que ao se casar com Diana afetaria minhas possibilidades de ter um bom casamento. Por isso pediu minha permissão antes de unir-se à minha irmã.

– Ele pediu sua permissão? Quantos anos você tinha, 15?

– Acredito que 16 anos.

– E permitiu.

– É claro, e com alegria. Sou muito feliz por ele e Diana. E por Colin e Minerva também.

– Mas a felicidade deles dificultou para que você encontrasse a sua.

Ela apoiou um cotovelo na mesa e depois o queixo na mão.

– Pelo contrário. Vê-los casar por amor foi a melhor coisa que já me aconteceu, pois me fez acreditar que eu também posso encontrar o amor. E se a circunstância do casamento deles apresenta um obstáculo para meus possíveis pretendentes... é um favor para mim. Não preciso gastar meu tempo com cavalheiros que desistem com facilidade.

Piers a observava com atenção. Havia algo de novo nos olhos dele, por trás da avaliação fria. Um toque de crueldade.

– O que foi? – ela perguntou.

– Estou tentando decidir se você acredita mesmo nesse discursinho que acabou de fazer, ou se é apenas um pensamento que a conforta quando está escondida atrás de vasos de palmeiras assistindo a mais uma quadrilha.

Ela ficou em choque. Sim, nos seus momentos de fraqueza Charlotte tinha se sentido desamparada na multidão, sofrendo do pior tipo de autopiedade. O que a envergonhava muito.

– Quando você for uma marquesa – ele levou a cerveja aos lábios – terá sua vingança. Vai dar uma lição em todos eles.

Esse devia ser o segredo de Piers. O modo como ele dobrava reis e déspotas à sua vontade. Enxergando dentre deles e usando seus sonhos despedaçados para influenciá-los. A arma mais perigosa do mundo é a que atinge mais perto do coração.

– Você está enganado – ela disse.

– Hum? – Ele baixou o copo.

– Existe uma falha no seu plano, meu lorde. Tornar-me uma marquesa só convenceria a Sociedade de que sou exatamente tudo o que pensam de mim. Uma mulher ardilosa e descarada, disposta a me humilhar para conquistar um marido rico e influente. A não ser...

– A não ser?

– Que o marquês em questão se apaixone perdida, irreparável e publicamente por mim.

Piers pareceu engasgar com a cerveja. Charlotte arqueou a sobrancelha. Ela também sabia ser impiedosa. Não precisava ser salva por sua família nem por Piers. Depois que ela descobrisse a identidade dos amantes misteriosos, convenceria sua mãe e Sir Vernon de que Piers não tinha responsabilidade nenhuma para com ela. Na Temporada seguinte, ela iria explorar o continente com Delia, e Londres encontraria uma nova fonte de risadas. Quando ela retornasse, tendo aberto seus horizontes e sua mente, estaria livre para se casar com quem quisesse – ou para esperar.

Blam. A mão mais imensa que Charlotte já tinha visto caiu sobre o ombro de Piers, assustando-a.

A mão gigante pertencia a um homem igualmente grande, com ombros largos e cabelo preto e ondulado.

– Piers. Pensei mesmo que era você.

– Rafe – Piers disse, afastando a cadeira e se levantando.

Os dois homens apertaram as mãos calorosamente antes de se virarem para Charlotte e Piers apresentar o outro. Como se ele precisasse de apresentação. Toda a Inglaterra o conhecia por nome e reputação.

– Srta. Charlotte Highwood, permita-me apresentar-lhe Lorde Rafe Brandon. Meu irmão.

– Você esqueceu de "Campeão peso-pesado da Grã-Bretanha" e "Proprietário da Melhor Cervejaria da Inglaterra" – Charlotte brincou. Dirigindo-se para Lorde Rafe, ela disse: – Que prazer inesperado, meu lorde.

Ela estendeu a mão, que o gigante de ombros largos aceitou com uma reverência antes de puxar uma cadeira para se juntar a eles.

Os modos dele eram tranquilos e informais, na mesma medida que Piers era contido e respeitável. Charlotte gostou dele no mesmo instante.

– Espero que seja Champion Pale Ale. – Rafe apontou para o copo de cerveja do irmão.

– Sempre. – Piers pareceu ofendido por ter sua lealdade questionada. – Você está na região para conseguir novos clientes?

– Estou procurando locais para instalar uma cervejaria regional. Clio deseja expandir os negócios para o norte. – Ele fez um sinal para uma atendente pedindo outra rodada de bebidas.

– Ela está bem, espero.

– Ah, sim. Embora trabalhe mais do que eu gostaria.

Charlotte ficou surpresa com a facilidade com que os dois falavam dela, considerando que Lorde Rafe tinha se casado com a ex-noiva de Piers. Este não parecia guardar nenhuma mágoa.

– Que coincidência encontrar você aqui. – Lorde Rafe se recostou na cadeira. – Não é engraçado como os negócios com frequência nos colocam no mesmo lugar?

– Oh, Lorde Granville não está aqui a negócios – Charlotte disse.

– Então é por prazer. – Lorde Rafe olhou dela para Piers, parecendo achar graça. O rosto de Charlotte esquentou.

– Também não quis sugerir isso. Nós somos hóspedes de Sir Vernon Parkhurst por duas semanas. Lorde Granville foi gentil ao acompanhar as mulheres da casa até a cidade para as compras, mas houve um incidente e tivemos que nos separar em dois grupos para a viagem de volta.

– Um incidente. – Rafe aceitou sua bebida e engoliu meio copo com um só gole. – Eu sei a frequência com que "incidentes" acontecem perto do meu irmão.

– Qualquer que seja essa frequência – Charlotte disse –, os incidentes se duplicam quando minha mãe está por perto. Lorde Granville pode confirmar esse fato.

– A Sra. Highwood acredita que a filha merece a admiração de cavalheiros refinados. – Piers deu de ombros. – Esse é o dever dela.

Charlotte largou o garfo e sorriu.

– Agora fale a verdade. Por que você está ficando do lado da minha mãe?

– Perdoe-me. Eu acreditava estar do seu lado.

Charlotte corou um pouco e desviou o olhar.

– Ora. – Lorde Rafe pigarreou.

– Venha jantar conosco – Piers disse. – Sir Vernon ficaria feliz em conhecê-lo, e ele tem um filho que precisa de um pouco de distração.

Charlotte duvidou que o convite fosse para agradar Sir Vernon ou Edmund. Piers podia ser contido, mas nem ele conseguia disfarçar seu afeto fraterno. Ela ficou contente por saber que ele tinha ao menos esse tanto de amor na vida. Depois de perder os pais, a noiva e até o cachorro, ele precisava disso.

– Receio não ser possível – Rafe disse. – Eu prometi começar a viagem de volta esta tarde.

Os irmãos conversaram por mais alguns minutos, contando as novidades sobre suas respectivas casas e seus empreendimentos. Piers pediu licença para ir pagar a conta.

Quando ficaram sozinhos, Rafe se voltou para Charlotte e baixou a voz, em tom de confidência.

– Desculpe-me por ir embora com tanta pressa, mas não é só a cervejaria que está se expandindo. Minha mulher também está em processo de crescimento. Para falar de modo delicado.

– Que ótimo. Por favor, dê-lhe meus parabéns.

– Espero que em breve você tenha a oportunidade de fazer isso pessoalmente.

– Ah, duvido que eu tenha esse prazer.

– Eu não. – Ele riu dentro do copo.

Oh, céus. Essa era uma complicação inesperada. Charlotte tinha esperança de encerrar rapidamente o mistério dos amantes e assim cortar as fofocas pela raiz. A última coisa de que ela precisava era o próprio irmão de Piers espalhando histórias de um noivado iminente.

– Por acaso o Piers... – *Droga. Não posso me dirigir a ele pelo primeiro nome.* – Por acaso Lorde Granville lhe disse algo? Com certeza ele não lhe sugeriu nada...

– Além do fato de, por acaso, vocês estarem aqui, almoçando sozinhos em uma estalagem de Nottinghamshire, no mesmo dia em que, por acaso, eu estou passando pela região? Ele devia estar querendo que nós nos conhecêssemos.

– Lorde Rafe, por favor – ela sussurrou, entrando em desespero. – Não entenda mal. Houve...

– Um incidente.

– Sim. Isto foi uma mera coincidência.

– Se você conhece meu irmão, e parece que sim, já sabe uma coisa. – Ele levantou uma sobrancelha. – Com Piers, não existem coincidências.

– Não sei o que está querendo dizer.

– Eu vi o modo como ele olha para você. Pelo amor de Deus, ele a provocou. Piers não provoca ninguém.

Era estranho ele dizer isso, já que Piers estava provocando-a desde a primeira vez em que se viram. E o que ele queria dizer com "não existem coincidências"?

– Ele gosta de você – Lorde Rafe afirmou.

– Não gosta, não.

– Então ele a ama?

– *Não.*

Charlotte não teve tempo de continuar discutindo, pois Piers voltava após ter pagado pelas refeições.

Ele não se sentou, apenas ofereceu ajuda a Charlotte para esta se levantar.

– Srta. Highwood, acredito que nossa carruagem já deve ter voltado para nos buscar.

– A minha diligência também deve estar de partida. – Lorde Rafe deu um tapa no ombro do irmão e olhou de soslaio para Charlotte. – Traga-a para conhecer o castelo quando tiver a oportunidade de nos visitar. Vamos preparar um quarto.

Capítulo nove

Enquanto se despedia do irmão e saía da estalagem com ela, Piers teve esperança de que Charlotte tivesse perdido o interesse em interrogá-lo.

– Vamos lá – ela logo disse. – Qual é o seu grande segredo?

Ele franziu o cenho enquanto encarava o chão, para disfarçar a hesitação em seu passo.

– Segredo? O que a faz acreditar que eu tenho um segredo?

– Nosso encontro com Lorde Rafe.

Ele praguejou em pensamento. Rafe era uma das poucas pessoas que sabiam qual era o verdadeiro papel de Piers no Ministério das Relações Exteriores. Mesmo assim, eles evitavam entrar em detalhes. Se o irmão tivesse revelado alguma coisa...

– Rafe disse algo para você?

– Nada muito específico, se essa é a sua preocupação. Foi o modo como ele me tratou. Como seu eu fosse a sócia mais recente de um clube de pessoas que compreendem o verdadeiro Piers Brandon. Então, qual é o aperto de mãos secreto? O que você não está me contando?

Bom Deus. O que ele tinha feito ao se envolver com essa mulher? Para ela, tudo era um enigma a ser desvendado. Um nó que precisava ser desfeito. Enquanto isso, sempre que estava perto dela, sua própria capacidade de discernimento e análise parecia ir para o inferno. Ele deixava escapar antigos segredos de família. Deixava que ela mexesse no seu cabelo. Ele a escondia atrás de cortinas e a abraçava.

Se ela fosse uma agente inimiga, esse problema teria sido muito mais fácil de resolver. Ele não precisaria casar com ela. Poderia mandar que a prendessem, matassem ou fosse exilada na Córsega. Pensando bem, essa última opção ainda era viável. Se pelo menos Nottinghamshire fosse no litoral.

– Deve ter algo a ver com o tempo que você passou no exterior – ela divagou.

– Eu trabalhei como diplomata no Ministério de Relações Exteriores. Você já sabe disso.

– E fiquei pensando desde então. Eu sabia que tinha algo mais em você. Que tipo de diplomata sabe arrombar fechaduras e beijar como um libertino?

– Este diplomata, ao que parece.

Ela soltou um suspiro teatral.

– Se você não me contar, serei forçada a adivinhar.

Piers só lhe ofereceu o silêncio. O que ela interpretou como um convite. Porque era óbvio que sim.

– Vamos ver. Você tinha um antro de jogatina ilegal na deslumbrante Viena. Metade dos Habsburgos lhe devem suas fortunas.

– Não tenho interesse em cobrar fortunas. Eu tenho a minha.

– Roubos, então.

Ele estremeceu diante da sugestão.

– Tenho ainda menos interesse em pequenos roubos.

– Não seriam pequenos roubos. Seriam importantes, feitos por um bom motivo. Vamos ver... Você salvou obras de arte inestimáveis da casa de aristocratas franceses, salvando-as da destruição certa nas mãos dos revolucionários.

– Errada. De novo.

– Se não arte, então... segredos? Ah, entendi. Você era um espião internacional, realizando missões ousadas e evitando conspirações assassinas usando a carreira de diplomata como disfarce.

– Não seja maluca.

De repente, ela parou no meio da rua.

– Oh, minha nossa. Meu bom Deus. É isso.

– Essa é...

– A verdade. Essa é a verdade. Você era um espião. – Ela levantou muito as sobrancelhas e cobriu a boca com as duas mãos, guinchando por trás delas.

Maldição. Ele a pegou pelo cotovelo, tirando-a do meio da rua e arrastando-a para uma viela escura.

– Estou lhe dizendo que não sou...

– Não se preocupe em mentir para mim. Já aprendi a identificar quando você mente. – Ela levou a mão ao rosto dele. – Sua sobrancelha esquerda fica franzida toda vez.

– Eu – ele disse, forçando-se a ignorar o toque dela – não sou um ex-espião internacional. Pronto, franzi a sobrancelha?

– Não – Charlotte disse, decepcionada.

– Aí está. – Piers relaxou.

– Então você não é um ex-espião. – Depois de uma breve pausa, ela soltou uma exclamação. – Você é um espião na ativa!

Jesus Cristo. Charlotte deu um soco de leve no ombro dele.

– Ah, que bom, Piers. E o mundo todo acreditando que você era apenas um lorde certinho, empertigado e entediante! Não é de se espantar que seu irmão parecia um gato que engoliu um peixinho dourado. Isso é maravilhoso, Piers.

Maravilhoso. Aquilo não tinha nada de maravilhoso. Era um problema grave. E, muito possivelmente, era o fim da carreira dele. Ele já tinha sido bom nisso, não?

Charlotte tinha uma ideia ingênua, fantasiosa, de que espionagem se tratava de virar bebidas fortes e circular em antros de jogatina. Se ela soubesse a realidade fria e brutal, iria se arrepender de ter descoberto a verdade.

Ele a pegou pelos ombros e a sacudiu de leve.

– Você tem que desistir dessa ideia tola. A verdade é que eu sou um lorde certinho, empertigado e entediante. Não participo de missões arriscadas nem de aventuras emocionantes. E, com toda certeza, não sou um es... cuidado.

Ele empurrou Charlotte para o lado. Um assaltante emergiu das sombras, tentando pegar a alça da bolsa dela com uma mão e brandindo uma faca suja na outra.

Anos de treinamento assumiram o controle. Com a mão esquerda, Piers agarrou o pulso do batedor de carteira, imobilizando a mão com a faca. Então ele desferiu um golpe violento com o cotovelo direito – não forte o bastante para quebrar o braço do bandido, embora este merecesse.

Depois que a faca caiu tilintando nas sombras, Piers desferiu um chute ágil no estômago do outro, jogando-o na sarjeta. Tudo acabou em menos de cinco segundos.

Com o criminoso dobrado no chão e gemendo, Piers endireitou suas luvas.

Charlotte estava de olhos arregalados. Ela olhou para o ladrão, depois para Piers.

– Você dizia...?

Charlotte devia ter imaginado como Piers reagiria quando ela desvendasse o segredo dele. Ou seja, mal. Ele abandonou a conversa e a arrastou, decidido, com bolsa e tudo, até a esquina onde a carruagem os aguardava e a empurrou para dentro.

– Está tudo bem – ela procurou tranquilizá-lo, depois que a carruagem estava em movimento e os dois, sozinhos. – Eu prometo que não vou contar para ninguém.

Ele não olhou para ela.

– Não existe nada para contar.

– Eu não consigo acreditar que não adivinhei antes. Deveria ter desconfiado da pistola Finch especial. Ou do alfinete de gravata que abre fechaduras.

– Qualquer alfinete de gravata pode abrir aquela fechadura.

– Você tem outras ferramentas de espião? – Ela começou a examinar o interior da carruagem. – Espelhos falsos? Portas à prova de bala? Oh, aposto que tem um compartimento escondido debaixo deste assento.

– Toda carruagem tem um compartimento debaixo do assento.

– Códigos secretos na fita do seu chapéu, talvez? Oh, e essa bengala? – Ela estendeu a mão para a bengala que ele guardava atrás do assento. – Um homem no auge da vida não precisa de bengala. Aposto que é uma espada ou um rifle. Basta saber o truque para abri-la. – Charlotte virou o objeto para um lado e para outro, fazendo movimentos de sabre com a bengala.

Piers a tirou dela e colocou-a de lado.

– É só uma bengala. Nada além disso.

– Mas você é um agente da Coroa. Deve ter algum tipo de arma letal e poderosa com você.

– Já que mencionou... – Ele a pegou pela cintura e a puxou para o colo. Então disse, com um sussurro sedutor: – Isso no meu bolso não é uma pistola.

Charlotte riu. Onde ele estava escondendo aquele charme malicioso e perigoso?

Que ironia do destino. Ela não devia ter se envolvido tanto para descobrir o segredo dele. Essa revelação o tornou ainda mais atraente. Agora, Charlotte talvez fosse gostar ainda mais dele. Não apenas em certas ocasiões e raros momentos, mas em intervalos regulares.

Se continuasse por esse caminho, eles logo seriam amigos. Então bastaria um pulinho para o afeto... ou coisa pior. Oh, droga. Por que ela tinha sido tão curiosa? Mas não havia volta, agora.

Ela ainda não o tinha decifrado por completo, mas tinha reunido peças suficientes para entender o seguinte: a verdade a respeito de Piers Brandon era mais ampla e complexa do que ela jamais havia imaginado. Ele não era desesperadoramente perfeito. Ele era perfeitamente arrebatador.

– Você está em uma missão aqui em Nottinghamshire? Por isso estava escondido na biblioteca? – Ela deu um tapa na própria testa. – É claro. Tudo faz sentido, agora. Você não podia desistir da missão. É por isso que insistiu em pedir minha mão em casamento. Ninguém é tão honrado assim, e eu sabia que não podia ser apenas porque você estivesse realmente gostando de mim.

– Escute aqui. – Ele segurou o queixo dela, proibindo-a de desviar o olhar. – Você está redondamente enganada a meu respeito em quase tudo, mas acertou nessa última afirmação. Não estou apenas gostando de você.

– Não?

Ele meneou a cabeça devagar. Com o polegar, traçou o contorno dos lábios dela.

– Gostar nem começa a descrever. Está mais para... uma obsessão. Um encantamento, ou talvez uma maldição. Você parece uma bruxa de cabelos claros que jogou um feitiço em mim, e agora eu não consigo mais me concentrar. Não consigo dormir. Não consigo pensar em nada que não seja ouvir sua risada e abraçá-la, e imaginar como você ficaria nua na minha cama. Consegue entender isso, Charlotte?

Ela concordou, sem fôlego. A sobrancelha esquerda dele não tinha se movido.

Quanto mais ele a encarava, mais excitada ela ficava. Eles tinham passado o dia todo fazendo aquele jogo... a mão dele na cintura dela na estalagem, o hálito dele soprando a orelha dela na loja de perfumes.

– Qual é o seu plano, agente Brandon? – ela sussurrou. – Pretende me beijar longa e intensamente até eu me esquecer de sua identidade?

– Não. – Ele deslizou a mão até a nuca de Charlotte, embaraçando-se no cabelo, com tanta firmeza que ela arfou. – Pretendo beijar você longa e intensamente até se esquecer da sua.

Piers pousou os lábios sobre os dela, e dessa vez não lhe ofereceu beijos pacientes como preliminar, ele tomou posse da boca de Charlotte, buscando a língua dela. Charlotte agarrou no pescoço dele, dando o seu melhor para acompanhar o ritmo dos lábios dele.

Ele se curvou para beijá-la no pescoço, na orelha, na face. Ela adorou a urgência nos beijos dele, o quanto ele parecia querê-la. Parecia até precisar dela.

A excitação martelou o corpo dela, fazendo-a inchar, retesar e ansiar. Era como se, quanto mais ousado ele fosse ao tentar possuí-la, tanto mais independente ela se sentia.

Ele lhe dava poder e ela queria usá-lo. Queria escolher paixão em vez de decoro, conhecimento em vez de inocência.

Ele acariciou os seios dela por cima do tecido do vestido e do casaquinho, deixando-a louca de desejo. Não bastava. Ela precisava de mais. Das mãos dele em sua pele nua. Dos dedos dele apertando-a, beliscando-a. De alguma coisa que aliviasse a tensão que se acumulava em seus mamilos. A necessidade era tão intensa, tão urgente, que fez Charlotte se perguntar como tinha vivido tanto tempo sem o toque dele. A vergonha dela tinha sumido, mas mesmo assim não sabia como pedir o que mais queria.

– Por favor – ela sussurrou, arqueando a coluna para apertar o seio na mão em concha dele, esperando que fosse suficiente. – Por favor.

Por favor me toque. Você sabe do que eu preciso.

Enquanto se beijavam, os dedos dele foram até os botões do casaquinho, soltando um por um. Ao mesmo tempo, a outra mão subiu pela coluna dela, encontrando os fechos das costas do vestido. Ela estava sendo despida dos dois lados ao mesmo tempo. Esse homem tinha muitas habilidades.

O corpo de Charlotte vibrava de alegria, com a expectativa do que viria. Depois que afastou o casaco, Piers deslizou a mão para dentro. Seus dedos encontraram o decote baixo do vestido. Afastando o fichu de tecido leve que ela usava por recato, ele enfiou dois dedos no decote, deslizando-os até o ombro, afastando o corpete solto do tronco e então baixando a manga do vestido, revelando o seio dela.

Ele interrompeu o beijo para admirar o seio nu. Uma pontada de pudor a fez estremecer, mas o sentimento se perdeu em meio às batidas rápidas de seu coração.

Em contato com o ar frio do fim de tarde, o mamilo ficou teso. Ela sentiu como se todo o anseio de seu corpo se concentrasse naquele ponto dolorido.

Por favor. Por favor, por favor.

A primeira passada do polegar dele foi tão leve, tão provocadora, quase como o roçar de uma pena. Ela poderia acreditar que a tinha imaginado. Ele desenhou círculos enlouquecedores ao redor da aréola, inclinando a cabeça para observá-la de um ângulo diferente. Como se ela fosse um mecanismo que ele estava curioso para descobrir como funcionava.

E então – finalmente – ele cobriu o mamilo com o polegar e o pressionou. O choque de prazer ricocheteou dentro dela. Charlotte arfou. Foi melhor; foi pior. Foi maravilhoso.

Ele a beijou de novo, e enquanto sua língua ensinava à dela uma dança nova e sensual, ele fez movimentos circulares e deu leves beliscões no mamilo teso.

Ela se agarrou a Piers, enfiando as unhas na nuca dele. Uma pulsação difusa e latejante começou a agitar entre as coxas dela. Charlotte se remexeu no colo dele, apertando as coxas na tentativa de aliviar a sensação. Nisso, ela se esfregou contra o volume sólido e crescente da ereção dele.

Piers soltou um gemido suave por entre o beijo.

O sabor, o som e a sensação daquela confissão gutural... fez algo maluco com ela. Aquele gemido foi sincero. Primitivo. Intenso. Ela sentiu uma empolgação inegável ao perceber que possuía aquele poder sobre um homem tão poderoso.

Charlotte se acomodou melhor no colo dele, provocando-o com outra passada lenta de seu quadril contra a dureza dele. Ela enfiou as mãos no cabelo de Piers, remexendo as mechas escuras e pesadas com os dedos, descabelando-o. Então mordiscou o lábio inferior dele, dando um puxão provocador, brincalhão. Eles ficaram se encarando, ofegantes.

– Eu não esqueci a sua identidade – ela sussurrou, ainda com as mãos no cabelo dele. – Nem a minha.

Ele engoliu em seco, as mãos apoiadas nos quadris dela.

– Você é Piers Brandon, Marquês de Granville, diplomata e agente secreto à serviço da Coroa. – Ela deslizou a ponta do dedo pela curva do nariz dele. – E eu sou Char...

As palavras dela se perderam em uma exclamação. Com a velocidade e a força de um chicote, ele a virou de costas, colocando-a debaixo dele sobre o assento estofado da carruagem.

– Você será Lady Charlotte Brandon, Marquesa de Granville, mulher de diplomata e mãe do meu herdeiro.

Ela pensou em retomar a discussão, mas então a boca dele se fechou sobre o seio dela e Charlotte perdeu toda a capacidade de falar e raciocinar. Junto foi também qualquer impulso de resistir.

– Você vai ser minha – ele murmurou. – Eu juro, Charlotte, vou tomá-la para mim.

Minha. Minha, minha, minha.

A palavra descreveu círculos intermináveis na cabeça dele. Piers desenhou um círculo com a língua ao redor da pele tesa e rosada do bico do seio.

Ela se contorceu e gemeu debaixo dele. Todos os argumentos e perguntas foram esquecidos. Piers se deleitou com o som.

Ele queria mostrar para ela quem estava no controle. Os segredos de quem seriam desnudados.

Piers puxou a roupa dela, desesperado para revelar mais do corpo dela para seu toque e sua boca. Enquanto puxava o vestido, ele ouviu o tecido rasgando. Congelou, pensando que o som poderia assustá-la, ou no mínimo fazê-la recobrar a razão. Em vez disso, ela se virou para ajudá-lo. E o ajudou.

Depois que o vestido foi puxado para baixo, revelando a roupa de baixo simples e transparente, Charlotte o recebeu em seus braços, envolvendo os ombros dele e arqueando as costas para lhe oferecer os seios. Os lábios dela tocaram o pescoço nu de Piers.

Quando a gravata dele tinha sido retirada? Bom Deus. Bom Deus.

Ele se orgulhava de seu autocontrole. Do cuidado com que administrava tanto as emoções internas quanto as reações externas. Vidas tinham dependido disso, e Piers nunca baixou a guarda.

Então apareceu a Srta. Charlotte Highwood, anunciando sua entrada na vida dele com a mais absurda das declarações. *Eu vim para salvar você.*

Impossível. Ela era a pessoa mais perigosa que ele já tinha encontrado. O equilíbrio dele estava em constante alvoroço quando ela estava por perto.

Charlotte tinha decifrado o código secreto de sua sobrancelha esquerda. Se ele não tomasse cuidado, poderia se perder com ela. Dentro dela.

Deus, só de pensar em estar dentro dela... afundando em toda aquela maciez calorosa, disposta...

Essa imagem mental deixou o membro dele duro como mármore italiano, latejando em vão contra o fecho abotoado de sua calça.

Piers se obrigou a diminuir o ritmo, afastando o tecido frágil da roupa de baixo dela e explorando cada centímetro daqueles seios nus e suculentos com os lábios e a língua, de vez em quando acrescentando um roçar de dentes.

Não importava o quanto tomava, ela ainda lhe oferecia mais. E ele não conseguia entender por quê.

Piers a pegou pela cintura e acomodou seus quadris entre as coxas dela, investindo contra a maciez das anáguas amontoadas.

Em breve, prometeu para si mesmo. Não hoje. Ele não iria deflorar Charlotte em uma carruagem em movimento. Não trataria nenhuma mulher assim, muito menos a mulher com quem ele pretendia se casar. Piers não tinha perdido totalmente o autocontrole.

Além disso, a viagem de volta à Mansão Parkhurst não era demorada o suficiente. Quando ele fosse se deitar com ela pela primeira vez, pretendia passar horas dando-lhe prazer, de todas as formas. Até que ela soluçasse seu nome e implorasse por mais.

– Estamos quase lá.

Ela lhe deu um olhar sonolento, entorpecido.

– Como você sabe?

– O chão debaixo de nós mudou de terra para cascalho.

– Sempre tão atento aos detalhes. – Ela sorriu, com aquele convencimento encantador que ele tinha aprendido a reconhecer, e Piers soube que tinha se revelado. Mais uma vez.

Houve um momento de ternura entre eles e, durante um instante ele experimentou a emoção mais rara e ridícula: esperança.

Seria possível? Ela o tinha visto acabando com um assaltante na cidade. Charlotte sabia que ele havia enganado não só a ela, mas a todos. E mesmo assim ela não fugiu gritando, nem o rejeitou, enojada. Talvez... Talvez pudesse fazê-la feliz.

Não com o dinheiro dos Granville nem com sua condição social, mas apenas sendo o homem que era em seu âmago. Às vezes, quando olhava no fundo daqueles olhos azuis, parecia acreditar que tudo era possível.

Mas ainda havia tanto que Charlotte não sabia, sobre quem ele era e o que tinha feito. Havia escuridão dentro dele, e se ela conseguisse passar por todas as suas defesas e chegar ao centro frio e sem luz do seu ser... Piers duvidava que conseguiria sorrir ao encará-lo.

Além do mais, Charlotte queria ser amada. Não ansiava apenas por ternura nem afeto, mas por um caso de amor público que convencesse até o fofoqueiro mais cético. Isso era algo que Piers não podia lhe oferecer, nem mesmo se quisesse.

Era inútil pensar em conquistar o coração de Charlotte. Piers devia se manter fiel ao plano original: garantir a mão dela e completar sua missão ali, usando qualquer meio necessário.

Ele a beijou na testa uma última vez, depois se endireitou e a ajudou a se sentar.

– Venha. Vou ajudá-la com os botões.

Capítulo dez

Já passava muito da hora de Piers retomar seu trabalho.

Quando Ridley veio, nessa noite, com a desculpa de prepará-lo para dormir, Piers decidiu que eles deviam conversar a respeito da investigação.

– Então – Piers começou, desfazendo o nó da gravata. – O que você descobriu com os criados?

– Nada de útil. – Ridley se esparramou na poltrona. – Eles não têm nada de ruim para falar do homem. E Lady Parkhurst também não. Sir Vernon só fica na residência alguns meses por ano, e, quando está aqui, passa o tempo todo fora, vivendo como um esportista. Paga os salários pontualmente; dá aumentos anuais para todos e mantém um fundo de aposentadoria para os mais dedicados. De acordo com o administrador, ele não interfere demais na rotina dos negócios, mas exige relatórios regularmente e questiona quaisquer discrepâncias.

– Nenhum boato de jogatina? Amantes? Crianças na vizinhança que se pareçam com ele?

– Nada que eu tenha escutado. Se ele tem esse tipo de segredo, esconde muito bem da criadagem.

– Isso não seria normal.

Em geral, os criados sabem tudo o que acontece em uma casa dessas. Eles trazem a correspondência, limpam as lareiras, lavam as roupas. Nada escapa à observação deles.

– Vou continuar de olhos e ouvidos abertos na área de serviço, é claro. Já consegui me inserir no carteado dos criados, que acontece duas vezes por semana, e acho que a governanta se encantou por mim. Há algo mais que gostaria que eu fizesse?

– Não.

Piers não podia reclamar da atenção de Ridley para os detalhes. Era ele próprio quem estava fugindo de seus deveres. Devia estar conquistando a confiança de Sir Vernon. Era esse tipo de trabalho que a Agência esperava que um homem como Piers fizesse. Não havia muitos aristocratas à serviço da Coroa, e menos ainda conseguiam extrair um convite para um feriado de caça só por manifestar seu interesse durante o conhaque no clube.

Seu título e sua posição social eram essenciais para que ele conquistasse acesso e confiança. Em quase uma década de serviço, nunca tinha comprometido sua reputação imaculada. Então, menos de um dia depois de chegar ali, Piers deu a seu anfitrião motivo para acreditar que ele deflorava virgens em cima de escrivaninhas, e o herdeiro da propriedade estava convencido de que ele era um assassino. E o pior de tudo: Charlotte tinha deduzido a verdade.

– Pensando bem, Ridley, tem algo que eu quero de você. Venha e fique na minha frente.

Ridley obedeceu de imediato.

– Aqui?

– Um pouco mais perto. Não, assim não. De frente para mim. Pronto. Eles ficaram se encarando.

– Eu vou lhe dizer uma série de mentiras. Quando eu o fizer, observe com atenção minha sobrancelha esquerda. Diga-me caso ela se mova, ainda que uma fração.

Se Ridley ficou espantado com aquele pedido, não demonstrou.

– Pois não, meu lorde.

– O céu – Piers disse, com cuidado – é rosa. Eu comi arenque e torradas no café da manhã. Estou vestindo um colete elegante. – Ele fez uma pausa. – E então? Algum movimento?

– Nenhum.

– Nem um mísero tremor. Tem certeza?

– Nada.

Praguejando, Piers se virou de lado, agitando no ar um bastão imaginário de críquete. Aquilo não podia estar acontecendo com ele. Justo ele, que tinha aperfeiçoado a arte do engano em sua infância. Como era possível que Charlotte Highwood conseguisse decifrá-lo, quando o resto do mundo era incapaz?

– O que há de errado com o colete? – Ridley perguntou, depois de uma pausa.

– Nada. Mas também não tem nada de especial nele.

– Os alfaiates me disseram que é a cor mais usada nesta Temporada. Eles a chamam de "curry".

Piers deu de ombros. O jovem soltou um suspiro de desânimo.

– Por que demorou tanto para me falar? Eu tenho que bancar o criado pessoal de um marquês, e você me deixa vesti-lo com um colete que não lhe cai bem.

– Chega de falar sobre este colete.

De algum modo, ele precisava recuperar o controle da situação. Pôr a cabeça no lugar. Submeter a sobrancelha ao seu comando. Cumprir a droga do seu dever. Ele não podia se arriscar a perder sua carreira. Piers não saberia mais quem ele era.

No dia seguinte, qualquer que fosse a atividade que Sir Vernon propusesse, Piers encontraria uma desculpa para sair mais cedo. Ele voltaria à mansão sozinho, iria até a biblioteca, abriria a gaveta trancada e conseguiria a informação que tinha ido até ali para obter. Então, tudo entraria nos eixos.

Ele anunciaria seu noivado com Charlotte antes de partir de Nottinghamshire. Seus advogados e a Sra. Highwood sem dúvida precisariam de alguns meses para elaborar os contratos de casamento e organizar os preparativos. Eles se casariam no Natal. Depois, passariam o inverno em Oakhaven, onde providenciariam a chegada de um herdeiro. Quando chegasse a hora de ele voltar para a nova sessão do Parlamento em Londres, Charlotte estaria grávida e ocupada com sua propriedade – onde ela ficaria longe de sua sobrancelha esquerda e seria incapaz de atrapalhar sua concentração.

Pronto. Ele tinha um plano. Bastava executá-lo.

– Houve alguma menção quanto ao esporte de amanhã? – ele perguntou a Ridley. – Pesca? Caça? Tiro?

– Ouvi algo do guarda-caça a respeito de planos para uma verdadeira caça à raposa. Mas duvido que haja alguma atividade nos próximos dois ou três dias. Talvez quatro.

– Diabos. – Piers não podia passar de dois a quatro dias confinado na casa com todos os convidados em seu caminho e Charlotte provocando-o de diversas maneiras, fazendo com que ele cometesse todo tipo de erro desastroso. – Por quê?

Um trovão ecoou à distância. Ridley arqueou a sobrancelha.

– Por isso.

Piers ficou um pouco contrariado.

– Onde você adquiriu essa habilidade irritante de fazer previsões perfeitamente sincronizadas?

– Talvez meu lorde tenha perdido esse dia de treinamento.

– Sim, bem. Pelo menos não tenho péssimo gosto para coletes.

Piers liberou Ridley para ir até os aposentos da criadagem e esperou cerca de uma hora para pegar uma vela e sair discretamente de seu quarto. Se iria chover, ele não poderia vasculhar a casa durante o dia. Só lhe restava as noites, o que não era ideal. Se fosse pego xeretando aposentos privados no escuro, as explicações seriam muito mais difíceis. Mas a estadia dele já estava na metade, e o maldito clima inglês não lhe deixava muita escolha.

Movendo-se com passos silenciosos e suaves, Piers saiu para o corredor e virou na direção da escadaria principal. Tinha feito pouco progresso quando congelou e segurou o castiçal com mais força. Uma figura sombria e imóvel estava amontoada no meio do tapete, cerca de dez passos à frente.

Piers avançou um pouco e levantou a vela para iluminar o local. Ele apertou os olhos e focou na escuridão. Precisou de alguns momentos, mas enfim conseguiu distinguir a figura de... Edmund.

O garoto estava sentado de pernas cruzadas no alto da escadaria com uma colcha jogada sobre os ombros. Segurava uma espada de madeira em uma mão. Gesticulando com a outra, ele apontou um dedo para o próprio olho, depois para Piers.

– Estou de olho em você – Edmund sussurrou com a voz irritantemente aguda. – Eu sei o que você fez.

Certo. Piers passou a mão pelo rosto. Aquilo concluía as buscas pela casa nesta noite. Então pegou um livro no aparador ao lado, levantando-o e mostrando-o para Edmund, como se essa fosse a única razão para ele ter saído de seus aposentos. Em seguida, deu meia-volta e refez o caminho para seu quarto.

Depois de fechar a porta, ele inclinou a vela para ler a lombada do livro que tinha pegado. *A coletânea de sermões do reverendo Calvin Marsters.* Bem, isso deveria fazê-lo dormir.

Ele jogou o livro de lado, irritado por ter sido impedido por uma criança montando guarda, e sentou no banco para tirar as botas. Era melhor ele ir para a cama.

Então, algo na escuridão lá fora chamou sua atenção. Ele se aproximou da janela, apagando a própria vela para enxergar melhor.

Uma luzinha dourada reluzia no jardim abaixo. Correndo para um lado e para o outro. Se fosse um homem fantasioso, pensaria estar vendo uma fada. Mas Piers não tinha essas ilusões.

Alguém se movia no jardim de um modo estranho, sem direção definida, carregando uma lamparina ou vela. Aquilo era estranho. Suspeito.

Ele precisava investigar. Mas com Edmund montando guarda no corredor, não poderia sair por ali. Teria que ser pela janela. Como é que Charlotte tinha dito? Seguir pela saliência até o canto noroeste, e de lá um salto curto até a árvore.

Piers vestiu um casaco preto, então abriu a janela o máximo que conseguiu. Seus ombros teriam que passar por um aperto muito maior do que o enfrentado por Charlotte. Depois de algumas contorções, ele conseguiu sair do quarto, encontrando um apoio firme na saliência da parede.

Com a aproximação da chuva, ventava muito naquela noite. Ele precisava tomar cuidado. De costas para a parede, com os braços estendidos, esgueirou-se pela borda de pedra. Quando sentiu uma janela com a mão, primeiro virou a cabeça para ver se havia algum sinal de alguém se mexendo do lado de dentro e quando teve certeza de que ninguém estava olhando, continuou seu trajeto.

Não demorou para ele estabelecer um ritmo e progredir rapidamente. Teve pouca dificuldade para alcançar o canto noroeste e localizar a árvore. Como Charlotte tinha dito, um galho grosso e folhoso se projetava na direção da casa como um braço estendido.

Ele avaliou a distância e fez um cálculo mental. Mas quando se preparava para saltar, uma rajada de vento o desequilibrou.

Era tarde demais para desistir do salto, teve que ir em frente e torcer para o melhor. O salto teve pouco impulso e foi muito curto. Piers só conseguiu agarrar o galho com a mão, e ficou pendurado um instante, o coração disparado, até ser capaz de segurar a superfície nodosa com a outra.

Usando o peso do corpo como um pêndulo, ele balançou para frente e para trás até passar um pé sobre o galho. Dali se puxou para cima e sentou de frente para a casa. Então se pegou olhando diretamente para a janela da governanta. Sabia que era a janela dela porque a própria governanta estava olhando para ele.

Que maravilha. Que maldita maravilha.

Já era ruim o bastante fazer Sir Vernon acreditar que ele deflorava virgens em cima de escrivaninhas, agora tinha sido pego espiando uma governanta grisalha vestindo apenas camisola. Ele deixaria a Mansão Parkhurst com uma reputação de pura depravação.

Piers paralisou cada músculo de seu corpo e segurou a respiração. A governanta, que semicerrava os olhos, lentamente levou um par de óculos até o rosto.

Antes que os óculos chegassem à ponte do nariz aquilino, Piers se deixou cair. Sua queda foi amortecida por um galho, depois outro, até ele atingir o chão com um gemido abafado. Ele se apertou junto à base da árvore, na esperança de que a governanta creditasse o que julgava ter visto a uma ilusão de óptica causada pelo vento. Esperava que ela acreditasse, porque o esforço resultou em dor todo seu corpo.

Depois que alguns minutos se passaram e nenhum alarido foi dado, Piers decidiu que estava tudo bem. Ele se levantou, limpando a terra do casaco e das calças, e tentou não pensar nos magníficos hematomas que teria no dia seguinte.

Foi em frente e rodeou a casa, dirigindo-se ao jardim. Devido às paredes altas, ele não conseguia ver a luz trêmula de onde estava. Na verdade, ela só devia ser visível de alguns quartos da mansão além do seu.

Quem levava aquela luz estava em alguma missão noturna? Escondendo ou enterrando algo no jardim?

Piers encontrou o portão de ferro um pouco entreaberto e o empurrou para dentro, fazendo as dobradiças rangerem.

A pequena luz amarela que oscilava na escuridão parou.

– Quem está aí? – perguntou uma voz feminina.

Piers exalou com força.

– Charlotte?

– Piers.

Eles andaram na direção um do outro, até pararem em lados opostos do lampião que ela segurava. Charlotte usava uma camisola e uma capa amarrada de qualquer jeito. Só de olhar para o rosto dela, Piers soube que algo estava muito errado.

– O que você está fazendo aqui a esta hora?.

Ela fungou e sua voz não saiu.

– Eu...

– Você estava chorando. – Ele pôs a mão no ombro dela. Charlotte tremeu com seu toque. – Charlotte, o que foi? O que há de errado?

– Sumiu. Desapareceu. Eu procurei em todos os lugares da casa que consegui pensar, então lembrei que estive aqui mais cedo. Mas já faz uma hora que estou procurando, debaixo de todos os bancos e arbustos. Também não está aqui. Perdi.

Ela apertou os lábios e virou a cabeça, como se tentasse controlar o choro. Seu queixo tremeu.

– Venha cá. – Ele tirou o lampião da mão dela e o pendurou na treliça ao lado. Então fez Charlotte se sentar em um banco. – Deixe-me ajudar. É só dizer o que você está procurando.

– Vai parecer uma bobagem. Você vai rir de mim.

– Nunca.

Ao longo da semana, a garota tinha sido acusada de perder a virtude, atacada por um ladrão e ficado sob a mira de uma pistola – e aceitado tudo com relativo bom humor. Ele nunca a tinha visto assim. O que quer que Charlotte tivesse perdido, devia significar muito para ela.

– É pequeno. – Ela formou uma retângulo com os dedos. – Uma tira de flanela com bainha e um bordado. Eu uso como marcador de página nos meus livros. Eu sei que pode parecer uma bobagem, mas é importante para mim.

Piers sabia muito bem que objetos pequenos e de aparência humilde podiam ser muito importantes.

– Tem certeza de que não está no seu quarto?

Ele detestou soar como se a estivesse censurando, mas considerando o estado em que se encontravam as coisas dela...

Charlotte sacudiu a cabeça.

– Isso não é como as meias ou os xales. Sei que não sou organizada, mas sempre tomo cuidado com isso. Está sempre dentro de um livro ou debaixo do meu travesseiro. Mas essa noite, quando sentei para ler meu romance, não estava lá. Procurei em toda parte. No meu quarto, na sala de estar. Então lembrei que estive aqui, lendo, à tarde.

– Onde você se sentou?

– Ali. – Ela indicou um toco de árvore debaixo de uma cobertura de hera.

– Então deve continuar no jardim. Ou você pode tê-lo perdido no caminho de volta para a casa.

– Oh, Deus. – A mão dela voou até o próprio pescoço. – Se o vento o levou...

– Charlotte, não fique tão nervosa. – Ele pôs um braço ao redor dela e a puxou para o peito, mantendo-a perto. Para acalmar a ela e a si mesmo. O coração lhe doía ao vê-la assim, nervosa. Ele deu um beijo no alto da cabeça dela. – Nós vamos encontrá-lo.

– Mas eu já procurei em todos os lugares.

– Nós vamos encontrá-lo.

– Você não pode prometer isso.

Ele inclinou o queixo dela para que Charlotte o encarasse.

– Eu posso e prometo. Ainda deve estar no jardim ou em algum lugar desta propriedade. Mas se esse objeto é importante para você, vou procurar em toda Nottinghamshire, em toda Inglaterra – em todo o mundo –, se for necessário. Você vai tê-lo de volta. Acredita em mim?

Ela concordou.

– Eis o que nós vamos fazer – ele começou –; vamos começar no portão e andar em sentido horário, juntos, por todo o jardim. Um de nós vai segurar o lampião enquanto o outro procura. Se não o tivermos encontrado ao voltarmos até o portão, vamos expandir nossa busca. De acordo?

Ele estendeu a mão, que ela apertou.

– De acordo.

Eles procuraram durante horas. Piers tentou parecer confiante e manter um ritmo contínuo para que ela não ficasse nervosa ou ansiosa. Ele nunca tinha se dado conta de quantas plantas, arbustos e trepadeiras havia em um jardim. Juntos eles verificaram cada arbusto e galho em uma seção antes de partir para a próxima.

Se o jardim fosse um relógio, eles chegaram ao número oito quando era cinco da manhã. O céu começou a mudar de preto para cinzento. O pouco de luz a mais facilitou a busca, mas o vento aumentou e algumas gotas de chuva começaram a cair. Piers só esperava que eles pudessem encontrar o objeto antes que começasse a chover para valer.

Ele se virou para um muro coberto por uma espessa camada de hera, afastando ramos e folhas da trepadeira para espiar. Começou na base do muro e foi subindo.

– Acredito que não pode ter ido parar aí em cima – Charlotte disse quando ele esticou os braços para afastar uma folhagem acima da cabeça. – Nenhuma rajada de vento poderia ter soprado para tão alto.

– Vento não é a única força em ação na natureza.

– Não, você tem razão. Também tem a chuva. É melhor nós procurarmos na trilha, ou vai acabar sendo levado e coberto por lama.

– Só um momento.

Piers teve um palpite e ainda não estava pronto para descartá-lo. A paciência recompensa a dedicação.

Finalmente, na esquina em que um muro encontra o outro às nove horas do relógio imaginário, ele afastou alguns galhos e encontrou o que estava procurando. Um ninho de passarinho, escondido na vegetação à altura de seus ombros. Uma carriça esperta tinha construído uma cesta funda com galhos, folhas e outras coisas.

– Encontrou algo? – Charlotte perguntou ao se aproximar.

– Talvez. – Ele colocou a mão dentro do ninho com delicadeza, relutando em perturbar os ovos ou os moradores cheios de penas. Os dedos dele passaram por uma variedade de texturas. Carriças costumam forrar seus ninhos com qualquer material macio que encontram. Penas caídas, musgo...

Isso.

– Arrá. – Ele agarrou o canto da tira de flanela e puxou, mostrando-a para Charlotte. – É isto?

Ela ficou olhando para a tira de tecido por um instante. Então levou a mão à boca e soluçou, inclinando-se à frente para enterrar o rosto no peito dele.

Piers tomou aquilo como um sim. Ele a envolveu com os braços e acariciou suas costas e seu cabelo. A noite de tensão sem dormir a atingiu em cheio. Não era de admirar que ela ficasse emocionada.

Contudo, Piers não conseguiu entender suas próprias emoções. Ele sofreu com ela quando aquela coisa estava sumida, mas não conseguiu compartilhar do alívio. Pelo contrário. Ele sentia como se a mão pequena de Charlotte tivesse entrado em seu peito e apertado seu coração. Ele deveria se sentir exultante por encontrar o tesouro dela. Mas na verdade, Piers se sentiu perdido.

Depois de um instante, ela conseguiu se recompor o bastante para se afastar e enxugar os olhos.

– Não sei como lhe agradecer.

– Talvez você possa me contar o significado do que nós encontramos.

Charlotte alisou o retângulo de flanela marfim.

– Isto está comigo durante a minha vida toda. Começou como uma manta do meu berço. Quando saímos de casa, ele veio conosco. Desde que consigo me lembrar, não me separei dele. Depois que eu fiz... não sei, 7 ou 8 anos, mamãe ameaçou queimar a manta, de tão puída e suja. Eu chorei, ela reclamou. Nós fizemos um acordo. Ela me ajudou a cortar um pedaço e arrematar a borda com fita. E eu o usei para praticar meus primeiros pontos. Está vendo?

Charlotte lhe mostrou umas figuras disformes bordadas na flanela. Uma casa torta, uma rosa Tudor irregular.

– Isso é um cachorro? – ele perguntou.

– Uma vaca, talvez? – Ela lhe deu um olhar magoado. – Eu gostaria de dizer que meu bordado melhorou desde então, mas isso não é verdade.

– O que eu posso dizer? Estou ansioso para ter toalhas e guardanapos bordados com rosas tortas e vacas de três pernas.

Ela sorriu e a curva doce dos lábios dela desfizeram o aperto no peito de Piers.

– Eu já lhe disse que não tenho lembranças do meu pai. – Ela passou o dedo pela flanela, em um ritmo que devia ser um hábito arraigado. – Mas quando seguro isto, pelo menos posso evocar a presença dele. O conforto de saber que estou segura e rodeada de amor. – Ela olhou para Piers. – Faz sentido? Você entende o que eu quero dizer?

– Não tenho certeza – ele respondeu.

Piers não conseguia nem imaginar. Pelo que conseguia se lembrar, sua casa sempre foi um lugar cheio de tensão e medo. Charlotte carregava uma tira de flanela. Ele carregava mentiras, vergonha e um eco assombroso de desespero.

Não posso, ela chorou. *Não posso suportar.*

– Então você vai ter que acreditar em mim – ela disse. – Eu apenas sei que esse sentimento existe, e não apenas no passado. Preciso acreditar que ele também pode existir no meu futuro. Por toda minha vida eu venho tentando voltar para uma casa da qual nem consigo me lembrar.

Gotas de água caíram sobre os ombros dele e nas placas de ardósia da trilha, debaixo de seus pés.

– Está chovendo – ele disse.

Ela pareceu não ligar.

– Você pode ter isso, Piers. Com a pessoa certa. Alguém que você ame. É por isso que venho me esforçando para desfazer essa confusão em que nos metemos. É por isso que não vou desistir de resolvê-la. Não é só por mim. Quanto mais eu conheço você, mais acredito que também merece o amor.

Deus. Ela estava acabando com ele.

– É melhor entrarmos. – Ele esfregou os braços dela para esquentá-la. – As pessoas da casa logo vão acordar.

Ela concordou.

– Vá na frente – Piers disse para ela. – Eu entro em alguns minutos. Sei que você não quer que sejamos vistos juntos. Não assim.

– Mas eu pensei que você não ligasse.

Ele deu de ombros.

– Estou cansado demais para inventar desculpas esta manhã.

– Obrigada mais uma vez – ela disse e o beijou no rosto antes de entrar.

Depois que ela entrou, Piers andou de um lado para outro no jardim, deixando a chuva bater em suas costas enquanto revirava três fatos simples em sua cabeça.

Charlotte queria o amor. Piers queria que ela conseguisse amor. Ele não poderia lhe oferecer isso.

Um homem honrado e decente encontraria outro modo de resolver a situação. Um caminho que permitisse que Charlotte seguisse seu coração.

Mas havia o quarto fato que invalidava os três anteriores: Piers não era esse tipo de homem.

Capítulo onze

Choveu dois dias sem parar. Na segunda noite, Charlotte estava deitada na cama, ouvindo o barulho da chuva enquanto encarava o papel amarrotado no qual tinha escrito sua lista de suspeitas.

Cathy, a copeira, foi eliminada por falta de oportunidade. Ela estava trabalhando duro no preparo do jantar, e não era provável que usasse perfumes caros. Isso teria chamado atenção.

Lady Canby era magra demais. A liga teria escorregado de sua perna como um aro de barril em um poste de iluminação.

Srta. Caroline Fairchild, a filha do vigário. Altamente improvável, devido a sua falta de imaginação romântica.

Restavam, portanto, apenas duas: Sra. Charlesbridge, esposa do médico, e Cross, a criada da senhora da casa. As duas tinham sido descartadas pelo perfumista. Nenhuma tinha cabelo escuro.

Charlotte suspirou. Havia duas razões possíveis para esse impasse. Ou suas deduções tinham se perdido em algum lugar, ou ela tinha ignorado uma suspeita.

Talvez houvesse outra convidada na festa... Alguém com uma letra C no nome que ela tinha ignorado. Talvez fosse o nome de solteira ou de batismo de alguma das convidadas, e então não apareceria na lista de convidados de Lady Parkhurst.

Podia ser bobagem, mas pelo menos lhe dava outro caminho para investigar. Para seguir essa linha de raciocínio, ela precisava de um livro. O livro que sua mãe tinha lhe pedido para ler, e que Charlotte, teimosa, tinha se recusado até mesmo a folhear.

O livro de nobres, baronetes, cavaleiros e comendadores de Debrett. A lista de todo mundo que era importante na Grã-Bretanha.

Depois que teve a ideia, Charlotte não conseguiu pregar os olhos para dormir. Ela levantou da cama, enrolou-se em um robe e pegou uma vela. Depois saiu discretamente para o corredor.

Ao pé da escada, ela fez uma pausa. A biblioteca ficava à direita, mas ela tinha certeza de ter visto um exemplar desse livro na sala de estar. Era o tipo de livro que algumas famílias gostavam de ter sempre à mão. De que outra forma Frances poderia se manter atualizada em suas fofocas venenosas?

Charlotte virou à esquerda e parou. As portas da sala de estar estavam abertas, e um brilho amarelo tênue de lampião se derramava no corredor. De dentro da sala vinha um ruído discreto de papel e de uma pena escrevendo.

Talvez ela devesse se recolher e deixar a empreitada para resolver pela manhã.

Contudo, até Charlotte – que tinha se mostrado uma infeliz investigadora até então – podia deduzir que só existia uma alma nesta casa que estaria acordada e trabalhando a essa hora. Uma espiada pela fresta da porta confirmou. Claro que só podia ser Piers.

Ele estava sentado à escrivaninha, de costas para ela. E que belas costas, com os ombros fortes definidos por uma camisa branca de linho e a cintura marcada pelo colete abotoado. Suas mangas estavam enroladas até o cotovelo, e uma torre de correspondências abertas se elevava no canto da mesa. Mesmo abrindo apenas um envelope lacrado, sua energia era palpável. Ele bem que podia ser um pedreiro, construindo um império com tijolos de papel e cimento feito de tinta.

Primeiro, ela tinha invadido o quarto dele, entrando pela janela. Depois, ele a surpreendeu no jardim, algumas noites antes. Era a vez dela, de novo.

Charlotte colocou a vela sobre um aparador. Então foi na ponta dos pés, pisando no tapete como se os medalhões bordados fossem uma trilha de pedras sobre lava, segurando a respiração até ficar bem atrás da poltrona de couro onde ele estava. Ela colocou os dedos de leve sobre os olhos dele, como uma venda.

– Adivinha quem é? – ela sussurrou.

Só que soou algo como "Adi...em é?".

Com um movimento ágil, ele empurrou a poltrona para trás e a agarrou pelos antebraços. Charlotte se viu de cabeça para baixo, puxada por sobre o ombro de Piers. Ela aterrissou no colo dele, com os dois braços presos, sem fôlego. E a cada batida apressada de seu coração, ela sentia uma ponta metálica fria latejando em sua jugular. Ele segurava o abridor de cartas contra sua garganta.

– Charlotte. – Piers jogou a arma improvisada de lado e a soltou. Ela voltou a respirar e ele esfregou o rosto com a mão. – Jesus.

Ela estava tonta, ainda sem fôlego devido à cambalhota forçada. A camisola tinha se enrolado nas pernas e seu cabelo estava uma bagunça. Charlotte riu baixo, como era seu hábito nos momentos de constrangimento.

– Não é engraçado – ele disse.

– Eu sei.

– Eu podia ter machucado você. Eu podia ter...

Matado você. Ela percebeu pela primeira vez o que devia ser óbvio desde que Piers desarmou o assaltante naquela viela. Era bem provável que, devido a sua carreira, ele já tivesse matado alguém.

O pensamento era assustador, mas, pensando bem, isso não o tornava diferente da maioria dos homens de sua geração, graças às guerras intermináveis da Inglaterra em vários continentes. Ela duvidada que ele tivesse gostado da experiência. Poucos homens gostavam.

Piers passou as mãos pelos braços dela, examinando seu corpo em busca de ferimentos. Depois que o pulso dela tinha voltado ao ritmo normal, Charlotte pôde ouvir como o coração dele estava acelerado. Como os ombros e braços de Piers estavam tensos.

– Não estou ferida – ela disse. – Nem assustada. Estou bem.

– Você tem que parar de me surpreender desse modo.

– Mas é o único modo que consigo me aproximar de você.

Ele cheirava a conhaque e a roupa passada, além do aroma almiscarado da própria pele. O colarinho da camisa estava aberto, permitindo que Charlotte visse os músculos do pescoço e os pelos escuros do peito dele.

Ela levantou a mão e deslizou os dedos pela saliência da clavícula de Piers.

– O que você está fazendo acordado tão tarde?

– Só lendo a correspondência.

– Correspondência? – Ela arqueou uma sobrancelha. – E que tipo de correspondência seria? Assuntos diplomáticos? Questões parlamentares? Ou cartas codificadas de espião, escritas com tinta invisível?

Ele abriu uma pasta de couro e espalhou os documentos.

– Veja você mesma.

Charlotte observou os papéis espalhados sobre a escrivaninha. Eram plantas de arquitetura e planos de decoração. Diagramas de um edifício, piso por piso. Interiores pintados em diferentes tons, com amostras de tecido anexadas. Tudo de muito bom gosto e, com certeza, muito caro. Ela examinou os desenhos até encontrar uma vista do exterior: uma fachada grandiosa com colunas gregas e grandes janelas modernas. Só o custo do vidro nessas janelas...

– Esta é Oakhaven? – Apesar do que pensava, Charlotte ficou um pouco deslumbrada com a ideia de ser a dona de um lugar assim.

– Não, não. Essa é a casa da viúva.

– Casa da viúva?

– Fica a cerca de mil e quinhentos metros da casa principal. Perto o bastante para visitar, mas longe o suficiente para não incomodar. Claro que você não esperava que eu deixaria sua mãe morar conosco, não é? Deus, não.

Piers riu. Seria possível que depois de quase uma semana inteira, essa era a primeira vez que ela o ouvira rir? E era uma risada linda. Grave e calorosa. Ele devia usá-la com maior frequência. Charlotte teria que trabalhar nisso.

Ele puxou um papel que estava sob os outros e o colocou por cima.

– Esta é Oakhaven.

Ela observou o desenho, alarmada.

– Minha nossa. É enorme. O que você faz com isso?

– Não muita coisa, ultimamente. É um lugar bastante solitário para apenas uma pessoa.

Enquanto ele remexia os desenhos e diagramas com uma das mãos, usava a outra para acariciar as costas dela. Seus dedos subiam e desciam pela coluna de Charlotte, venerando suas vértebras como se fossem pérolas em um colar.

– Os móveis estão em boas condições, claro, porém é provável que você considere o estilo antiquado. Mas verá potencial para modernização e muitas melhorias, eu espero.

Eu espero.

O coração dela parou nessas duas palavrinhas. Ele esperava, de verdade? Ele desejava mesmo uma vida com ela? Ainda que a companhia de Charlotte fosse apenas um modo de tornar sua grandiosa e importante vida um pouco menos fria e vazia?

Essa concepção a tocou. E então ela o tocou, com mais ousadia dessa vez, afastando a camisa de Piers e ajustando sua posição no colo dele, montando em seus quadris.

O calor escaldante da boca de Piers encontrou o dela, e Charlotte se derreteu, entregando-se à maestria de seu beijo e ao calor de seus braços.

Oh, aquele homem. Ele tinha construído uma fortaleza gelada à sua volta – fosse por desejo, necessidade ou as duas coisas, ela ainda não sabia –, mas dentro dela Piers era qualquer coisa, menos frio.

Ele interrompeu o beijo. Seus olhos estavam iluminados com chamas azuis. Possessivos, desejosos. Piers conseguia excitá-la apenas com o olhar.

– Vá para a cama, Charlotte – ele disse.

Ela estava disposta a lembrá-lo de que mandá-la fazer uma coisa era o modo mais certo de conseguir que ela fizesse o contrário. E, a essa altura, Piers já devia saber disso.

Então ela percebeu. Piers já sabia disso; ele não era bobo. Com certeza entendia que mandá-la ir era o mesmo que desafiá-la a ficar, e, portanto, pretendia provocar exatamente essa reação rebelde.

Piers a queria ali. Com ele. E Charlotte queria o mesmo.

Ela levantou a mão dele, colocando-a sobre seu seio. O polegar dele acariciou seu mamilo por cima do tecido da camisola, provocando ondas de prazer nela.

Inclinando a cabeça, ela o beijou no pescoço. O lado de baixo do queixo estava uma delícia, áspero com a barba por fazer. Ela se mexeu no colo dele, aproximando-se ainda mais.

O volume crescente da excitação do marquês pressionava a coxa dela. Ela o provocou, arrastando o joelho um pouco para cima... depois para baixo.

O movimento foi como fagulha na palha seca. Em um instante, as mãos dele estavam em Charlotte, sobre toda ela, possessivas e ávidas. Agarrando e puxando o tecido da camisola, agarrando seu traseiro e moldando os quadris dela aos seus.

Ele a beijou apaixonadamente, gemendo dentro da boca de Charlotte enquanto guiava os quadris dela para cima e para baixo, embalando-a na crista dura e grossa de sua ereção. A pressão rítmica fez uma sensação de êxtase crescer dentro dela.

– Está bom? – ele perguntou.

Ela concordou, sem fôlego.

– Está.

– Depois que nos casarmos – ele disse, rouco, enfiando a mão por baixo da camisola – vai ser ainda melhor. Vou estar dentro de você. Aqui.

Os dedos dele deslizaram pela curva trêmula da coxa dela, até encontrar seu centro. O toque subiu e desceu pelo sexo dela, até Charlotte pensar que enlouqueceria. Charlotte não sabia como pedir o que realmente precisava, mas o corpo dela sabia. E ele também.

Ela ansiava por ser preenchida.

Afinal, ele enfiou um dedo dentro dela. Charlotte gemeu de alívio, passando os braços ao redor do pescoço dele, segurando-o com firmeza.

– Assim – ele sussurrou no ouvido dela, movendo a mão em um ritmo firme e implacável. – Fundo. E firme. Repetidas vezes.

– Por favor... – Ela gemeu. – Não pare.

– Nunca. Não vou parar até você gozar. – Com o polegar, ele descreveu círculos no alto do sexo dela. – Você conhece isto? Já se tocou aqui?

Charlotte concordou, sem fôlego.

– Inocente, não ignorante – ela disse.

– Ótimo.

A aprovação dele a tornou mais ousada. Ela começou a se mover também, procurando mais daquele prazer incomparável que Piers lhe oferecia. Charlotte conhecia o espasmo de prazer que o corpo da mulher tinha sido criado para sentir, e ela sabia como provocá-lo em si mesma, mas nunca tinha sentido o que sentia nesse momento.

O corpo dela estava em chamas, desperto, carente. Parecia injusto que ele fosse capaz de enlouquecê-la enquanto continuava tão tranquilo, controlado... Implacável.

Ela soltou uma exclamação e mordeu o lábio.

– Isso. Eu preciso sentir você gozando para mim.

Toda rebeldia tinha sumido de dentro dela, levada por uma maré crescente de desejo. Ela cavalgava a mão dele sem qualquer vergonha, subindo até um ápice tão devastador que a fez ter certeza de que gritaria.

Ele capturou sua boca com um beijo, e ela soluçou dentro da carícia, grata, agarrando o pescoço dele enquanto o clímax a dissolvia em uma geleia do umbigo para baixo.

Quando as ondas de prazer passaram, ele a tinha nos braços, acariciando as costas dela enquanto Charlotte recuperava o fôlego e seu pulso voltava ao normal.

Enquanto ela voltava a si, uma leve sensação de constrangimento surgiu das sombras de seu recato. Os dedos dele tinham estado dentro dela, misturados à umidade que seu corpo tinha criado. Charlotte tinha agarrado a camisa dele, e agora ela estava transpirando.

Nada disso era próprio de uma lady. Mas ela não tinha que ser uma lady em momentos como esse. Precisava ser apenas uma mulher.

Charlotte queria ver Piers assim. Reduzido a um homem – simples, primitivo, animal. Ofegante e molhado de suor. Ela queria vê-lo se perder. Queria irromper através das defesas dele como um meteorito em chamas, sem deixar nada para trás que não ruínas fumegantes. Ela o queria mais do que qualquer coisa em sua vida. O coração dela inchou com um repentino e desconcertante surto de afeto.

– Piers?

Ele deve ter percebido a confusão expressa em seu tom de voz.

– Shhh. – Ele acariciou as costas dela no mesmo ritmo calmante, ignorando sua própria excitação não satisfeita. Negando suas necessidades enquanto cuidava das dela. – É natural sentir uma explosão de sentimentos logo depois. As mulheres costumam sentir. Vai passar.

Será que passaria? Ou se aprofundaria, como um buraco que se alarga na terra? Um passo em falso e ela cairia nessa armadilha, apaixonando-se por ele para sempre?

Ela não se sentia mais incrivelmente corajosa ou inteligente. Charlotte se sentia pequena, frágil e muito confusa.

– Imagino que não tenha sido para isto que você saiu do seu quarto. – Ele afastou o cabelo da testa dela.

– Não.

– Precisava de algo?

Ela concordou, esforçando-se para clarear os pensamentos.

– Um livro. Sobre a nobreza. Preciso verificar a letra C de novo.

– Charlotte. – Ele puxou o rosto dela para si. – Você não precisa fazer nada disso.

O significado do olhar dele era bastante claro. Piers tinha acabado de abrir, sobre a escrivaninha, em preto no branco, a prova de que pretendia cuidar generosamente dela e de sua família. Ele tinha lhe dado prazer lancinante e proteção carinhosa. Tinha suspirado aquelas palavras intrigantes: Eu espero. E talvez – só talvez – tivesse dado um pouco de esperança a ela.

Charlotte consegui ouvir com clareza a mãe falando: "Garota tola, o que mais você quer?". *Amor*.

Amor era o que ela queria. O que Charlotte sempre quis. Mais do que belas casas ou o título de marquesa. Até mesmo mais do que orgasmos avassaladores, por mais deliciosos que fossem.

Será que Charlotte conseguiria amar Piers? Será que ele conseguiria sentir o mesmo por ela? Ele mantinha o coração tão guardado, tão fechado. Se a tivesse cortejado por iniciativa própria, ela poderia ter uma base sobre a qual construir seus sonhos, mas não haveria garantias em um casamento arranjado.

Ela podia ter toda a esperança do mundo, mas antes de entregar sua vida a um homem, Charlotte precisava saber sobre a possibilidade de ter o amor que tanto procurava.

– Eu... – Ela saiu do colo dele, ajeitando a camisola e o robe enquanto cambaleava até a mesinha de canto e apanhava o livro. – Eu só quero ter certeza de que não deixei escapar nada. Boa noite.

Ela apertou o livro contra o peito e saiu apressada do aposento.

Charlotte precisava deste livro. Precisava encontrar os amantes misteriosos. Precisava de certeza, agora mais que nunca.

Capítulo doze

Charlotte estava ficando vesga de tanto ler. O livro de nobres de Debrett possuía quase novecentas páginas, todas impressas em letras minúsculas. Apesar do tempo livre proporcionado por mais um dia chuvoso, restavam-lhe ainda duzentas páginas para vasculhar.

As mulheres estavam reunidas na sala de estar, como fizeram nos dois últimos dias de tempo ruim. Sua mãe mordiscava pedacinhos de biscoito doce e folheava um periódico feminino. Delia desenhava, Frances trabalhava em seu bordado e Lady Parkhurst jogava paciência na mesa de carteado.

Charlotte estava sozinha junto à janela, onde a chuva caía.

– Fico tão feliz que, finalmente, você tenha se interessado por esse livro – a mãe observou.

– É uma novidade? – Frances perguntou. – Eu podia apostar que você já tinha decorado sua cópia. E feito anotações.

Charlotte ignorou a provocação. Frances não conseguiria distraí-la da tarefa principal.

Seria tão mais fácil se o C correspondesse a um sobrenome ou título. Mas podia também corresponder a um primeiro nome, o que tornava necessário vasculhar página por página, e, quando localizava um C, precisava voltar para o nobre com quem essa lady estava associada e verificar o local, para ver se a moça em questão morava em algum lugar próximo.

E é claro que, se a mulher na biblioteca não fosse relacionada a algum nobre, baronete ou cavaleiro, todo aquele trabalho teria sido uma perda de tempo.

Weaver, Lady Catherine... Lincolnshire.

Westwood, Hon. Cora... Devon.

Mas então... Então!

White, Hon. Cornelia... Nottinghamshire.

O nome White lhe pareceu familiar. Charlotte se lembrava de tê-lo visto na lista de convidados de Lady Parkhurst, mas era um nome comum... ela podia estar imaginando coisas.

– Lady Parkhurst, havia uma Sra. White no baile da semana passada?

– Nellie White? – Lady Parkhurst levantou os olhos das cartas. – Oh, sim. Nellie. Apelido de Cornelia. Devia ser ela.

Charlotte tentou controlar sua empolgação. Afinal, aquilo podia resultar em nada. Mas os sinais estavam todos ali. A Sra. Cornelia White tinha estado na Mansão Parkhurst. Seu nome possuía a inicial correta. Será que ela tinha cabelo escuro?

– Estou tentando me lembrar dela. Era ela com o... – Charlotte fez um gesto ao redor da cabeça.

– O terrível turbante amarelo? – Lady Parkhurst suspirou. – Ela mesma. Eu tentei convencê-la a tirar aquilo, mas ela não cedeu.

Droga. Mas Charlotte ficou empolgada com o indício de que a mulher gostava de cores vivas.

– Imagino se poderíamos visitá-la – ela disse para Delia.

Delia fez uma careta.

– Por que nós faríamos isso?

– Bem... nós falamos brevemente de livros. Ela mencionou um romance que me pareceu interessante, mas esqueci o título. Eu gostaria de perguntar para ela.

– Ela mora longe, na direção de Yorkshire – Delia disse. – Receio que seja longe demais para um passeio matinal. Talvez você possa escrever para ela.

Ah, sim. Charlotte podia escrever para uma mulher que de fato não conhecia, perguntando de um livro que não existia, e aproveitando para pedir que ela enviasse uma mecha de cabelo com a resposta. Isso seria bem recebido.

– Não precisa escrever. – Lady Parkhurst virou uma carta. – Você pode perguntar a ela durante a caçada.

– Caçada?

– Papai promove uma caçada à raposa todo outono, e convida todos os cavalheiros da região – Delia explicou.

– A caçada vai acontecer depois de amanhã, se o tempo estiver bom – Frances disse. – As mulheres não cavalgam atrás dos cães, é óbvio. Nós vamos até a colina Robin Hood e assistimos ao espetáculo.

– Um espetáculo violento e sanguinolento. – Delia estremeceu. – Odeio caçadas.

– Que tal você levar sua aquarela e pintar a paisagem? – Charlotte sugeriu.

– Eu já pintei a vista daquela colina umas cem vezes, com todas as luzes e em todas as estações. Prefiro ficar em casa.

Em qualquer outra situação, Charlotte ficaria feliz de permanecer com ela em casa. Mas essa podia ser sua única chance de rever a Sra. White.

– E quanto a você, Srta. Highwood? – Lady Parkhurst perguntou. – Vai ficar em casa também?

Charlotte olhou para Delia, pedindo desculpas.

– Eu... acho que gostaria de ir. Nunca vi uma caçada antes, e adoraria fazer trilha até a colina Robin Hood. Mas não tenho um cavalo.

– Nós podemos lhe emprestar um – Frances disse. – Você prefere um castrado, um garanhão ou uma égua?

Oh, céus. Charlotte podia contar em uma das mãos o número de vezes em que tinha cavalgado. Não era uma atividade para a qual sua família tinha dinheiro em sua juventude. Castrado, garanhão ou égua? Ela nem sabia qual era a diferença prática.

– Oh – ela respondeu –, qualquer cavalo que você ache que me serve.

O sorriso lento e convencido de Frances foi bastante alarmante.

Na manhã da caçada, Charlotte entendeu o porquê. Elas mal tinham saído do estábulo quando o cavalo cinzento manchado que estava debaixo dela começou a relinchar e dançar de lado. Charlotte apertou as mãos enluvadas nas rédeas.

– Espero que Lady não seja demais para você – Frances disse.

– De modo algum – Charlotte respondeu, tentando parecer casual e confiante. – Eu gosto de um cavalo espirituoso.

Infelizmente, o espírito que estava possuindo aquela égua parecia ser o de um demônio mal-humorado e malévolo, alimentado com leite azedo. Charlotte desejou ter pensado em levar maçãs ou cubos de açúcar. Ou água benta.

Frances colocou seu cavalo em um trote ligeiro e Lady foi atrás. Charlotte sentiu os dentes batendo e o cóccix saltar. Ela sussurrou uma imprecação.

Quando chegaram ao lugar do piquenique, no alto da colina, Charlotte apeou graciosamente da sela e deu um tapinha carinhoso no pescoço de Lady.

– Boa garota. Vou guardar um sanduíche para você.

Como resposta, a égua avançou nela, quase arrancando dois de seus dedos. Talvez fosse melhor ela voltar para casa andando. Charlotte deixou a égua endiabrada e voltou sua atenção para o motivo que a tinha levado até ali: dar uma boa olhada na Sra. White e em seu cabelo.

– Oh, Nellie – Lady Parkhurst a chamou. – Você pode fazer a gentileza de me ajudar com as cestas?

Charlotte observou com atenção quando uma mulher se aproximou para atender ao chamado.

A boa notícia foi que a Sra. White não estava usando o terrível turbante amarelo. Contudo, ela usava uma touca. Uma touca enorme que não só cobria todo o cabelo, mas escondia a maior parte do rosto, e estava amarrado firmemente debaixo do queixo com uma fita azul.

Diabos. Nesse negócio de resolver mistérios, a pessoa encontra obstáculos aborrecedores e irritantes. Frustrada por uma touca, veja só.

O toque distante de cornetas ecoou.

– Oh, vejam! Eles partiram.

Charlotte virou-se para observar, protegendo os olhos com a mão.

Os cães apareceram primeiro. Dezenas deles, correndo do bosque no vale e latindo em uma matilha agitada. Então vieram os homens, cavalgando rapidamente logo atrás. Havia mais de uma dúzia de cavaleiros – fidalgos locais e até alguns dos fazendeiros mais proeminentes foram convidados a participar.

À distância, ela só conseguia identificar alguns. A figura corpulenta de Sir Vernon, com sua jaqueta verde de caça, era distinta à frente do grupo. Então, seguindo a uma distância respeitosa do anfitrião, vinha Piers.

Ele vestia uma jaqueta preta, não diferente das de vários outros cavaleiros, mas Charlotte o reconheceu de imediato. Teria reconhecido a figura dele em qualquer lugar. Piers conduzia a montaria sobre as sebes e cercas com facilidade. Tão firme e suave, movendo-se em sincronia com o castrado baio. Ou seria um garanhão?

Charlotte obrigou-se a tirar os olhos do espetáculo. A Sra. White se afastou das outras mulheres enquanto organizava as cestas de piquenique. Sua touca enorme, desconcertante, oscilou em direção ao outro lado da colina.

– Oh, Sra. White. – Charlotte correu para alcançar a mulher, que diminuiu o passo.

– Sra. White, lembra-se de mim, da outra noite? Sou a Srta. Highwood.

– Oh. – A viúva olhou-a de alto a baixo. – Lembro, é claro.

Charlotte fez uma mesura.

– Não é uma bela manhã para uma caçada?

– Acredito que sim.

A Sra. White pareceu um pouco confusa com a aproximação amistosa de Charlotte. Talvez ela fosse tímida. Ou... talvez estivesse tomada pela culpa por seu encontro tórrido e ilícito na biblioteca de Sir Vernon Parkhurst.

– Eu acho que vou tirar meu chapéu – Charlotte disse, removendo seu chapéu de montaria e fazendo do ato de aproveitar o sol um verdadeiro espetáculo. – Ah, o calor do sol é divino. Você não tem vontade de tirar a touca?

A Sra. White sorriu.

– Eu fico sardenta com muita facilidade.

– Apenas afaste um pouco – Charlotte insistiu. – O sol está uma delícia. Você não vai ganhar sardas em um instante.

Á viúva pareceu considerar essa ideia, inclinando o rosto na direção do céu, mas uma nuvem logo entrou na frente do sol.

– Quem sabe mais tarde – a mulher disse.

Charlotte suspirou. Então começou a desejar que soprasse uma rajada forte, que pegasse aquela touca e a jogasse para trás. Até uma brisa forte seria suficiente, se conseguisse revelar uma mecha de cabelo. Não estava pedindo demais.

– Vamos dar uma volta na colina. – Charlotte passou o braço pelo da Sra. White. – Eu ficaria tão agradecida se você me indicasse os marcos locais.

A viúva não parecia muito disposta, mas Charlotte não tinha lhe deixado nenhuma possibilidade educada de recusar.

– Eu gostaria de ter conseguido conversar mais com a senhora na outra noite – Charlotte inventou, depois que estavam fora do alcance da audição das outras. – Percebi de imediato que tínhamos muito em comum.

– Mesmo?

A Sra. White parecia cética, e Charlotte não podia culpá-la. A mulher era pelo menos dez anos mais velha e, ficava cada vez mais evidente, não possuía uma personalidade muito animada. Era difícil imaginar o que elas podiam ter em comum.

Também era difícil imaginar a Sra. White usando liga vermelha, perfume caro e guinchando de prazer carnal sobre uma escrivaninha. Mas tinha que ser ela. As deduções de Charlotte não deixavam outra opção.

– As aparências – Charlotte disse, tentando outra abordagem – podem ser tão enganadoras, não concorda? O coração tem tantos segredos.

– Ali adiante fica Oxton. – A viúva apontou. – E ao norte, todo aquele verde é a Floresta de Sherwood.

Elas tinham dado uma volta completa na colina. Logo estariam se juntando às outras. Charlotte olhou de soslaio para sua acompanhante, ainda não tinha conseguido ver nenhum fio de cabelo solto na nuca ou na têmpora da outra. Que tipo de produto para cabelo essa mulher usava? Gesso?

Charlotte precisava fazer alguma coisa. Algo radical. Talvez não tivesse outra chance. Então soltou uma exclamação dramática:

– Sra. White, fique parada. Tem uma aranha...

– Uma aranha?

– Uma aranha enorme. Na sua touca. Não se mexa, ou ela pode correr para o seu pescoço. – Charlotte se aproximou e lentamente aproximou as mãos do laço debaixo do queixo da mulher. – Vou só soltar aqui, com muito cuidado, e depois sacudir a touca na grama.

– Não precisa.

– É claro que precisa! Acredite em mim, Sra. White, é uma aranha muito feia. Ela é... peluda. E tem presas.

A Sra. White pôs as mãos sobre as de Charlotte, detendo-a.

– Minha querida, vamos parar com o fingimento.

– Fingimento?

– Não tem aranha nenhuma, eu sei.

– Você sabe? – Charlotte contraiu os ombros.

A Sra. White sorriu.

– Minha querida, você está certa, nós temos algo em comum. Eu também sei o que é ser uma jovem confusa, imaginando se um dia encontrará uma alma que entenda os desejos de seu coração.

– Mesmo?

Charlotte prendeu a respiração. Danem-se a touca e o cabelo, talvez a mulher fosse confessar. Aquilo estava sendo melhor do que ela esperava.

– Há muitas como nós – a Sra. White continuou. – Muitas mais do que você pensa. Não precisa sentir-se sozinha. Não digo que será fácil, mas há sempre modos de seguir seu coração.

– Que modos?

– Você pode seguir meu exemplo e se casar com um homem mais velho. Após me submeter alguns anos às... – ela pigarreou – ...atenções dele, consegui uma vida de segurança e liberdade. Minha querida Emmeline, por outro lado... Bem, a pobrezinha não conseguiu aceitar a ideia de casamento. Ela foi trabalhar. Nós escolhemos caminhos diferentes, mas, de algum modo, acabamos nos encontrando.

Charlotte franziu a testa, confusa.

– Mas Sra. White...

– Oh, nós não podemos ir juntas a bailes e piqueniques, mas em nossa casa, ninguém nos incomoda. Somos felizes. Você também vai encontrar essa felicidade. – A viúva colocou a ponta do dedo sobre os lábios de Charlotte. – Você é uma jovem linda. Tão bonita e vivaz. Vai chegar o dia em que não precisará recorrer a aranhas imaginárias. Guarde seus beijos para outra pessoa.

Guardar seus beijos? Seus *beijos*.

– Oh, céus. – Ela forçou uma risadinha. – Sra. White, perdoe-me, por favor. Acredito que fui mal compreendida.

– Está tudo bem. Sinto-me lisonjeada, na verdade. E nem em sonho vou contar para alguém.

Com um sorriso genuíno de empatia, Nellie White se virou e voltou para o grupo de mulheres. Bem... Charlotte ficou parada ali, com os olhos arregalados para a paisagem de Nottinghamshire, absorvendo a enormidade de sua tolice.

Ela ainda não sabia a cor do cabelo da Sra. White, mas isso parecia não importar. A viúva não tinha interesse na companhia de homens. Sua investigação tinha chegado a outro beco sem saída. Ela teria se esquecido de alguém na lista de convidados? O perfumista teria mentido sobre o cabelo escuro?

Em algum ponto ela tinha se equivocado em suas deduções. Aquilo era tão indizivelmente frustrante. Tudo estava em risco; sua reputação, o Grand Tour com Delia... todo seu futuro. Ainda assim, Charlotte estava mais decepcionada por ter entendido errado.

Seus talentos não eram impressionantes. Ela não era uma artista como Delia, nem uma estudiosa científica como sua irmã Minerva. Ainda que pudesse soar como tolice para os outros – em especial para Piers –, resolver esse mistério tinha assumido um significado maior para ela. Essa era sua chance de realizar algo. A cada suspeito que riscava da lista, Charlotte se sentia mais perto do momento em que poderia levantar o queixo e dizer: "Eu fiz isso".

E agora, pelo jeito, ela não tinha feito nada. A não ser desperdiçar um bocado de esforço e tempo, além de prejudicar ainda mais uma amizade preciosa. Sua inteira visita a Nottinghamshire estava resultando em um erro atrás do outro.

Pela primeira vez desde que chegou à Mansão Parkhurst, uma sensação verdadeira de desespero a assaltou. Lágrimas arderam nos cantos de seus olhos.

Em menos de uma semana, todos os erros tolos dela seriam expostos ao mundo. Charlotte só tinha mais alguns dias.

O que estava fazendo ali? Devia voltar e passar a tarde com Delia, antes que a amiga parasse de falar com ela.

Capítulo treze

Depois de um ato dolorosamente audível – que pareceu durar uma hora –, Sir Vernon parou de urinar, abotoou a calça e saiu de trás da árvore, ajeitando o casaco de *tweed*.

– Nada como uma boa cavalgada atrás dos cães de caça para fazer os humores do corpo fluírem, hein, Granville?

Piers terminou a desnecessária inspeção da cilha e da sela de seu cavalo.

– Uma pena que a caçada não tenha resultado em nada.

– Oh, nunca é nada. Não, não. Não é a raposa que buscamos, e sim a perseguição. A emoção. Nós esportistas não conseguimos viver sem isso, conseguimos? A emoção alimenta um apetite e desperta outro. – Ele deu com o cotovelo nas costelas de Piers. – Agora vamos nos voltar para uma vista mais bonita. As mulheres estão nos esperando no alto da colina. Tem uma raposinha lá que você deveria perseguir. Eu soube que a Srta. Highwood veio para o piquenique, apesar de Delia ter ficado em casa. Ela deve estar querendo dividir a refeição com um certo cavalheiro.

Piers pensou em Charlotte esperando com as mulheres na colina. Seu cabelo dourado solto, balançando ao vento, seu rosto corado pelo exercício, os olhos do mesmo tom azul brilhante do céu. Ele pensou em se sentar ao lado dela, aceitando os bocados de queijo e carne de seus dedos, observando-a sorver o suco de framboesas vermelhas e maduras.

Pensou em deitá-la na manta de piquenique para provar aqueles lábios manchados de framboesas. E então repensou todo seu plano.

Ainda que Sir Vernon o visse como um colega para as horas de lazer, Piers tinha uma missão a cumprir. Não podia deixar passar a oportunidade de ter a Mansão Parkhurst para si durante algumas horas. Então ele finalmente poderia abrir aquelas gavetas trancadas na biblioteca.

Pensando em toda a sua carreira, aquela missão era insignificante, mas para Piers, tinha se tornado vital. Ele precisava provar para si mesmo que ainda podia desempenhar seu papel, porque se não conseguisse... Toda a vergonha e a culpa das quais corria nos últimos vinte anos conseguiriam alcançá-lo. Ele morreria por dentro.

– Obrigado – ele disse. – Mas vou voltar para a mansão. Preciso ler algumas correspondências. Se pretendo anunciar o noivado antes do fim da minha visita, os contratos de noivado precisam ser providenciados.

Sir Vernon deu um grande gargalhada.

– Eu nunca soube que se conquista uma mulher por meio de contratos. Você precisa passar algum tempo com a garota, Granville. Nossa raposa pode ter conseguido se enfiar na toca hoje, mas você não pode permitir que a Srta. Highwood faça o mesmo.

Piers começou a responder, mas o outro o interrompeu:

– Ora, ora – ele disse, em tom de confidência. – Você é um homem de realizações tremendas, ninguém discute isso, mas se a Srta. Highwood mudar de ideia quanto ao casamento, nós dois sabemos que não seria novidade. Sua noiva anterior também escapou.

Piers ficou irritado com a insinuação de Sir Vernon. Clio não tinha "escapado". Piers manteve-se longe dela por uma boa razão. A segurança dela dependia de que Piers se mantivesse distante, e quem poderia imaginar que a guerra se arrastaria por tanto tempo? De qualquer modo, o noivado deles tinha sido arranjado entre as famílias, não havia amor. Ele não a culpava por ter buscado a felicidade em Rafe.

Claro que Piers não tinha se apressado para achar uma noiva logo em sua primeira Temporada de volta a Londres. Nem na segunda. Ele tinha estado ocupado. Atarefado demais para cortejar alguém, ou mesmo para um caso eventual. Se quisesse se casar, contudo, poderia ter escolhido quem desejasse.

– A Srta. Highwood – ele disse – não vai escapar.

– Ótimo. Ótimo. Espero que não me entenda mal, Granville. Merecida ou não, a garota Highwood tem uma má reputação. Você agiu como um homem honroso ao oferecer um título para ela. Gostaria apenas de ter certeza de que o senhor terá concluído este acordo de casamento até o final de sua estadia em minha casa. Tenho que pensar nas minhas filhas, e não gostaria que o escândalo respingasse nelas.

Para Piers, essa pareceu uma preocupação estranha, vinda de um homem que, pelo que tudo indicava, estava enrolado em seu próprio escândalo.

– Dou-lhe minha palavra – Piers disse, tenso. – O noivado vai acontecer.

– Apenas não a negligencie. As mulheres gostam de ser caçadas pelos homens. – Sir Vernon lhe deu um tapa nas costas. – Também é um esporte.

Enquanto se encaminhava de volta à Mansão Parkhurst, Piers viu uma cena arrebatadora. Charlotte vindo, cavalgando, na direção dele. Como ele a tinha imaginado em sua fantasia erótica – o cabelo dourado flutuando atrás dela, a pele clara, os olhos azuis... Fechados?

Observando melhor, ele notou em como ela segurava desesperada na crina da égua... em sua expressão de terror. Ele não tinha mais dúvidas quanto ao motivo.

A égua se encaminhava para o regato, que era quase um rio nessa época do ano, com margens altas e cobertas de musgo dos dois lados.

Era um salto difícil até para um cavaleiro experiente, e nada na aproximação de Charlotte – perigosamente veloz, de olhos fechados, com as juntas dos dedos brancas pelo esforço – sugeria "experiente". O conjunto sugeria "inexperiente", "aparvalhado" e "diabolicamente perigoso".

– Srta. Highwood! – ele gritou, colocando sua própria montaria em um trote ligeiro e, logo que possível, em galope a toda velocidade. Mas não adiantava. Não havia chão suficiente entre ela e o regato. Ele não a alcançaria a tempo. Não era possível. Não havia nada que ele pudesse fazer.

Seu coração ribombou dentro do peito, tamborilando ainda mais alto do que os cascos batendo na lama.

– Charlotte! – Seu grito morreu dentro de sua garganta, ineficaz.

Era raro, para ele, experimentar essa sensação de impotência. Na verdade, ele não conseguia lembrar de se sentir assim desde que era um garoto de 7 anos. E mesmo com essa idade, não gostou da sensação. Ele tinha decidido nunca mais se sentir assim. E lá estava ele, observando Charlotte Highwood correr na direção do desastre, sem poder fazer nada a não ser assistir.

Logo ficou claro que a égua, assim como Charlotte, não queria dar aquele salto. O animal travou as patas e deslizou até parar na margem do regato. Charlotte, contudo, continuou em movimento. O impulso a catapultou por cima da cabeça do cavalo em uma cambalhota de veludo escuro e cabelos dourados. Ela aterrissou de cabeça no regato, jogando água para todos os lados.

Piers fez seu cavalo parar. Ele segurou o fôlego, esperando que ela surgisse na margem. Uma eternidade passava a cada instante. As emoções explodiam dentro dele como granadas enterradas. Raiva, confusão, medo, desespero. Tudo que ele tinha jurado nunca mais sentir. Sua mente se despedaçou em fragmentos sombrios, todos manchados de sangue.

Ela bateu a cabeça em uma pedra. Ela quebrou o pescoço. Ela se afogou.
Ela morreu. Ela morreu.
Você não pode fazer nada.
Ela morreu.

Alguns momentos antes, Charlotte teria dito que preferiria estar em qualquer outro lugar que não fosse no lombo daquela maldita égua.

Ela estaria mentindo. Estar sobre a maldita égua era melhor – por pouco – do que cortar o ar como uma bala de canhão.

E as duas coisas eram melhores – bem melhores – do que mergulhar de cabeça em um regato gelado.

A água ajudou a amortecer a queda, e ela teve sorte de não bater a cabeça, mas acertou o ombro com força na margem rochosa. E parecia que o traje de montaria verde-esmeralda pelo qual tinha se apaixonado na loja de modista, em Londres, agia como uma esponja, absorvendo toda água de Nottinghamshire.

Em menos de um segundo, ela ficou desorientada e gelada, e também dobrou de tamanho, sentindo-se como uma baleia bêbada.

Enfim, ela conseguiu firmar um pé no chão, apoiando-o em uma pedra, e contrair os músculos da perna o suficiente para se levantar. Ela inspirou, afobada.

Então o musgo a fez escorregar e Charlotte perdeu o equilíbrio outra vez, vendo-se, de novo, com água até as orelhas.

A água corrente a carregou rio abaixo, levando-a de encontro a uma pedra. *Ai.*

Aproveitou a oportunidade para se agarrar à pedra com as duas mãos e respirar. Não estava mais sendo levada, mas também não ia a lugar algum. E a água a gelava mais a cada segundo. Charlotte começou a sentir os dedos formigando, e as pernas, pesadas. Precisava sair dali logo ou acabaria flutuando até o mar.

Firmou os pés, contraiu os braços e deu um salto na direção da margem. Seus dedos arranharam pedras e pedaços de terra com grama. A correnteza agarrou suas saias, embaralhando-as em um nó ao redor de suas pernas. Charlotte bateu os pés, sem sucesso, lutando para conseguir se içar para fora. Ela enterrou as unhas na margem. *Vamos lá, Charlotte.*

Uma mão grande e enluvada agarrou seu pulso, e o dono da mão a puxou para fora.

Ela emergiu da água lentamente. Não por escolha, mas por necessidade. O veludo verde reluzente tinha se transformado em um tapete sufocante de algas. Seu cabelo estava colado no rosto em bolos nodosos, atrapalhando sua visão.

E fez todo sentido, ainda que trágico, quando ela desabou na margem gramada, afastou o cabelo do rosto e piscou para tirar o excesso de água dos olhos e poder ver que seu salvador era... Piers.

– É claro – ela murmurou, sem fôlego. – Tinha que ser você.

– Você não parece muito feliz com isso.

Charlotte olhou para si mesma. Naquela cena não havia nenhuma sereia atraente ou ninfa das águas. Nenhuma Ofélia apertando as mãos no peito enquanto as águas a tomavam com dignidade poética. Charlotte parecia ter sido amarrada à quilha de um navio, arrastada pelo Tâmisa algumas vezes, depois deixada para as enguias e cracas durante um ou dois anos.

E Piers estava naturalmente maravilhoso. Não um cavaleiro em armadura brilhante, mas o mais perto disso que uma garota moderna poderia encontrar. Ele praticamente brilhava com sua jaqueta preta de montaria, calças de camurça, botas hessianas engraxadas e gravata branca. O cabelo do marquês estava perfeito. Tudo isso a deixou, de repente, irracionalmente envergonhada.

– Você se machucou?

– Estou bem.

Ele lhe ofereceu a mão.

– Deixe-me ajudá-la a se levantar.

– Não preciso de ajuda. Só me deixe em paz.

– Não vou deixá-la em paz. Você foi arremessada de um cavalo e quase se afogou. Está gelada, sozinha, provavelmente ferida, e sua montaria está do outro lado do rio.

– Obrigada, meu lorde, por enumerar com tanta eficiência todas as etapas da minha humilhação.

Ela se colocou de pé e começou a tirar tufos de musgo do traje de montaria.

– Charlotte – ele disse, o tom mais suave, pousando uma mão na cintura dela. – Deixe que eu...

Ela se afastou dele.

– Não posso. Isso é exatamente o que ela queria, não percebe?

– Quem queria o quê?

– Frances. Ela me odeia. Foi ela quem me deu essa égua demoníaca.

Charlotte lançou o braço na direção de Lady. A égua cinzenta manchada pastava trevos, formando um retrato de tranquilidade rústica.

– Bem, ela parece inofensiva agora. Mas estou lhe dizendo, ela é possuída.

– Sim, eu vi – ele disse.

– Eu sei que viu. – Ela tirou uma folha do cabelo.

Charlotte sabia que estava sendo indelicada, mas não conseguia evitar. Tudo tinha dado tão errado. Ela tinha abandonado Delia; descoberto um erro crítico em sua investigação; feito insinuações românticas para uma viúva da região. Ela já não tinha muita esperança de descobrir os amantes misteriosos, e mesmo que conseguisse, não importava por quanto tempo ficasse viajando pelo mundo. Mulheres como Frances nunca a deixariam esquecer da Debutante Desesperada. Elas continuariam a cutucá-la, a sussurrar a seu respeito, mesmo se – não, principalmente se – aparecesse em Londres casada com Piers. Charlotte dizia para si mesma não ligar para fofocas, mas elas eram tão desanimadoras.

– Vamos voltar à casa – ele sugeriu. – Podemos ir os dois no meu cavalo.

– Vou caminhando. – Ela começou a torcer a saia para se livrar do excesso de água. – Dá para imaginar a fúria de Frances se ela imaginar que eu, gritando, me joguei aos seus pés para forçá-lo a vir me ajudar.

– Ninguém me força a fazer nada.

– Ninguém precisa. Você já faz por si só. – Ela soltou um suspiro exasperado. – Piers, eu não tenho nenhum talento especial. Meu dote é pequeno. Minhas ligações sociais estão léguas abaixo das suas. Você nem precisava me tratar como uma lady respeitável. Olhe ao redor, ninguém me trata assim.

– Você – ele disse, pegando-a pelos ombros – vai ser uma lady. Minha lady. Vou tratá-la com o respeito que o título merece. E da mesma forma irão tratá-la a Srta. Frances Parkhurst, as amigas dela, toda a Sociedade, a Corte Real e todo mundo que não quiser me ver extremamente contrariado.

Pela sugestão da violência mal disfarçada na voz dele, Charlotte imaginou se a extrema contrariedade dele envolvia lâminas afiadas ou porretes.

– Por quê? – Ela examinou o rosto dele. – E não me responda aquela bobagem de vontade e desejo. No momento eu devo estar tão irresistível quanto uma pilha de trapos molhados.

Ele passou os olhos pelo corpo dela e arqueou uma sobrancelha.

– Você ficaria surpresa.

Ela lhe deu um chute molhado, fraco, na canela e tentou se soltar.

Piers aplicou mais força nos braços dela.

– Solte-me – ela insistiu, quase gritando.

A resposta dele veio na mesma medida de irritação.

– Não consigo.

Charlotte levantou os olhos para ele, respirando com dificuldade.

– Não consigo soltar você, Charlotte. Não consegui naquela primeira noite, na biblioteca. E com certeza não vou conseguir deixar que você se afaste de mim agora.

As mãos dele emolduraram o rosto dela. Não com carinho, mas com uma força impaciente. Ela não teria conseguido desviar o olhar nem se quisesse.

Piers a encarou com um olhar penetrante.

– Não foi suficiente para você invadir meus pensamentos, foi? Ah, não. Você tinha que dominar todo o meu ser. Às vezes eu acho que você encontrou um jeito de penetrar no meu sangue.

O tom sensual de raiva na voz dele a intrigou e excitou. Os polegares enluvados de Piers pressionavam suas bochechas.

– E agora você tem a ousadia de exigir que eu a deixe ir. É tarde demais para isso, querida. Está feito. – Ele soltou o rosto dela. – E estou farto de discutir o assunto.

Sem dizer outra palavra, ele a levantou – pesada, com as roupas encharcadas e tudo mais – e a colocou no cavalo. Depois, Piers montou atrás dela, passou um braço por sua cintura e colocou o cavalo em movimento em meio ao cenário bucólico. Como se os dois fossem personagens de um conto de fadas maluco.

O Príncipe e a Monstra Aquática.

∼∾ *Capítulo catorze* ∾∽

Charlotte agarrou-se a ele, resignada. Não lhe restava nenhum calor no corpo para resistir, nenhuma astúcia para encontrar um modo de se soltar. Se o orgulhoso, decidido e musculoso Piers Brandon, Marquês de Granville, tinha escolhido ser seu protetor... Muito bem, então. Seria preciso uma mulher mais forte do que Charlotte para recusar.

Ela se soltou contra ele, entregando-se ao romance do momento. Deu-se conta, naquele instante, do esforço que tinha despendido resistindo a essa sensação. Como um nadador que tivesse passado horas se debatendo contra a corrente, e de repente se entrega, fatigado.

Charlotte se deixou levar em todos os sentidos. Ele a segurava com um abraço apertado, possessivo, contra o peito, enquanto se encaminhavam para o bosque. A presença de Piers atrás dela era tão forte, tão quente, tão segura. E o cheiro dele era um sonho. O tipo de sonho que deixa uma mulher ofegante e molhada entre as coxas. Madeira, especiarias, totalmente masculino.

Ela fechou os olhos e encostou o rosto no colete dele, inspirando-o. Piers diminuiu o ritmo do cavalo quando entraram no bosque, levando o animal para uma clareira isolada e ensolarada. Então, eles pararam.

Piers desmontou, então a pegou pela cintura e a ajudou a descer.

– Por que estamos parando?

– Eu quero ver por mim mesmo se você está bem, sem ferimentos. Não vou poder fazer isso depois que chegarmos na mansão.

Ele a colocou sentada em um toco de árvore recém-cortada. Primeiro tirou suas próprias luvas e a jaqueta de montaria, pendurando-as em um galho baixo. Depois, com movimentos ágeis e eficientes, Piers desabotoou a jaqueta de montaria dela, para então puxar as mangas de seus braços. Ela estremeceu um pouco e se abraçou. Sua *chemisette* branca e fina estava grudada em seu tronco por causa da água do rio, tornando-se quase transparente.

Se Piers reparou nesse detalhe, seu olhar não parou ali. Após colocar a jaqueta dela em um pedaço de grama onde os raios de sol alcançavam, ele se ajoelhou diante dela, pegando o pé direito e o colocando sobre sua coxa. Depois de lutar com os nós molhados do cadarço da bota por alguns momentos, ele pegou uma faca de dentro de sua própria bota e cortou as amarras. Então tirou a bota do pé dela e a colocou ao lado do toco de árvore. Em seguida, colocou as mãos por baixo das anáguas dela para soltar a liga e puxar a meia molhada, grudada, de sua perna. A mão dele foi do tornozelo à coxa, sem acariciar nem afagar – apenas fazendo uma avaliação. Ele ficou satisfeito que ela conseguisse mexer todos os dedos do pé, e que este se virasse em todas as direções; depois confirmou que Charlotte não gritava de dor quando ele apertava aqui, ali... ou lá.

Então colocou gentilmente o pé dela na grama, apoiou o pé esquerdo dela na sua coxa direita e recomeçou o mesmo processo.

Observando-o de seu assento no toco de árvore, Charlotte esquentou por dentro. O sol da tarde começava a secar seu cabelo e a reanimá-la. Já não se sentia tão monstruosa.

Quando Piers deslizou a mão do tornozelo até a coxa, ela mordeu o lábio.

– Doeu? – ele perguntou, parecendo preocupado.

– Não. Só me surpreendeu.

Ela olhou para o chão, onde ele tinha colocado a bota ao lado de seu par, e também dobrado as meias com cuidado, em montes iguais. Tudo tão organizado. Tudo tão Piers. O mesmo hábito que a teria irritado uma semana antes, agora a atingia de modo totalmente diferente. Charlotte achou aquilo carinhoso. Doce. Era possível que fosse a melhor coisa que já tivessem feito por ela.

Minha nossa. Pela fonte de ternura que jorrava no coração dela, dava para imaginar que aquelas meias maltratadas fossem, na verdade, cestas de flores, ou cordões de diamantes. Eram apenas montes de lã inútil. Não era nem mesmo seu melhor par. Ainda assim, ao olhar para elas... Charlotte teve vontade de chorar.

O que tinha de errado com ela? Algo não podia estar certo. As possibilidades se abriram em sua cabeça, uma pior do que a outra.

Estava perto de suas regras.

Tinha sofrido um ferimento no crânio.

Tinha herdado o drama da mãe, ou talvez...

Talvez ela estivesse se apaixonando.

Oh, não. Oh, Senhor. Só podia ser isso. Ela estava *apaixonada*.

Por instinto, Charlotte curvou os dedos na borda do toco de árvore. Como se, caso não se segurasse bem, pudesse escorregar. Ou sair flutuando.

Piers recolocou o pé dela no chão e se inclinou para frente. Ela se agarrou no toco como se sua vida dependesse disso.

Oh Deus oh Deus oh Deus.

Ele estava tão perto. Tão perto e tão atraente.

Bem, ele sempre foi atraente, mas naquele momento... doía olhar para ele. Aquela covinha perfeita no queixo, de algum modo, a capturou e esmagou. Ela sentiu a cabeça girar. Seu coração batia com tanta força que parecia que explodiria.

Ninguém a avisou que seria assim. A sensação de amar deveria ser boa, certo? Não aterrorizante.

Talvez isso não fosse amor, afinal, mas malária.

As mãos dele apertaram a cintura dela.

– Suas costelas parecem estar inteiras.

Mesmo? Era um milagre, considerando como seu coração batia nelas.

Ele tateou a cabeça dela à procura de hematomas e afastou o cabelo de seu rosto.

– Dor de cabeça?

– Não.

– Dificuldade para respirar? – ele perguntou. – Você sente tontura ou vertigem?

– Um pouco – ela respondeu com honestidade.

E quem poderia culpá-la? Tinha caído em um rio. Depois nesse homem; de cabeça, as duas vezes, sem aviso. Era demais.

– Assim que voltarmos para a casa, vou mandar chamar o médico da cid...

Charlotte o beijou.

Ela não conseguiu evitar. Precisava tocá-lo, desesperadamente, e suas mãos não cooperavam. Os dedos estavam tão grudados ao toco de árvore que, a essa altura, podiam ter criado raízes.

Ela colou seus lábios aos dele uma vez, então recuou. Mais uma vez, e de novo. Implorando em silêncio para que ele a beijasse.

Por favor.

Ela teve dúvida por um momento horrível. Não dele. Nunca dele. Apenas de si mesma.

Então ele afastou todas as dúvidas – todas as incertezas frias e solitárias –, tomando sua boca em um beijo apaixonado.

Sim. Sim. Esse era o Piers que ela desejava. Esse que o perigo extraía do diplomata. O homem que era possessivo, impaciente e mais do que um pouco selvagem. Ao qual não se podia resistir.

Eles se beijaram de bocas abertas, com línguas, lábios e dentes. Sem que um quisesse vencer o outro, mas apenas o espaço entre eles.

Beijar não era suficiente. Não dessa vez. Ela queria – não, precisava – mais.

Charlotte precisava tocá-lo, segurá-lo, estar o mais perto dele que duas pessoas podiam estar. Ela colocou as mãos entre eles e abriu os botões teimosos, pudicos, de sua *chemisette*, depois avançou pelos botões igualmente enlouquecedores do colete dele. Esses também lhe resistiram.

Frustrada, ela enfim puxou a camisa dele de dentro da calça, depois enfiou a mão por baixo do tecido. Ele inspirou o hálito dela. O frio dos dedos de Charlotte em seu abdome pareceu chocá-lo e despertá-lo.

Destemida, Charlotte passou as mãos pelos músculos tensos do tronco dele. Acariciando, provocando. Desafiando-o a também tocá-la.

Enquanto percorriam o rosto dela, os olhos azuis travavam um debate interno. O cavalheiro bem-educado dentro dele tentava resistir. Charlotte podia perceber que Piers oscilava no fio da navalha entre dever e desejo.

– Estou com frio – ela sussurrou.

E isso foi o que bastou.

Estou com frio. Essas três palavras simples eram tudo o que Piers precisava ouvir.

Para ela, aquilo era uma súplica. Talvez um convite. Para ele, era um convite para entrar em ação.

Charlotte estava com frio. O sangue dele ardia, em chamas. O resto foi lógica. Ele a despiria, abraçaria, pele com pele. Piers iria aquecê-la de todas as maneiras, com todas as partes do corpo que fossem possíveis.

Não apenas porque ele queria – e, inferno, como ele queria. Mas porque Charlotte era dele, e Piers devia cuidar dela agora e sempre. E ela estava com frio.

Ele entrou em ação, impiedoso, tirando da frente todos os botões que ousaram desobedecer aos dedos gelados dela. A saia e o corselet cederam com facilidade. Ele retirou a *chemisette* molhada do corpo dela, deixando-a apenas com as roupas de baixo, então levou a mão às costas dela para desamarrar o cordão do espartilho com um puxão decidido.

Ela arfou quando o ar inundou seus pulmões. Esse som o inflamou.

Enquanto puxava o cordão do espartilho pelos ilhoses, contava, mentalmente: *um, dois, três...*

Charlotte apertou o lábio rosado, doce, sob os dentes.

Quatro, cinco...

Ainda não é tarde demais. Desista. Diga-me para parar.

Seis.

Era isso. Aquela lady era dele.

Ele a pegou pelos braços e a puxou para si, beijando-a profundamente, sem qualquer reserva. De um modo que nunca tinha beijado outra mulher, sem guardar nada de si. Nem seu desejo nem seus anseios... Nem seu coração.

Seu coração? Droga. Ele não podia lidar com essa ideia no momento. Não com Charlotte em suas mãos. O cabelo embaraçado dela, sua blusa molhada, seu corpo gelado e trêmulo.

Ele a levantou e ela soltou uma risada surpresa. O som dançou sobre sua pele como uma cascata de fagulhas douradas, queimando-o e provocando-o. Fazendo com que se sentisse vivo.

Piers fez uma cama para ela com sua jaqueta, abrindo-a onde o sol tocava a grama, e ali ela deitou e se reclinou sobre os cotovelos, observando atentamente enquanto ele desabotoava o colete e se preparava para puxar a camisa pela cabeça.

– Espere – ela pediu. – Mais devagar. Eu quero assistir.

Faria tudo o que ela desejava. Segurando a bainha com as mãos cruzadas, ele puxou a peça de roupa aos poucos pela cabeça e depois a deixou cair dos braços.

Piers ficou de joelhos diante dela, com o tronco nu sob o sol do meio-dia.

Ela o encarava, arrebatada.

– Mudei de ideia. Seja rápido!

Foi a vez de Piers rir. Ele tirou as botas e a calça o mais rápido que conseguiu, juntando-se a ela na grama antes que a expressão de curiosidade estampada no rosto de Charlotte se transformasse em nervosismo.

Ela era virgem e ele estava... excessivamente pronto. Duro, latejante, provocado por uma semana de desejo reprimido. Ele queria que fosse bom para ela, mas não sabia se conseguiria.

– Charlotte. – Ele deslizou a mão que estava pousada no seio até o quadril dela. – Eu quero você. Mais do que qualquer coisa que já quis.

Estou dolorido com o desejo de entrar em você. Não quero machucá-la, mas desconfio que vou. Receio que será preciso.

– Meu Deus, não precisa ser tão solene. – Ela acariciou a testa dele. – Eu sei que vai ser um pouco doloroso, mas não tenho medo. Você também não precisa temer a nada.

Medo. Ele queria se livrar da palavra com uma demonstração de masculinidade. Mas não era possível – não de modo convincente. A respiração dele estava vacilante, e sua mão tremeu quando fez uma carícia na coxa dela. Ao contrário de Charlotte, ele não podia culpar o frio pela tremedeira.

Precisava tirar a roupa intima dela. O tecido era tão fino que já tinha começado a secar, mas ele a queria nua. Piers passou a mão por baixo da bainha e puxou para cima, tirando o tecido, que parecia uma névoa translúcida, do corpo dela e revelando-a por completo.

Charlotte não se intimidou com o olhar de Piers. Ele saboreou a visão do corpo dela banhado pela luz do sol. Tão linda que o deixou sem fala. A julgar pelo sorriso tímido que agraciava os lábios, Charlotte percebeu muito bem a admiração de Piers, mesmo sem palavras.

Com as unhas, ela brincou com o mamilo e a penugem no peitoral dele.

Ele deslizou a palma pelas costas lisas e sedosas dela, encostando o rosto na maciez de seus seios.

Aninhados na grama, respirando os aromas verde e laranja-queimado do outono... eles poderiam ter sido comparados aos primeiros homem e mulher da Criação, descobrindo um ao outro no Jardim do Éden. Explorando as partes que os tornavam diferentes. Compartilhando os desejos que os tornavam iguais.

Ele foi descendo os beijos pelo corpo dela, adorando cada centímetro de Charlotte. Ela arqueou as costas e arfou quando ele afastou suas coxas e passou a língua por sua abertura.

– Deixe-me fazer isto por você – ele murmurou entre leves passadas da língua. – Vou tornar melhor. Vou fazer ficar muito, muito bom.

Ele colocou as mãos na cintura dela e esticou os polegares para dentro, abrindo-a totalmente. Depois de explorar cada pétala rosada e secreta do sexo de Charlotte, ele concentrou suas atenções no botão intumescido no alto.

Ela enrolou as mãos no cabelo dele, e tudo que Piers ouvia era a respiração pesada dela. Charlotte começou a se contorcer debaixo dele, mexendo os quadris em busca de mais contato, mais prazer.

Ele a manteve no lugar, nunca interrompendo os estímulos gentis de sua língua. Depois que ela cedeu ao prazer, ele colocou uma das mãos entre as coxas dela e enfiou dois dedos dentro de Charlotte, puxando-os e enfiando-os de volta, enquanto continuava a beijá-la e chupá-la com carinho.

– Piers – ela exclamou.

Ele não parou nem por um instante para responder, apenas continuou seu trabalho com dedicação renovada. Ele sentiu a coxa dela tremendo em seu rosto, o que o encorajou a ir mais fundo com os dedos, e mais rápido. O corpo dela ficou tenso.

Sim. É isso. Renda-se. Liberte-se.

Piers poderia ter passado o dia inteiro beijando-a e lambendo-a, se Charlotte precisasse, mas ela se desmanchou debaixo dele de modo espantoso, arfando e arqueando as costas do chão.

Ele a trouxe de volta à terra com carinhos suaves, até Charlotte normalizar a respiração. Então foi subindo com beijos até a barriga dela, engatinhando até ficar sobre ela. Piers guardou o corpo dela entre seus braços, oferecendo-se como abrigo. Mas o que ela lhe oferecia era muito mais. Conforto. Acolhida. Um lugar macio para descansar seu coração pesado.

As coxas de Charlotte se afastaram, abrindo espaço para as pernas dele. A curva dura e faminta do membro dele estava presa entre os abdomes dos dois, apontando para o umbigo dela.

Ele se levantou, com os braços estendidos, então movimentou os quadris e a cabeça do membro se encaixou bem onde queria estar, abrindo-a.

Charlotte o encarou com olhos tranquilos, sem nenhum receio. Ela confiava tanto nele que aquilo fazia seu peito doer. Ele lutou contra o impulso de possuí-la rápida e furiosamente. De torná-la sua antes que ela pudesse mudar de ideia.

– Se nós fizermos isto – ele disse –, você vai ter que se casar comigo. Compreende?

Ela concordou com a cabeça, mas não bastava. Ele precisava de palavras.

– Depois que nos unirmos, você estará ligada a mim. Irrevogavelmente. Para sempre. Diga que entende isso. Diga que quer isso. Eu preciso ouvir dos seus lábios, Charlotte. Diga que você... – ele ficou sem fôlego. – Diga que aceita ser minha esposa.

Charlotte o encarou, o coração apertado de emoção. Parecia que, afinal, ela tinha ouvido uma proposta verdadeira. Ou o mais perto disso que conseguiria ouvir.

– Sim, Piers, eu me caso com você.

Eu vou me casar com você, e irei amá-lo. E, algum dia, vou fazer você me amar também.

Charlotte estava decidida quanto a uma coisa: não queria ser uma dessas virgens que choramingam e fazem uma cena ao serem defloradas. Ela podia aguentar um pouco de dor. Afinal, os dedos dele já tinham estado dentro dela. Quanto maior poderia ser a outra parte dele?

Muito maior, ela descobriu, quando a cabeça do membro forçou sua entrada. Maior, mais grosso, mais duro, mais quente. Apenas... mais. De todas as formas.

De qualquer maneira, ela estava lidando com a situação de maneira admirável.

Então ele colocou-se para dentro dela.

Oh Deus oh Deus oh Deus.

Ela não pôde evitar. Todas as suas resoluções foram abandonadas. Gritou e ficou tensa, cravando as unhas nos ombros dele como garras.

Ele praguejou.

– Perdão.

Está tudo bem, ela queria dizer para ele. Estou ótima, sério. Continue a abrir caminho. Não precisa se preocupar comigo.

Mas não estava tudo bem, ela não estava ótima e, se ele continuasse a abrir caminho, provavelmente lhe daria um soco involuntário no olho.

– Eu vou mais devagar. Farei como for melhor para você. Não vou me mexer de novo até me dizer que está pronta. Eu prometo.

Charlotte fez que sim com a cabeça. Ela inspirou fundo e soltou o ar, desejando que seu corpo relaxasse.

Quando a dor começou a diminuir, ela diminuiu a força de suas mãos nos ombros dele. Piers entrou um pouco mais, e ainda mais, e – como o milagre dos milagres – ela não teve mais vontade de gritar.

– Está melhor agora? – ele perguntou.

– Está.

Ele se preocupava com o conforto dela. Piers estava se esforçando muito para fazer tudo aquilo ser não só suportável, mas maravilhoso. E isso tornava tudo melhor.

Cada nova investida cuidadosa era mais fácil que a anterior. O corpo dela se abria e doía, mas de maneira tolerável. Talvez até prazerosa.

Quando estava, enfim, todo acomodado dentro dela, Piers soltou um gemido baixo. O que restava da tensão nos braços e pescoço dela se derreteu.

E então ela fez a coisa mais ridícula possível, seguiu o conselho da mãe e, como o ditado, se recostou e pensou na Inglaterra.

Tudo lhe veio ao mesmo tempo: festas e caçadas à raposa, tiro em perdizes e lutas de boxe. Amantes se encontrando em bibliotecas, carruagens e vales no outono.

Todas aquelas idiossincrasias estranhas, tolas e tão inglesas, com seus costumes e mistérios que formaram suas personalidades e os fizeram ficar juntos.

– O que é tão engraçado? – ele perguntou ao notar o sorriso de Charlotte.

– Tudo.

Ele se curvou para beijá-la.

– Eu adoro isso em você.

Eu adoro isso em você. O coração dela foi atingido por uma pontada agridoce.

Não seja ambiciosa, Charlotte disse para si mesma. Com um pouco de memória estratégica, a edição de uma palavra ou duas, ela poderia se lembrar disso como *"Eu adoro você"* – ou algo bem próximo.

No início, as estocadas eram lentas, delicadas. Então as investidas se tornaram mais firmes, mais urgentes, e doeram, mas era o que ela estava esperando. Charlotte queria observá-lo, ver o rosto de Piers se contorcer de prazer puro e necessidade satisfeita. Mas no último momento, ele retirou o membro pulsante de dentro dela e se virou para o lado, derramando sua semente nas dobras de sua camisa jogada na grama.

Prevenir a concepção era um gesto atencioso, ela disse para si mesma – ainda que isso a deixasse se sentindo vazia e um pouco decepcionada. Mesmo naquele último momento de abandono, ele conseguiu manter o controle.

Depois, ele acariciou o corpo nu de Charlotte exposto ao sol, tocando, explorando e observando tudo que desejava.

– Você parece um garoto com um brinquedo novo – ela disse.

– Não sou um garoto, Charlotte, mas um homem. Um homem a quem foram confiados segredos da Coroa, planos de batalha e tratados internacionais. E agora... fui tomado pela noção de que você é a coisa mais preciosa que já me foi confiada. – Os olhos dele queimaram ao encarar os dela. – Você é minha, agora.

Parte dela queria se rebelar contra o tom possessivo, mas outra parte achou-o empolgante. De qualquer forma, parecia inútil negar. Ele possuía seu coração. Possuía seu corpo. Ela pertencia a ele.

Quanto antes Charlotte aceitasse isso, tanto antes o verdadeiro desafio começaria... Torná-lo dela.

∽ *Capítulo quinze* ∾

No sonho, Charlotte estava em um barco, balançando de um lado para outro. Então o mar ficou violento, jogando-a para cá e para lá. Onde estava Piers? Ele podia fazer aquilo parar. Nem as ondas ousariam desobedecê-lo.

– Charlotte. Charlotte.

Os olhos dela tremularam e abriram.

– Piers?

Charlotte olhou para a mão dele apertada em seu braço. Ele não era seu porto seguro na tempestade, era ele quem a sacudia.

– O que foi? – ela perguntou. As palavras saíram arrastadas pelo sono.

Ela sentiu grama fresca nos pés. A caçada. O riacho. A campina. O encontro dos dois.

Charlotte se esforçou para se erguer com os cotovelos, afastando uma mecha de cabelo grudada em seu rosto.

Oh, Deus... ela tinha babado? Será que ele viu?

Quando a visão dela entrou em foco, Charlotte viu que a expressão dele era séria.

Ela despertou de vez e agarrou-se ao ombro dele.

– Algo de errado?

– Não. – Ele meneou a cabeça.

– Então qual é o problema?

– Nenhum. – Ele se virou para puxar a calça.

– Tem certeza? – Ela o abraçou pela cintura e apoiou o queixo no ombro dele. Gotas de suor frio surgiram na fronte dele, e seu coração batia forte. Ela conseguiu sentir ao abraçá-lo. – Piers, o que foi?

– Foi difícil acordar você. Só isso.

Ela encostou a testa nas costas dele.

– Desculpe. Eu durmo como um cadáver. Toda minha família sabe – até as criadas. Mas não pensei em alertar você.

O sol estava baixo e uma sombra cobria a clareira.

– Nossa. – Charlotte sentou e pegou sua roupa íntima, vestindo-a pela cabeça e enfiando os braços nas mangas. – A essa altura devem estar perguntando de nós. Imagino que não devem ter deixado de notar que nós dois desaparecemos juntos. – Ela pegou uma das meias e enfiou o pé, então parou, lembrando de algo pior. – Ah, não! A égua demoníaca. Ela deve estar quase na Escócia a esta altura.

– Ela sabe onde recebe água e comida. Já deve ter retornado ao estábulo.

– Espero que você tenha razão, do contrário, não sei como vou explicar...

– Charlotte – Piers a interrompeu. – Se alguma explicação for necessária, eu a darei. – Ele inclinou o rosto dela para si, então o acariciou com ternura. – Eu vou cuidar de tudo de agora em diante. Você compreende isso?

– Eu... sim, acho que compreendo.

Eu vou cuidar de tudo.

Era uma promessa que ela estava esperando ouvir desde que era garota, mas Charlotte não era mais uma menina. Principalmente agora, depois do que tinha acabado de acontecer naquela clareira.

Todas as perguntas que ela tinha abafado uma ou duas horas atrás... retornaram à superfície de sua consciência.

Como aquilo iria funcionar? Não só nesse momento, mas no restante da vida dos dois? Piers tinha jurado cuidar dela, mas permitiria que Charlotte cuidasse dele? Confiaria a ela seus temores e segredos? Ele permitiria que ela se aproximasse de seu coração, guardado com tanto empenho?

Desejo e prazer faziam muito bem, mas não seriam suficientes para sustentar uma vida a dois.

Apenas uma coisa ficou clara para Charlotte quando eles saíram da clareira: daquele momento em diante, não havia como voltar atrás. Não importavam os amantes na biblioteca, agora ela tinha um mistério ainda maior para resolver: Piers.

– Não posso esperar mais. Nós precisamos fazer isso agora. – Delia se aproximou de Charlotte no sofá da sala de estar.

– Fazer o quê? – Charlotte levantou os olhos do livro.

– Pedir para eles – Delia sussurrou. – O continente? O Grand Tour? Nossa fuga de pais sufocantes e da Sociedade Inglesa...? Isso não lhe soa familiar?

– Ah, é claro.

Charlotte sentiu uma pontada de culpa. Ela não pensou em Delia e nos planos que as duas tinham enquanto fazia amor com Piers. Não pensou em nada, apenas sentiu. Sentiu-se magnífica, adorada, impetuosa e apaixonada.

Mas, aparentemente, precisava incluir egoísta e negligente à lista. O tempo todo, Delia contava com ela como amiga.

– Claro que sim – Charlotte repetiu. – Mas não podemos pedir agora.

– Não vai haver momento melhor. Papai está feliz com o cervo que caçou essa tarde, e já tomou pelo menos duas taças de Vinho do Porto. Mamãe está orgulhosa do jantar e precisa planejar o baile de despedida de Lorde Granville. Os dois estão em um estado de espírito generoso. Não vamos ter momento mais propício do que esse.

– Mas...

– Mas o quê?

Mas seu pai acredita que eu sou uma sedutora desavergonhada, caçadora de fortuna. Seu irmão pensa que sou uma assassina, e sua irmã ameaçou arruinar minha vida.

– É sua mãe? – Delia perguntou.

– Sim – Charlotte se apressou em confirmar. – O problema é minha mãe.

Ali estava uma coisa boa que podia dizer de sua mãe: ela servia de desculpa para tudo. No momento, a Sra. Highwood estava com os pés apoiados em uma banqueta enquanto folheava uma revista de senhoras.

– Ela não vai concordar – Charlotte disse. – Não agora.

– Você acha que ela ainda está tentando casá-la com Lorde Granville? – Delia perguntou.

– É provável que sim.

Muito. Com certeza era provável. Definitivamente.

– Mas você deixou claro que não gosta desse homem – Delia murmurou voltada para seu caderno de desenho. – E nos últimos dias ele nem prestou atenção em você.

– Eu sei que não – Charlotte disse, mais desanimada do que gostaria de parecer.

De algum modo, ela e Piers tinham conseguido evitar chamar atenção quando voltaram de seu encontro tórrido na clareira. Todos os outros estavam descansando ou preparando o jantar, e imaginavam que Charlotte já estivesse em seu quarto. Piers não precisou arrumar nenhuma explicação.

Nesse momento fazia quase dois dias que ele quase não falava com ela. Piers a estava evitando – como ela tinha lhe implorado que fizesse quando os dois se conheceram. Agora, contudo, ela não queria nada além de vê-lo, de falar com ele, de ser abraçada e inspirar o aroma de sua pele. Ou, no mínimo, dar um passeio no jardim à tarde.

Ela não conseguia entender por que Piers, de repente, tinha se tornado tão distante. A menos que... A menos que tudo que ela estava sentindo o tivesse assustado.

– Você ainda quer ir, não? – A voz de Delia soou como a de uma criança insegura. – Não a culpo se tiver mudado de ideia. Eu sei que não sou a melhor companheira de viagem que existe. Eu ando devagar e...

– Nem pense nisso. Não consigo imaginar companheira melhor.

– Ah, que bom. – A amiga pareceu aliviada. – Porque se eu tiver que passar mais uma Temporada sentada nos cantos dos salões de festa...

– Nós vamos ser livres. Juntas. – Charlotte estendeu a mão e apertou a de Delia. – A esta hora, no ano que vem, você vai estar pintando paisagens do Mediterrâneo. Eu prometo.

De algum modo, Charlotte faria com que isso acontecesse.

Ela olhou para Piers do outro lado da sala. Ele podia fazer com que acontecesse. Os dois não precisavam se casar de imediato. Ele podia até mesmo pagar pela viagem, e providenciar para que elas ficassem hospedadas com seus conhecidos diplomatas no estrangeiro. Uma chance de suas filhas socializarem com princesas e arquiduques? Sir Vernon e Lady Parkhurst – e sua mãe – não poderiam negar isso, não importa o quão protetores fossem.

Charlotte ousou acreditar que conseguiria convencer Piers. Ele era um homem que entendia sobre lealdade. Sabia da importância de manter uma promessa.

Mas primeiro ela precisava conversar com ele, e na última meia hora Piers mantinha o nariz enfiado no jornal.

Levante o rosto, ela desejou. *Olhe para mim.*

Em vez disso, ele virou uma página do *Times*. Aquela edição devia estar mesmo muito fascinante.

Delia pôs de lado seu caderno de desenhos.

– Vamos pedir agora. Se recusarem, que seja. Eu só não consigo aguentar mais esse suspense.

Charlotte estendeu a mão.

– Não, espere.

– Legume. – Lady Parkhurst pôs de lado seu *pincenê* e levantou os olhos de sua lista de receitas. – Não consigo decidir que legume devemos servir no jantar do baile.

Aleluia. Salva pelos legumes. À parte todas as aulas de nutrição, Charlotte nunca tinha imaginado que um dia seria salva de uma situação conflitante graças aos legumes.

– Eu estava querendo algo em estilo francês – Lady Parkhurst continuou. – E as plantas da minha estufa produziram lindas berinjelas.

– *Berinjelas?* – Sir Vernon repetiu. – Que diabos é isso?

Charlotte agarrou com força o braço de Delia. Ela não arriscou olhar para a amiga. Se o fizesse, as duas irromperiam em gargalhadas.

– Se você tivesse algum interesse nas minhas plantas, saberia. É a mais nova variedade de legume que veio do continente. É longo e roxo. – Ela fez o formato com as mãos. – Ora, algumas berinjelas devem ter de quinze a vinte centímetros de comprimento.

Charlotte olhava fixamente para o tapete enquanto respirava pela boca. Ao lado dela, Delia começou a chiar baixo.

– Um legume roxo? – Sir Vernon bufou. – O que se faz com isso?

– Bem, essa é a questão, não é mesmo? Eu não tenho receitas. Mas ouvi dizer que os franceses fazem coisas maravilhosas com suas berinjelas.

Piers levantou o rosto do jornal, lançando um olhar preocupado na direção de Charlotte. Era evidente que, afinal, ele estava prestando alguma atenção nela. Devia estar se perguntando se precisava chamar um médico para diagnosticar as convulsões dela.

– Lorde Granville, você passou algum tempo no continente – Lady Parkhurst disse. – Como prepara sua berinjela?

Não deu mais para segurar. Uma gargalhada estridente escapou de Delia, e Charlotte tentou – com pouco sucesso – disfarçar a sua com um acesso de tosse.

A Sra. Highwood fechou sua revista.

– Garotas, o que é tão engraçado?

– Nada, mamãe. Eu só estava mostrando para a Delia uma passagem engraçada no meu livro.

– Que tipo de livro? – Frances perguntou, colocando seu bordado de lado.

Delia se esforçou para ajudar com a evasiva, apontando para o livro.

– Bem, tem uma garota, e ela encontra com... com...

– Um pombo – Charlotte completou.

– Um pombo? – Frances perguntou.

Um pombo?, Delia fez com a boca para a amiga.

Charlotte deu um olhar *eu-sei-mas-entrei-em-pânico* para Delia.

– Não um pombo comum. Um pombo malicioso, sanguinário – Charlotte continuou. – Um bando inteiro deles.

Frances arregalou os olhos.

– Eu nunca ouvi nada tão absurdo.

– Exato! – Delia exclamou. – Dá para entender por que achamos tão hilariante!

Charlotte conseguiu, enfim, conter sua risada. Então ela fez a besteira de olhar para Delia, e as duas recomeçaram a rir.

– Às vezes me pergunto se vocês duas não estão passando tempo demais juntas. – Sir Vernon as observou por cima da taça de vinho. – Não quero que digam que criei uma filha tola.

Depois que todos voltaram a ler ou bordar, Delia sussurrou:

– Acho que este não é o melhor momento de falar do nosso Grand Tour, afinal.

– Não – Charlotte concordou, e embora não tenha falado em voz alta, acrescentou mentalmente: *Obrigada, Senhor.* – Nós podemos ir dormir.

Havia outra confissão resultante dessa noite que ela não apenas guardaria para si mesma como levaria para o túmulo: a aula de "deveres matrimoniais" de sua mãe tinha sido útil, afinal.

Capítulo dezesseis

Naquela tarde, Piers abriu a porta de seu quarto, e mal tinha livrado os braços de seu casaco quando reparou em um pedaço de papel dobrado que tinha sido colocado por baixo da porta.

Ele pendurou o casaco em um gancho com uma mão, desdobrou o papel com a outra e leu a única linha de texto: *Preciso falar com você.*

Não estava assinado, mas ele sabia que só podia ser de Charlotte. E se ela tinha arriscado esse método de comunicação, o assunto devia ser urgente.

O corredor estava vazio, então ele não perdeu tempo. Piers bateu de leve na porta do quarto dela. Sem resposta.

Ele bateu de novo.

– Charlotte.

Nada.

Ele tentou a maçaneta. Trancada.

Piers pegou seu alfinete de gravata e inseriu a ponta afiada na fechadura. Normalmente conseguia controlar impaciência e frustração, mas dessa vez as duas ultrapassaram suas defesas. Seus dedos se atrapalharam com o alfinete e a porcaria caiu tilintando no chão, onde rolou até uma fenda escura entre as tábuas do assoalho. Maldição.

Piers se afastou da porta. Ele não iria se pôr de quatro no chão para procurar o alfinete, nem iria voltar para pegar outro. A essa altura ela já deveria tê-lo ouvido e aberto a porta, a menos que... A menos que algo estivesse errado.

Ele apoiou o peso na perna esquerda e deu um chute violento com a direita, quebrando a fechadura e lançando a porta para dentro. Não era o modo mais discreto de invadir um quarto, mas era bastante eficaz.

Como de costume, o quarto dela parecia ter sido saqueado. Sua mente lógica ponderou que o motivo daquela desordem era o desmazelo de Charlotte, não uma luta de vida e morte. Mas seu coração não se convenceu tão facilmente. O pulso dele acelerou enquanto Piers vasculhava o quarto.

– Charlotte?

O chão estava atulhado de peças de roupa jogadas. Uma peliça e uma touca pendurados na haste da cama tinham a aparência de um espantalho. Uma mixórdia de escovas, fitas e latas de pó cobria a penteadeira.

Ao se aproximar da janela, ele tropeçou em uma bota e desabou no chão. Por sorte, uma pilha de anáguas e *chemises* amorteceu sua queda. Ele lutou para se levantar, o que exigiu que se desembaraçasse de metros de tecido docemente perfumado.

– Miserável. Filho de uma...

– Piers?

Charlotte estava parada na passagem que levava da suíte ao quarto de vestir. Ela olhou primeiro para a porta quebrada. Depois para a anágua rendada na mão dele. Então, afinal, seu olhar encontrou o de Piers.

– Piers, o que você está fazendo?

Excelente pergunta. Enlouquecendo, talvez. Perdendo o distanciamento frio e os instintos aguçados que desenvolveu ao longo dos anos.

Ele nem pôde apreciar o fato de vê-la usando apenas uma *chemise* fina, semiabotoada, com o cabelo solto caído sobre os ombros em ondas volumosas.

– O que *eu* estou fazendo?! – Ele jogou a anágua de lado. – O que diabos *você* está fazendo? Por que não atendeu a porta?

– Não ouvi você bater. – Ela indicou com a cabeça o quarto de vestir ao lado. – As criadas prepararam um banho para mim.

– Um banho.

– Isso. Um banho. Água, sabão, banheira.

Bem, isso... era uma explicação bastante razoável.

Maldição.

Ele passou as duas mãos pelo cabelo, desalojando assim uma meia perdida. A peça de roupa deslizou até o chão, levando com ela o último fiapo de dignidade dele.

Charlotte tentou segurar o riso apertando os lábios.

– Isso não é engraçado – ele disse, ríspido.

– Não – ela concordou, com seriedade forçada. – Não é mesmo. Para começar, eu nem sei como vou trancar minha porta.

Ele pegou a cadeira da penteadeira, levou-a até a porta e apoiou o encosto debaixo da maçaneta.

– Assim.

– Por que você estava remexendo minhas roupas íntimas?

– Eu não estava remexendo suas roupas íntimas. Eu fui atacado por elas.

Charlotte deu de ombros.

– Você sabe que organização não é uma das minhas virtudes.

– Uma coisa é desmazelo, e outra é... – Ele gesticulou para o quarto.

– ...uma armadilha mortal de tecido.

– Isso é um pouco melodramático, não acha?

– Não.

Charlotte cobriu a boca com a mão e sorriu.

Pelo amor de Deus. Aquilo era engraçado para ela.

Piers tentou se lembrar de que ela não compreendia. Que ele não queria que ela compreendesse. Se ele cuidasse bem de suas responsabilidades, ela – e qualquer outra pessoa sob sua guarda – jamais perceberia o tipo de vigilância empregado para garantir sua segurança.

Se proteção não fosse uma tarefa ingrata, significava que ele não a estava desempenhando corretamente. Ainda assim, ele não conseguiu evitar o sermão:

– Eu gosto das coisas em seus lugares. Dessa forma, estou pronto para reagir. No mesmo instante. No escuro. Em qualquer ocasião. Ainda mais quando você me informa que precisa falar comigo.

– Eu não quis assustar você. Esperava que pudéssemos conversar amanhã. Eu não fazia ideia de que você viria imediatamente.

– Claro que eu viria imediatamente. – Ele a encarou. – Se você disser que precisa de mim, eu nunca vou demorar.

– Mas você tem me ignorado há dias. Desde que nós... – Ela não completou a frase. Não era preciso. – Você mal tem reparado em mim.

– Acredite quando digo que eu tenho reparado em você.

De modo constante, único, doloroso.

Piers não podia evitar. Ela começou a recalibrar os sentidos dele no momento em que entrou pela porta da biblioteca. Sua visão periférica agora estava treinada para lampejos de cabelos dourados; seus ouvidos, treinados para se atentar à risada melódica de Charlotte. Ele se pegava seguindo o aroma do sabonete e do pó de arroz dela, como um cachorro ofegante atrás da mulher do açougueiro.

Possuía anos de treinamento e experiência. Ela os tinha desfeito em uma semana, deixando Piers perdido. Essa distração, essa loucura de desejo e anseio era tudo que um homem na posição dele precisava evitar.

Pensando bem, os sentidos dele não estavam comprometidos. Afinal, tinham sido meticulosamente afinados para detectar o menor sinal de perigo.

Essa mulher – essa mulher linda, incontrolável e observadora demais – era a personificação do perigo para Piers. Ela poderia arruiná-lo. Destruir tudo o que ele tinha trabalhado para se tornar.

E ela faria tudo isso com um sorriso.

Charlotte não sabia o que pensar do homem parado no meio de seu quarto. Ele se parecia com Piers e falava como Piers, mas escuridão pairava sobre ele. Era como se a sombra de Piers tivesse ganhado vida, separando-se da pessoa de Lorde Granville, e deslizado pelo corredor para visitá-la.

– Posso lhe perguntar uma coisa? – ela começou, e ele abriu os braços, aguardando a pergunta. – Você está reconsiderando nosso compromisso?

Ele hesitou por um instante longo demais para a tranquilidade dela.

– Não.

– Então por que está me ignorando desse jeito?

– Você não quer uma resposta sincera para essa pergunta.

– Quero. Quero a verdade.

Ela precisava saber o que estava se passando na cabeça dele, mesmo que isso ferisse sua autoestima.

Piers começou a atravessar o quarto em passadas lentas e decididas.

– Porque, Charlotte, é simplesmente impossível... Sempre que estamos no mesmo ambiente, não consigo pensar em mais nada além do desejo de tocá-la. Segurá-la. Saboreá-la.

Ele continuou se aproximando. Charlotte começou a recuar.

Ela não ficou intimidada, mas sim excitada além de qualquer medida, desejando a firmeza do corpo do marquês próximo do seu. Mesmo assim, algum instinto a fez recuar alguns passos.

Quando ela viu o brilho selvagem nos olhos dele, seu corpo reagiu vibrando, e ela entendeu por que recuava. Ele queria caçá-la. E ela queria ser perseguida.

– Então eu tenho que ignorá-la, entende? – ele continuou naquele tom baixo e devastador de comando aristocrático. – Se eu continuasse olhando para você, iria despi-la. Se conversássemos, precisaria ouvi-la suspirar e gemer. Esse não é um comportamento aceitável em uma sala de estar.

Piers a tinha encurralado contra a parede. O que era bom, pois as pernas dela estavam bambas.

– Na verdade, se eu me permitisse chegar perto de você – ele segurou os pulsos dela e os levantou, prendendo seus braços contra a parede –, levantaria suas saias até as orelhas e enterraria meu pau dentro de você antes que os outros desviassem o olhar do chá.

A excitação pulsava pelo corpo dela. Piers a tinha à sua mercê, mas ela não sentia o menor medo.

– E esse comportamento – ele disse, encarando a boca de Charlotte – seria muito rude.

– Bem... – Charlotte umedeceu os lábios, ousando encará-lo. – Eu nunca me preocupei com etiqueta.

A resposta de Piers veio como um relâmpago. Em um átimo ele a pressionou contra a parede usando todo o corpo. Desejo pipocou nas terminações nervosas dela enquanto ele a beijava, fazendo-a vibrar da cabeça aos pés.

Ele a envolveu por completo. Toda ela. Com a língua, explorou a boca de Charlotte. Seu peito esfregou-se no dela, fazendo com que os mamilos endurecessem e latejassem. A excitação dele fez investidas firmes de encontro com a barriga dela.

Piers soltou os braços de Charlotte e deslizou as mãos para baixo, até os quadris dela. Então agarrou o tecido frágil da *chemise* em punhados impacientes, levantando-o até a cintura dela. Em seguida, atacou os botões da própria calça, soltando-os um após o outro.

Charlotte pôs a mão entre os corpos. Ela não tinha sido tão ousada a ponto de tocá-lo ali no outro dia, e pretendia compensar o erro nesse momento. Enfiou a mão dentro do fecho da calça, libertando a ereção dele da prisão do tecido.

Encorajada pela respiração irregular de Piers e pelo manto da escuridão, ela se demorou descobrindo-o. Passando a mão para cima e para baixo pela dureza grossa e quente que enchia sua mão, deslizando o polegar pela cabeça larga e sedosa. Uma gota de umidade se formou debaixo de seu dedo, e ela a espalhou em círculos amplos.

Com uma imprecação, ele agarrou o traseiro nu dela e a levantou do chão.

Assustada, soltou um gritinho de prazer. Suas costas encontraram a parede coberta de seda adamascada. Ela passou as pernas ao redor dos quadris dele. Não sabia muito bem o que Piers pretendia fazer, mas essa pareceu a coisa certa.

Ele pareceu gostar. A ereção cresceu ainda mais na mão dela, e ele começou a investir contra ela. Devagar. Provocador. *Sim. Oh, sim.*

Ela cambaleou, estupefata com a velocidade da reação de seu corpo. Em uma questão de instantes, ela ficou desesperada por ele. Charlotte enfiou sua mão livre no cabelo dele, puxando a boca para si, para um beijo completo, apaixonado.

Piers movimentava os quadris de modo ritmado, esfregando a cabeça do membro para cima e para baixo na fenda do sexo dela. Abrindo-a com estocadas firmes e insistentes. A pressão suave atiçou os lugares mais sensíveis dela, levando-a a uma escalada rápida e bruta pela montanha do êxtase.

Quando Piers encontrou a evidência quente e úmida da excitação dela, ele gemeu dentro da boca de Charlotte. Ela ansiava por ser preenchida.

Ele interrompeu o beijo, ofegante.

– Agora?

A palavra desceu pela coluna dela.

– Agora.

– Guie-me para dentro de você.

Charlotte inclinou os quadris e posicionou a extensão dura e faminta dele no lugar em que encaixava no corpo dela. Onde ela precisava que estivesse. Então retirou a mão de entre os dois e segurou nos ombros de Piers.

Ele entrou nela com estocadas firmes e cada vez mais fundas.

– Deus – ele gemeu. – Você é tão apertada.

Ela não tinha certeza se isso era bom ou ruim, mas era a verdade inegável. Apesar de sua excitação febril, seu corpo ainda era dolorosamente novo no ato. A união deles foi torturante, enlouquecedora de lenta, e então – quando ela começou a vibrar de necessidade, como se a tensão pudesse despedaçá-la – rápida demais.

Piers ainda não tinha acomodado toda sua extensão dentro dela quando o clímax começou a se formar. Ela não conseguia mais esperar. Charlotte movimentou seus quadris para frente, frenética para recebê-lo por inteiro. Mais fundo, mais forte, mais rápido. *Isso*.

Quando, afinal, a pelve dele encontrou a dela, a primeira sensação doce de fricção empurrou Charlotte no abismo. Ela estremeceu e gritou, agarrando-se no pescoço de Piers enquanto este continuava a se movimentar, levando-a a um pico de prazer após o outro.

Ele a beijou enquanto ela descia flutuando das alturas. Charlotte cruzou os tornozelos às costas dele. Eles se movimentavam juntos num ritmo suave.

Charlotte puxou a gravata amarrotada do pescoço dele, deixando-a cair no chão antes de enfiar as mãos por baixo do colarinho aberto da camisa. Ela passou os dedos pelos músculos firmes e retesados dos ombros dele, e explorou os pelos escuros no peito. Ela beijou-o no pescoço, passou a língua pelo pomo de adão, passou o rosto na barba por fazer no maxilar dele. Adorando o sabor e todas as texturas masculinas de músculo, pelos e suor.

Então ele congelou, prendendo-a na parede, o mais dentro dela que conseguia chegar. O peito dele arquejava.

Charlotte levantou a cabeça, segurando o rosto de Piers entre as mãos para conseguir examinar o olhar dele.

– O que foi?

– Eu não consigo...

Ela movimentou os quadris uma fração, e ele gemeu ao ir ainda mais fundo.

– Eu não... acho que não consigo...

Ela não sabia muito bem como ele completaria a frase, mas sua resposta teria sido a mesma, de qualquer modo:

– Então não tente – ela lhe disse.

O rosto dele ficou tenso nas mãos dela.

Com um movimento rápido dos braços, ele mudou a posição dela. Piers baixou a cabeça, apoiando a testa suada no ombro dela e puxando os quadris de Charlotte da parede. Suas estocadas dobraram de velocidade e intensidade, e sua respiração ficou curta, ofegante.

Não havia mais refinamento, nada remotamente parecido com ternura. Ele não era mais delicado nem paciente, apenas faminto. Dominador. Usando o corpo dela de modo rude e violento, de acordo com suas necessidades, implacável na busca de seu próprio prazer.

E ela adorou. Charlotte estava tão desesperada para ver esse lado dele, bruto e rude. Os tendões do pescoço e dos ombros de Piers estavam esticados, tensos. As coxas dele batiam no traseiro dela. Ele puxou a manga da *chemise*, esticando e rasgando o decote, e seus dentes arranharam o ombro nu dela.

Ele perdeu o ritmo, então acelerou de novo. Suas estocadas ficaram mais rápidas, mais firmes.

Charlotte estaria dolorida no dia seguinte, talvez até com hematomas. E não poderia se sentir mais empolgada com essa ideia.

Com um urro gutural, ele saiu do corpo dela e derramou sua semente na barriga de Charlotte, grudando-a a seu corpo enquanto eles se beijavam, respiravam, beijavam de novo.

– Isso – ele disse, momentos depois – foi copular.

Ela abraçou o pescoço dele e riu um pouco, balançando-o de um lado para outro. Ele tinha prometido fazer essa demonstração e era um homem de palavra.

Charlotte deslizou até seus pés tocarem o chão e pegou a mão dele.

– Venha. Se nos apressarmos, o banho ainda pode estar quente.

~ *Capítulo dezessete* ~

A banheira era apertada para dois. Eles foram obrigados a ficar sentados muito próximos. Piers não tinha do que reclamar. Charlotte se aninhou atrás dele, os seios macios encostados em seu corpo enquanto ela massageava a espuma perfumada no cabelo dele. A sensação era magnífica.

— Acabei de perceber que me esqueci por completo do seu bilhete — ele disse. — Você queria falar comigo.

— Queria. Preciso lhe pedir um favor. — Com a ponta dos dedos ela massageou o couro cabeludo e as têmporas dele, colocando-o em um estado lânguido de felicidade. — Receio que seja um grande favor.

Qualquer coisa. Tudo. Só não pare de me tocar.

— Você se importaria se tivéssemos um noivado longo?

Qualquer coisa menos isso.

— Sim, receio que eu me importaria.

Em parte, porque ele já tinha tido um noivado longo, e não era uma experiência que Piers gostaria de repetir. Então havia a questão de gerarem um herdeiro. Mas, acima de tudo, ele queria estar com Charlotte. Tê-la toda para si, em sua própria casa, o mais breve possível e por muitas semanas logo após o casamento. Não era uma questão de emoção, mas apenas um cálculo de benefícios. Ele preferiria um inverno de noites longas e solitárias passadas em sua escrivaninha? Ou meses de boa fornicação contra a parede seguida de banhos sensuais?

Ficava com a fornicação e os banhos, obrigado.

— Eu não pediria se fosse só para mim — ela disse. — Eu fiz uma promessa para a Delia. Nós queremos fazer um Grand Tour no ano que vem. Foi por isso que vim visitá-la. Nós devíamos convencer os pais dela a concordarem com nossos planos.

Ele passou água no rosto.

– Vocês duas, viajando sozinhas pelo continente? Os pais dela nunca permitiriam. Eu também não permitiria.

– Nós iríamos contratar uma acompanhante, claro.

– Uma velhota inútil com catarata, se conheço você.

– Piers, você sabe que não sou idiota. Eu não me arriscaria. Delia precisa disso. Ela está contando comigo, e acabaria com nós duas se eu a decepcionasse. – Charlotte passou uma esponja pelas costas dele. – Delia possui um talento notável e merece a chance de desenvolvê-lo. Quanto a mim... não tenho nenhum talento natural para arte. Nem para música, poesia ou matemática. Para nada, na verdade. Com certeza não para cuidar de uma casa.

Ele sorriu par si mesmo.

– Eu pensei que solucionar um mistério fosse minha chance de enfim mostrar algum talento. Mas isso também não deu certo. Preciso de uma chance de explorar um pouco do mundo antes de me acomodar. Expandir minha mente e ver novos horizontes. Não quero me tornar uma mulher enfadonha, com cérebro de passarinho, como minha mãe.

Ele suspirou. O que ela estava lhe pedindo era impossível. Mesmo que desejasse, não poderia concordar. Sir Vernon talvez fosse designado para seu posto na Austrália até o fim do ano. Ele não deixaria a filha meio mundo para trás.

– Não posso negar que exista outro motivo – ela continuou. – O tempo faria com que pelo menos parte das fofocas desaparecessem.

– Você vai ser uma marquesa. Por que se importar com o que pessoas insignificantes dizem ou pensam?

– Talvez eu seja fraca, não sei. Esse último ano de sussurros cheios de insinuações afetou minha autoestima. Eu gostaria que os jornais de fofocas soubessem que você não foi obrigado a se casar comigo. – Ela ficou quieta por um instante. – Eu também gostaria de ter certeza sobre a mesma coisa.

Bom Deus. Essa era a mulher que tinha adivinhado segredos que Piers não pretendia divulgar para ninguém. Ela podia ler a sobrancelha esquerda dele como um jornal. Como Charlotte ainda podia ter dúvidas sobre os dois?

Ela passou os braços ao redor da cintura de Piers, apoiando o queixo em seu ombro.

– Você poderia planejar a viagem para que estejamos sempre em segurança. Eu sei que sim. Você consegue estar em uma estalagem de

Nottinghamshire na hora e no dia exatos em que seu irmão vai passar por ali, só para ver como ele está.

Pronto. Outra demonstração. Ela era observadora demais.

– Não sei do que você está falando – ele disse.

– Sabe, sim. Eu não ficaria surpresa se você tivesse planejado suas férias aqui só para que esse almoço acontecesse. Rafe também desconfiou. – Ela deu um beijo no ombro dele. – Eu só tenho irmãs. O motivo de os homens não conseguirem dizer essas coisas, nunca vou compreender. Mas espero que você tenha conhecimento de que seu irmão sabe o quanto você o ama.

Ele sentiu a garganta apertar.

Piers acariciou o pulso dela, deixando que o toque falasse o que ele não conseguia.

Ele não saberia como admitir isso, mas as palavras dela foram um alívio profundo. Sempre amou o irmão, mesmo quando os dois não eram amigos. Mesmo que Rafe fosse um campeão de boxe – e o homem que roubou sua noiva –, Piers sempre quis protegê-lo. Seu irmão mais novo era a única família que lhe restava.

Piers se soltou do abraço dela e, através de um complicado processo de reposicionamento corporal, conseguiu ficar de frente para Charlotte.

Ele a puxou para perto, ajeitando-a de modo que ficasse sentada em seu colo, apoiando as costas em suas pernas dobradas. Deus, ela era linda. Tão cheirosa, a pele tão suave. Os seios dela balançavam no nível da água ensaboada e cada vez mais fria. O vapor tinha enrolado o cabelo dela, criando cachos atraentes. Havia um pouco de espuma no rosto de Charlotte, que ele tirou com o polegar.

– Então, você acredita que eu ainda tenho afeto por meu irmão.

– Ah, sim. Sem qualquer dúvida.

– E mesmo assim continua a duvidar da sinceridade do meu pedido de casamento.

– Bem, isso é diferente. Nós fomos forçados a um compromisso. Mal nos conhecemos. Decoro foi a única razão.

Ele arqueou a sobrancelha.

– Não diria que foi a única razão.

– Eu sei o que você quer dizer. É claro que sempre tivemos atração física, e que você é, sem dúvida, um excelente partido.

– Sim, eu me lembro de estar em uma boa posição.

Charlotte deu um olhar malicioso para ele.

– E parece que me lembro de que nossas atividades na cama seriam toleráveis.

– *Touché.*

– Mas nada disso importa. Você não é obrigado, por sangue ou história, a cuidar de mim.

Ele apoiou o cotovelo na borda da banheira e a encarou, pensativo.

– Tem razão, Charlotte. Não sou obrigado a cuidar de você.

Charlotte começou a se arrepender do rumo da conversa.

A água do banho começava a esfriar. Ela estremeceu e pensou em pegar uma toalha, mas ficou presa no olhar azul dele.

– Você faz ideia da quantidade de influência que eu exerço? – A ponta do dedo dele tamborilou na borda da banheira. – Tem ideia de quanto dinheiro, quantas pessoas tenho à minha disposição?

Ela deu de ombros.

– Eu tenho certa noção.

– Você não sabe de um décimo.

Piers não estava se gabando, apenas esclarecendo os fatos.

Charlotte acreditava nele.

– Quando nós fomos pegos juntos, não foi nenhuma crise. Eu poderia ter lidado com a situação de várias maneiras. Poderia ter encontrado um outro noivo para você. Ou uma dúzia, para que você escolhesse. Eu poderia ter abafado a coisa toda, eliminado qualquer possibilidade de escândalo.

– Você poderia ter me feito parecer uma debutante desesperada e me jogado aos lobos.

– Ou – ele disse, sério –, eu poderia ter caçado o caricaturista do *Tagarela* que lhe deu esse apelido maldoso... e feito com que desaparecesse por completo.

Charlotte começou a rir, então logo percebeu que ele não estava brincando. Não, os olhos dele estavam mortalmente sérios. Piers estava lhe contando algo importante, algo que revelava a essência do homem que ele acreditava ser. Era vital que ela escutasse sem rir nem criticar.

– Mas você não fez nenhuma dessas coisas – ela disse, cautelosa. – Você escolheu a saída honrosa.

– Eu escolhi você. – Ele estendeu a mão para ela, puxando-a para perto e derramando uma onda de água com sabão no chão. – Eu escolhi você porque quero você.

– Na sua cama.

– Na minha vida.

Ela engoliu em seco.

– Poucas coisas são honradas de verdade no meu trabalho. Você vai ser minha esposa. Você merece saber disso, embora eu reze para que nunca entenda por completo. Basta dizer que passei os últimos dez anos tomando decisões frias. Sem olhar para trás.

A curiosidade dela era intensa, mas Charlotte resistiu ao impulso de perguntar detalhes.

Ela tinha boas amigas que se casaram com oficiais que voltaram da guerra. E, em seu cerne, Piers era isso – um homem que assumiu responsabilidades terríveis em um tempo de guerra. Homens assim não precisavam ouvir perguntas curiosas. Eles precisavam de tempo – às vezes de anos – e banhos quentes, e da proximidade de pele com pele.

E de amigos que escutassem, aceitassem e compreendessem.

Ela examinou o rosto dele. Será que ele estava se abrindo com ela à sua maneira reprimida, autocrática? Era o que ele parecia fazer, se Charlotte estava lendo sua expressão corretamente.

Sim, ela pensou. Essa devia ser a explicação.

Um marquês poderia encontrar diversas mulheres dispostas a aceitar seu nome ou a deitar em sua cama.

Esse marquês, contudo, precisava de uma amiga.

Oh, Piers.

O coração dela inchou de ternura.

– Escute bem. – Ele a envolveu com braços e pernas. Seu coração bateu contra o dela. – Eu escolho você, Charlotte. E não vou olhar para trás.

Ele a beijou com suavidade, deixando que os lábios deslizassem para o canto de sua boca, para o rosto, pescoço. E então mais para baixo, para os seios nus e escorregadios. Embaixo da água, a ereção dele começou a se mexer junto à coxa dela.

Charlotte ajeitou os quadris, apertando a ereção dele junto à sua abertura. O contato repentino extraiu uma exclamação dos dois.

Ele passou a língua pelo mamilo teso dela antes de tomá-lo com a boca. Enquanto Piers chupava seu seio, ela sentiu a pele arrepiar no pescoço e nos braços.

Charlotte se balançou contra a saliência da excitação dele, arrastando o corpo por aquela dureza, massageando aquele feixe de nervos tenso, latejante, no alto de seu sexo. Piers enrolou uma mão no cabelo úmido dela, expondo o pescoço dela para cobri-lo de beijos.

– Você é linda. Tão linda.

Ele a segurou pela cintura e apontou para a entrada dela, franzindo a testa em dúvida.

– Você não está dolorida?

Ela negou com a cabeça.

Ele rilhou os dentes enquanto penetrava nas profundezas dela.

– Tem certeza?

– Tenho.

Era uma mentira inocente. Ela estava dolorida – em carne-viva e vulnerável. Não só entre as pernas, mas também no coração. Se ele a machucasse, tudo bem. Era escolha dela.

Os dois se movimentaram lentamente, tentando não derramar muita água no chão. Ele encostou a testa na dela. Charlotte conseguia senti-lo crescendo dentro de si. Os braços dele a prendiam como garras.

Com um gemido, ele tirou seu membro de dentro dela e colocou a mão de Charlotte entre eles, fazendo-a agarrar sua grossura e fechando sua própria mão sobre a dela. Ele a orientou em uma série rápida de movimentos, bombeando seu prazer no punho dela.

Ele se encostou nela, e Charlotte acariciou suas costas trêmulas.

– Charlotte, querida?

Querida. Mais um fragmento de carinho para a coleção dela. Seu coração bobo palpitou.

– Sim?

– Eu acho que você não sabe reconhecer seus talentos naturais.

Ela sorriu de encontro ao alto da cabeça dela. Talvez ela tivesse mesmo algo único.

– Bem, isso é reconfortante. Eu já tinha desistido de ser uma mulher talentosa, muito menos extraordinária.

– Você é completamente extraordinária.

– Não precisa me adular.

– Estou falando sério. Quantas horas você já passou dando atenção à sua mãe? Ou ouvindo sua irmã falar sobre pedras? Ou ficando em casa com a outra que estava sempre doente? Pense em todos os anos que você viveu em Spindle Cove, quando podia estar em Londres. A maioria das jovens acharia tudo isso extremamente entediante. Você é extraordinária nisso. Na arte das pessoas.

– Acha mesmo?

– Eu tenho certeza. Porque para lidar com esta pessoa em particular – ele apontou para si mesmo – é necessário ser uma pessoa de muita virtude.

Ela riu.

– Não estou brincando. Eu nunca conheci uma mulher que conseguiu tal proeza.

– Então você tem sorte de eu ter vindo e encontrado você.

O elogio dele a envolveu como água de banho, reconfortante e quente. Muito diferente do tecido brilhante e desconfortável das congratulações.

Não que ela tivesse, de repente, começado a acreditar em si mesma porque Piers tinha declarado seu valor. Mas ele tinha argumentado bem, e ela aprendeu a confiar no poder de observação dele – ainda mais quando concordava com o dela.

Ele não tinha feito com que ela se sentisse extraordinária. Os dois chegaram juntos a essa conclusão, e isso era algo totalmente diferente.

Era isso o que sempre procurou em um companheiro, ela percebeu. E embora não soubesse colocar em palavras, estava disposta a esperar anos e anos para encontrar.

O que significava que ela também teve sorte de encontrá-lo.

Talvez Charlotte até mesmo tivesse a sorte de possuir uma mãe enxerida e alcoviteira.

Não. Não, isso era ir longe demais.

Então uma ideia – espetacular e perfeita – chispou pela cabeça dela como um cometa, e acendeu um fogo em seu peito.

Ela se recostou e olhou para ele.

– Deixe que eu seja sua companheira.

– Eu pensava que já tínhamos concordado com isso.

– Não, não só como sua esposa. Sua parceira em... – ela fez um gesto vago – ... seu trabalho. Nós nos divertiríamos tanto juntos.

Ele esfregou o rosto com a mão, depois puxou o cabelo molhado para trás.

– Não. Sem chance.

– Eu seria uma espiã brilhante. Pense só. Adoro um enigma. Sei ganhar a confiança das pessoas. Conheço armamentos. Sou inteligente e ousada. Eu... eu sei me esgueirar por janelas.

Ele riu.

– Não é como você está imaginando. Você acharia entediante. Espionagem é, a maior parte do tempo, ler e escrever relatórios, além de ouvir conversas aborrecidas em festas. Noventa por cento de puro tédio.

– Tudo que vale a pena é noventa por cento de tédio. Pense no seu irmão lutador. Eu aposto que ele passa por semanas, meses de preparação para apenas uma hora no ringue. Ou minha irmã geóloga. Ela vasculha montanhas de terra para encontrar uma porcaria de fóssil. Até Delia faz dezenas de esboços antes de começar a pintar. – Ela fez uma pausa. – Nada antes me interessou tanto. Mas poderia ser isso. Meu verdadeiro talento. Minha paixão.

Ele só meneou a cabeça.

– Você não vê como seríamos parceiros perfeitos? Vamos completar as deficiências um do outro. – Ela segurou as mãos dele e as apertou. – Mande-me para o continente com Delia. Enquanto ela desenha, eu posso praticar idiomas. Etiqueta. Eu... eu até mesmo vou aprender a pendurar as coisas em cabides.

– Charlotte... seria perigoso demais.

– Pendurar coisas em cabides?

– Trabalhar comigo.

– Mas você acabou de me dizer que é tudo papelada e festas entediantes.

– E é. Exceto nas vezes em que não é. – Ele levantou, saiu da banheira e pegou uma toalha.

Ela aproveitou o momento para admirar o corpo firme e másculo dele, brilhando como bronze sob a luz trêmula das velas. Os músculos definidos dos ombros e das costas. Os pelos escuros nos antebraços e nas pernas. Os órgãos masculinos, descansando, saciados, em seu ninho de sombras. Ele sacudiu o cabelo, espalhando gotículas pelo quarto, então passou a toalha no rosto e secou as orelhas. O ritual inteiro era íntimo e comum. E muito cativante.

Ele era só um homem, afinal. Um homem forte, poderoso e complicado, mas, ainda assim, humano. Feito de pele, ossos, músculo e coração.

Havia amor em algum lugar dele, bem engarrafado, apenas esperando ser servido, como um vinho raro. Podia demorar meses ou mesmo anos, mas Charlotte estava decidida a vasculhar até os porões mais escuros e profundos da alma daquele homem – e tirar a rolha.

Ele pendurou a toalha no ombro e ofereceu uma mão a ela.

– Cuidado. O chão está escorregadio.

Depois que ela saiu, ele estendeu outra toalha e a enrolou em Charlotte, prendendo bem as pontas ao redor dela. Ele a tratava como um bebê saindo do banho.

– Você não acredita que eu possa fazer isso – ela disse.

– Eu não falei isso.

Não precisa falar.

Ela ficou magoada pela falta de confiança dele, mas não podia culpá-lo por duvidar. Charlotte não tinha nenhuma experiência no assunto. Qual era seu talento? O hábito de rir nos momentos inoportunos e alguns mistérios não resolvidos?

– Por favor – ela disse, olhando para ele através dos cílios molhados. – Só me dê uma chance de provar que consigo. Não tome nenhuma decisão esta noite.

Ele expirou com força.

– Tarde demais. Eu já tomei uma decisão.

– Oh? – Ela estremeceu. – E qual é?

– Esta.

Ele a levantou do chão, jogando-a sobre o ombro como um fardo de trigo recém-colhido, e a carregou até a cama.

~ *Capítulo dezoito* ~

Charlotte acordou sozinha na cama, com a luz do sol entrando pelas janelas. Devia ser, no mínimo, metade da manhã.

Ela não se lembrava de ter vestido a camisola, muito menos de se enfiar debaixo das cobertas. Mas ela sempre dormia como uma pedra. Piers não deve ter desejado perturbá-la.

Piers... Piers, Piers, Piers.

Depois que se orientou, ela caiu de novo no travesseiro e levou as duas mãos ao coração.

A noite anterior não tinha sido um mero momento de fraqueza em uma clareira, mas uma revelação. Ela tinha descoberto novas facetas de Piers e de si mesma. Todo um novo mundo de possibilidades tinha se aberto.

Isso era real.

Ela estava *amando*. E tinha um amante. Um bom amante.

Todo corpo dela doía. Entre as pernas estava mais sensível, mas outros pontos também estavam sensíveis. Os mamilos dela latejavam por terem sido chupados. A parte interna de suas coxas estava um pouco irritada pela barba por fazer dele.

Pequenos ecos de prazer pulsavam entre suas pernas.

Ela apertou uma coxa contra a outra.

– Charlotte – ela disse em voz alta. – O que sua mãe iria dizer?

Deitada e imóvel, um grande sorriso se espalhou de um canto a outro do rosto. Sem conseguir se conter, ela rolou de bruços e escondeu seu gritinho de alegria no travesseiro, enquanto batia os pés no colchão.

Então parou de repente quando a porta foi aberta, ficando imóvel e fingindo dormir. Bem na hora... ou assim Charlotte esperava. Devia parecer que ela estava tendo um ataque.

– Perdão, Srta. Highwood. Sua bandeja de café da manhã.

Charlotte murmurou um agradecimento sonolento e abriu o olho o suficiente para ver a criada saindo do quarto.

Então ela jogou a roupa de cama para o lado e pegou seu robe.

O cheiro de torrada com manteiga e chocolate quente era tão irresistível quanto os beijos de certo homem. Ela estava faminta.

Piers devia ter mandado lhe servirem no quarto. Charlotte normalmente tomava café da manhã no térreo, com as mulheres Parkhurst. Mas ele deve ter imaginado que ela estaria exausta e faminta nessa manhã.

Tanto cuidado. Tanta atenção aos detalhes.

Quando enfiou o braço na manga do robe, ela notou um ramo verde e violeta deitado no canto da bandeja. Uma flor? Parecia que o marquês era um romântico, afinal.

Sorrindo para si mesma, ela pegou a flor roxa na bandeja e a rolou entre os dedos, observando-a. A princípio ela pensou que fosse uma das áster-italianas que pipocavam em todas as partes nessa época do ano. Mas não era uma áster comum. Algum tipo de íris ou orquídea? Bem, Charlotte não era jardineira.

Ela a colocou de lado dando de ombros.

O que quer que fosse, era linda, um gesto atencioso. Mas o caminho mais garantido para seu coração passava pelo estômago, e a pilha de torradas perfeitamente marrons naquele prato era o mesmo que ouro.

Ela amarrou a faixa do robe, preparando-se para sentar e comer. Mas seus dedos se atrapalharam com o nó. Que estranho. A mão direita parecia não estar funcionando direito. Um formigamento se espalhou dos dedos até o punho.

Charlotte sacudiu a mão, imaginando que tivesse dormido sobre o braço.

Mas sacudir não ajudou. Em vez de diminuir, a sensação de formigamento aumentou, espalhando-se do punho até o cotovelo.

O mais estranho era que ela não sentia os dedos.

Seu coração começou a bater descompassado. Uma série de batidas rápidas, depois nenhuma. Então o galope vinha de novo.

Que estranho. Parecia que ela tinha herdado as palpitações da mãe, afinal.

Ela pensou que devia se deitar. Mas quando se virou para a cama, sua visão escureceu e ficou borrada nas extremidades. Como se a vida fosse, de repente, uma ilustração de jornal.

Aquilo era mais que uma palpitação. Algo estava errado.

Piers saberia o que estava errado.

– Piers. – A palavra ficou presa em seus lábios secos. Ela tentou de novo. – Piers?

Não foi alto o suficiente. Diabos.

Os joelhos dela fraquejaram. Charlotte agarrou a cadeira com a mão esquerda e se segurou nela. Seu braço direito era apenas peso morto pendurado em seu ombro.

Ela precisava sair do quarto. Charlotte sabia que iria desmaiar e que não podia estar sozinha quando acontecesse.

O coração trovejava em suas orelhas enquanto ela cambaleava na direção da porta do quarto. Ela observou sua mão esquerda lutar com a maçaneta quebrada, como se pertencesse a outra pessoa.

Charlotte, concentre-se.

Afinal, seus dedos obedeceram, fechando-se em volta da maçaneta e puxando a porta um palmo para dentro... dois no máximo.

Apenas o bastante para Charlotte passar e desmaiar no corredor.

Blam.

Convidado por Sir Vernon, Piers acomodou-se na biblioteca para tomar chá e comer um lanche leve.

– Obrigado por sua companhia, Sir Vernon. Esta manhã tem sido muito instrutiva.

Eles tinham terminado uma visita à fazenda sob o pretexto de discutirem métodos de irrigação. Pelo que Piers podia ver, nada parecia errado. Nenhum sinal de que o homem estava economizando ou vendendo bens, nem fazendo compras extravagantes. De modo geral, a propriedade Parkhurst parecia estar com uma saúde financeira admiravelmente boa – sendo quase tão próspera quanto à de Piers.

Em mais de uma semana, Sir Vernon não tinha sugerido cartas nem dados, nem qualquer aposta maior do que "o pior jogador paga a cidra no pub". Um vício em jogo parecia improvável.

Então aonde o dinheiro estava indo?

Para uma amante antiga ou um filho bastardo. Não havia alternativas plausíveis restantes.

Mas ele precisava ter acesso à correspondência particular e às contas do homem para confirmar a verdade. Com todas aquelas distrações, contudo, ele não teve outra oportunidade de investigar.

Seja honesto consigo mesmo, Piers. A verdade era que ele poderia ter encontrado oportunidades para investigar. Em vez disso, vinha criando oportunidades para ficar com Charlotte. E então ele possuiu Charlotte.

– Você não concorda?

Piers levantou a sobrancelha e a xícara de chá em um gesto diplomático, não comprometedor, que ele esperava ser entendido como... qualquer resposta que devesse ter dado, se estivesse prestando atenção.

Ele pensava em Charlotte no momento em que a deixou, dormindo na cama dela com os primeiros raios da alvorada tocando o horizonte. Roncando de leve, de um modo encantadoramente despreocupado.

Era de admirar que ele não conseguisse se concentrar nessa manhã?

Cada instante que se arrastava era um momento em que ele desejava estar com ela. Abraçando-a, ou dentro dela, empurrando-a na direção do prazer, de seus doces gritos de desejo. Conversando e rindo com ela depois.

– Aham. – O mordomo apareceu à porta. – Perdoe a interrupção, sir. Lady Parkhurst precisa da sua atenção em um assunto.

– É mesmo? – Sir Vernon deu de ombros. – Você me dá licença, Granville? É provável que seja alguma questão relativa à administração da casa ou a cardápios, mas precisamos manter as mulheres felizes.

– Sem dúvida.

Essa era a oportunidade que Piers estava esperando.

Ele poderia vasculhar a escrivaninha do homem, terminar a missão que estava ali para realizar. Então poderia anunciar seu noivado com Charlotte e ir embora.

Assim que ficou sozinho, foi até a escrivaninha.

Blam. O barulho o fez parar.

Provavelmente não era nada. Um criado derrubando algo no andar de cima, só podia ser.

Ainda assim, enquanto fechava uma gaveta e remexia silenciosamente na segunda, sua mente não deixou aquilo de lado.

Ele não gostou do silêncio que se seguiu ao baque.

Se um objeto era derrubado, precisava ser pego. A menos que Charlotte fosse quem derrubou o objeto, e nesse caso o objeto derrubado poderia permanecer no chão por um ano ou mais.

E assim a cabeça dele voltou para Charlotte.

Ele sorriu para si mesmo, e antes que percebesse o que fazia, seu olhar tinha ido parar no nicho da janela.

Aquilo era inútil. Ele não conseguia tirá-la da cabeça. Não conseguia ficar tranquilo com o silêncio. E se não conseguia se concentrar no que estava fazendo, era melhor esperar por outra oportunidade. Distraído poderia cometer algum erro.

Ele fechou a gaveta e saiu da biblioteca, virando na direção da escada.

O que ele encontrou no corredor o deixou lívido. Ali estava a origem do baque.

Charlotte.

Ele correu até ela.

– Charlotte. – Ele sacudiu o braço dela. – Charlotte. Você está bem?

Sem resposta. Nenhuma reação. Ela estava imóvel.

Quando Piers a virou e levantou, a cabeça dela caiu para trás. Seus lábios estavam azulados.

Uma sensação de náusea cresceu em seu estômago.

– Não. – Ele a sacudiu, sem resultado. – Não, não, não.

Isso não podia estar acontecendo. Não dessa vez. Ela não seria tirada dele.

Ele abriu a pálpebra dela para conferir o olhar, então aproximou o rosto dos lábios pálidos.

Pelo menos Charlotte estava respirando. Quando colocou a mão no pescoço dela, viu que o coração estava batendo... em ritmo acelerado.

Talvez não fosse tarde demais.

Charlotte, Charlotte. Quem fez isso com você?

– Ridley! – ele gritou, repentinamente rouco. – A Srta. Highwood está doente.

Ridley abaixou-se ao lado dele.

– Quer ajuda para colocá-la na cama?

– Não toque nela. Ninguém mais toca nela.

Ele seria o único a carregá-la, a segurá-la. A pegá-la nos braços e recolocá-la na cama. A tirar o cabelo de suas faces rubras, febris.

– Encontre Sir Vernon – Piers disse, mal disfarçando o nervosismo em sua voz. – Diga-lhe para mandar buscar o médico.

Ridley concordou.

– Agora mesmo, meu lorde.

Piers tirou a gravata do pescoço e a molhou no lavatório. Então voltou à cama e passou o tecido úmido no rosto e no pescoço dela.

Charlotte se mexeu e o coração dele se animou com esperança.

– Fique comigo, Charlotte.

Ele quase podia ouvi-la provocando-o: *Eu não gosto que me digam o que fazer.*

Acorde, então. Acorde e diga-me isso.

Se ele precisasse irritá-la de volta à vida, ele o faria.

– Charlotte, fique comigo. Está ouvindo? Você não pode me deixar. Eu a proíbo.

Enquanto a abraçava, ele contou cada uma das respirações preciosas e curtas dela. Quando teve coragem de desviar o olhar, passou-o pelo quarto. A bandeja de café da manhã estava sobre a mesa. Parecia intocada, com o bule de chocolate ainda fumegante e o prato decorado com... Um ramo sinistro de planta.

Ele reconheceu de imediato. Mata-cão. Uma das variedades mais mortais das ranunculáceas. Nem precisava ser ingerida. O mero contato com a pele podia ser fatal.

Charlotte não tinha simplesmente adoecido. Ela tinha sido envenenada.

– Qual mão? – ele perguntou. – Charlotte, você precisa acordar. Diga-me com qual das mãos você pegou a flor.

Os cílios tremeram e ela olhou na direção do braço direito.

Piers virou a palma dela para cima. Cristo. A pele ainda estava arranhada de segurar as rédeas na cavalgada alucinante do outro dia. Uma porta aberta para o veneno entrar.

Ele pegou o jarro no lavatório e lentamente despejou a água restante sobre o antebraço direito, deixando o líquido escorrer pela palma até os dedos e cair no chão.

– Ridley! – ele gritou.

O outro apareceu na porta, ofegante depois de subir e descer a escada correndo.

– Já foram buscar o médico.

– Não podemos esperar tanto. É mata-cão. Pegue a navalha e a bacia no meu lavatório. Preciso sangrá-la para extrair o veneno.

– Sim, meu lorde.

Piers amarrou sua gravata no alto do braço direito dela, apertando-a com firmeza para servir de torniquete. Ela soltou um gemido fraco de dor quando ele apertou o nó. Piers ignorou o som. Desse ponto em diante não havia lugar para emoção nem espaço para dúvida.

Seu primeiro objetivo era garantir que Charlotte sobrevivesse.

O segundo era descobrir quem tinha feito isso, e fazê-lo pagar.

Capítulo dezenove

Ela passou o que pareceram dias recuperando e perdendo a consciência.

Não importava quando ela acordava, em plena luz do dia ou na escuridão da noite, sua mãe estava ao seu lado, sempre. Colocando um pano molhado em sua testa ou alimentando-a com colheres de caldo de carne.

Quando Charlotte se sentiu bem o bastante para sentar, a mãe a ajudou a se lavar e a vestir uma *chemise* limpa. Depois, a Sra. Highwood ficou atrás dela, na cama, para escovar e trançar seu cabelo.

– Obrigada, mamãe. Você não precisa fazer tudo isso por mim. Eu posso chamar uma criada.

– Bobagem – ela disse. – Continuo sendo sua mãe, ainda que você tenha crescido. E mães nunca perdem a prática.

– Tenho uma vaga lembrança de ficar doente quando pequena. Eu devia ter 2 anos. Talvez 3...?

– Três. Você teve escarlatina. Minerva também.

– Mesmo? Não me lembro de ter tido febre. Só me recordo de ficar irritada por ser proibida de sair de casa durante muito tempo, e de você me dando limão e mel com um lenço torcido. Mas imagino que você tenha ficado preocupada.

A mãe bufou.

– Meus nervos nunca mais foram os mesmos. Imagine só. Eu tinha ficado viúva há pouco tempo. Nós fomos tiradas de casa quando o primo do seu pai herdou a propriedade e me reservou uma renda miserável. Eu estava sozinha pela primeira vez na vida, com três filhas pequenas para criar, e duas de vocês estavam queimando de febre.

– E a Diana?

– Eu tive que mandá-la ficar com a esposa do vigário. Não a vimos durante um mês. – Ela fez uma pausa. – Ou foram dois meses? Lembro que ela ainda estava fora no meu aniversário de 25 anos.

– Deus. – Charlotte sabia que a mãe tinha ficado viúva ainda jovem, mas nunca tinha parado para pensar o que isso significa em termos tão práticos.

A mãe puxou seu cabelo.

– Não blasfeme.

– Desculpe. Não consigo imaginar como você conseguiu lidar com tudo isso.

– Da mesma forma que toda mulher consegue, Charlotte. Nós não temos o poder nem a força física dos homens. Temos que buscar nas reservas que existem dentro de nós mesmas.

Ela dividiu o cabelo de Charlotte em mechas e começou a fazer uma trança apertada.

– Depois que vocês três estavam bem de saúde e debaixo do mesmo teto, jurei que nunca mais passariam por dificuldades. Vocês teriam bons casamentos, com homens que pudessem lhes oferecer segurança de verdade. Eu nunca quis que vocês passassem noites em claro, preocupando-se com a conta do açougue.

Charlotte se sentiu mesquinha por já ter reclamado dos esquemas casamenteiros de sua mãe. Esses esquemas eram, sem dúvida, ridículos e constrangedores... Mas as dificuldades da vida acabam moldando as pessoas, assim como as pedras e o vento podem torcer as raízes de uma árvore em crescimento.

Além do mais, ela tinha sorte de ter mãe. Muitas crianças cresciam sem uma. Piers, por exemplo, sofreu por causa disso – isolado do mundo, um estranho às suas próprias emoções. Pelo menos Charlotte sempre soube o que era ser amada.

Ela enfiou a mão debaixo do travesseiro e encontrou sua tira de flanela bordada, sentindo sua maciez entre os dedos.

– Por que você não se casou de novo?

– Eu pensei nisso – a mãe respondeu. – E recebi propostas. Mas durante muitos anos não consegui aceitar essa ideia. Depois, era tarde demais. Eu perdi minha juventude.

– Você deve ter amado muito nosso pai.

A mãe não respondeu. Ela amarrou a trança com um laço e deu a volta na cama para se sentar ao lado da filha. Os olhos azuis da Sra. Highwood ficaram úmidos ao fitarem o rosto de Charlotte.

– Oh, filha... – Ela suspirou.

Um nó se formou na garganta de Charlotte.

– Sim, mamãe?

– Você parece um cadáver. Pelo amor de Deus, ponha um pouco de cor nesse rosto. – Ela agarrou as maçãs do rosto de Charlotte com polegares e indicadores e apertou com força.

– Mamãe! – Charlotte tentou se soltar dos beliscões. – Ai!

– Oh, fique quieta. Quando Lorde Granville olhar para você, não queremos que veja um monstro desmazelado. Ele pode até querer terminar o noivado.

A menção a Piers produziu um aperto em seu coração. Ela aguentaria mil beliscões se isso significasse vê-lo e ser abraçada de novo por ele.

– Lorde Granville não vai terminar o noivado. – Charlotte tinha lhe dado amplas oportunidades, e ele não aceitou.

Eu escolho você, Charlotte. E não vou olhar para trás.

– Você acha que ele não vai terminar, mas não banque a convencida. Você é uma jovem animada e toleravelmente inteligente, mas sua aparência é sua melhor arma.

Charlotte recostou-se nos travesseiros. Era inútil argumentar.

– Mamãe, eu amo você – ela disse em voz alta, acima de tudo, para guardar as palavras. – Ainda que seja absurdamente constrangedora, e me deixe completamente maluca.

– E eu amo você. Apesar de ser ingrata e cabeça-dura, e não ter nenhum respeito pelos meus nervos. Imagino que queira que Delia venha ler para você.

– Não. Agora não. Eu quero ver Piers.

– Lorde Granville não está aqui.

Charlotte voltou a se sentar.

– Não está aqui? Para onde ele foi? E, se o marquês não está na mansão, por que a senhora torturou minhas bochechas?

A mãe deu de ombros.

– Ele precisava cuidar de algo. Homens importantes são assim, Charlotte. Eu sei que ele não é um duque, mas você precisa se acostumar com a ideia de que seu futuro marido é um homem requisitado.

Charlotte fez uma prece silenciosa, pedindo paciência.

– Por acaso a senhora sabe quando meu requisitado futuro marido vai voltar?

– Eu o ouvi dizendo para Sir Vernon que esperava retornar esta noite, mas que pode ser bem tarde. Melhor assim. Amanhã você vai estar bem o bastante para levantar da cama.

Ela não podia esperar até o dia seguinte. Charlotte precisava ver Piers. Ela se lembrava dos braços dele à sua volta no corredor, e da preocupação no rosto dele enquanto procurava a causa do colapso dela.

Charlotte levou a mão ao curativo da incisão em seu braço. Na última vez em que Piers a tinha visto, ela estava fraca e inconsciente. Essa não era a impressão que ela esperava criar quando jurou convencê-lo de que poderia ser uma parceira competente. Ela tinha implorado por uma chance de mostrar seu valor, e então não conseguiu passar do café da manhã. A essa altura ela teria sorte se ele confiasse nela para servir uma xícara de chá.

Piers galopava pela estrada esburacada de terra como se o diabo estivesse bafejando em seu pescoço.

Em momentos assim ele invejava o irmão. Boxe parecia a carreira ideal para alguém espantar seus demônios pessoais. Quando Rafe queria bater em algo – ou alguém – não precisava de desculpas.

Piers não dispunha desse luxo. A violência em sua linha de trabalho era esporádica, na melhor das hipóteses.

Nessa noite, o melhor que ele podia fazer, enquanto virava na trilha da propriedade, era forçar seu cavalo em um galope, na esperança de que o vento frio aplacasse um pouco de sua fúria.

Ele estava bravo com Sir Vernon e o hospício que parecia estar administrando. Furioso com quem tinha envenenado Charlotte. Mas, acima de tudo, estava lívido consigo mesmo.

Ele desmontou do cavalo e entregou as rédeas para um cavalariço antes de adentrar a Mansão Parkhurst. Não procurou seu anfitrião nem fez qualquer esforço para ser educado, apenas subiu a escada correndo.

Piers ficou tentado a ir até o fim do corredor para ver Charlotte, mas resistiu ao impulso. Ele tinha falhado em protegê-la de ser envenenada. O mínimo que podia fazer era deixá-la descansar.

Depois que conversou com Ridley e se certificou de que a recuperação dela prosseguia, Piers se recolheu em seu quarto e trancou a porta. Tirou o colete e as botas, e após soltar o nó da gravata, a jogou de lado e puxou de dentro da calça a bainha da camisa, tirando-a pela cabeça. Então ele foi até o lavatório e encheu a bacia, limpando-se e jogando água no rosto.

– Você vai deixar isto no chão?

Ele levantou a cabeça e se virou.

Charlotte estava encostada na parede ao lado da porta trancada, segurando a gravata em uma das mãos. Um sorriso maroto curvava seus lábios. Ela parecia a linda assistente de um mágico, preparada para receber aplausos entusiasmados.

Voilà!

Ele enxugou o rosto com uma toalha e a encarou, incrédulo.

– Como foi que você...

Das costas, ela tirou a mão que segurava um alfinete de cabelo.

– Eu andei praticando. Você tinha razão, não é muito difícil depois que se pega o jeito.

– Você deveria estar descansando.

– Faz dois dias que eu só descanso. Estou bem. – Ela deixou a gravata escorregar até o chão e se aproximou dele, passando as mãos em seu peito nu. – Na verdade, estou ficando melhor a cada instante.

Ele fechou os olhos, tentando se proteger da tentação do corpo dela envolto em um robe de seda, com aquela trança grossa de cabelo dourado caída à frente do seio.

Mas a tentativa falhou. Com os olhos fechados, a intimidade do momento só cresceu. Ele se viu estendendo as mãos para ela, perdido no prazer do toque macio de Charlotte. Os dedos dela vagaram por sua pele nua, delineando o contorno de suas clavículas e acompanhando a trilha de pelos que divida seu peito.

E então, quando ele não conseguiria viver nem mais um instante sem eles, os lábios dela tocaram os seus.

Deus, o que essa mulher fazia com ele? Os pulmões de Piers ficavam sem ar. Seu coração ribombava como louco.

Droga, seus joelhos quase cederam.

Pernas bambas eram uma invenção de romances baratos. Não devia acontecer na vida real, mas lá estava ele, fraco de desejo.

As mãos dele encontraram a cintura dela. Ou talvez a cintura dela tenha encontrado suas mãos. Não importava. Ela não iria escapar. Ele agarrou o tecido sedoso, escorregadio, e a puxou para perto enquanto aprofundava o beijo.

Como seria fácil carregá-la para a cama e perder-se na doçura dela.

Charlotte estava frágil, mas ele saberia ser delicado. Talvez. De algum modo.

Então ela passou os braços ao redor do pescoço dele, e Piers sentiu algo arranhá-lo. O curativo que protegia o antebraço dela.

Isso o fez recobrar o bom senso. Abriu os olhos, de repente, e tirou as mãos dela de seu pescoço.

Piers não podia permitir que isso acontecesse. Não de novo. Ele não podia deixar que desejo e emoção afetassem seu raciocínio. Não quando a segurança dela dependia de que os instintos dele continuassem aguçados.

– Quem trouxe a bandeja do café da manhã para o seu quarto? – ele perguntou.

Ela arregalou os olhos, parecendo desorientada com a mudança repentina de assunto.

– O quê?

– A bandeja do café da manhã com o mata-cão. – Ele a levou até uma cadeira para que ela se sentasse, depois sentou em uma banqueta à frente dela. Piers apoiou os cotovelos nos joelhos dela e entrelaçou os dedos. – Quem a trouxe para o seu quarto?

– Uma criada.

– Qual criada?

Ela meneou a cabeça.

– Não sei. Eu mal a vi. Ela era ruiva.

– Nenhuma das criadas é ruiva.

– Talvez eu tenha me enganado, então.

Piers duvidava disso. Lembranças não eram perfeitas. Tinham falhas. Mas cabelo ruivo não é o tipo de detalhe que a imaginação de alguém usa para preencher as falhas.

– Por que você não os interroga? – ela disse.

– Nós já interrogamos. Todos os empregados negam saber de qualquer coisa a respeito.

– Bem, é natural que neguem. Devem estar com medo de serem demitidos. Lady Parkhurst cultiva plantas incomuns. Estou certa de que foi apenas um erro.

– Ninguém põe mata-cão em uma bandeja de café da manhã por erro.

Ela abriu um sorriso.

– Talvez não no seu tipo de trabalho, mas este não é o cenário de uma intriga internacional. São férias no campo.

– Não seja ingênua – ele disse, a voz um pouco mais mordaz do que pretendia. – Você tem feito perguntas para resolver seu pequeno mistério. Talvez tenha chegado perto demais de um segredo que alguém faria qualquer coisa para preservar.

– Piers, você precisa parar de ver conspirações onde elas não existem. – Charlotte tocou a testa dele, como se tentasse alisar as rugas de preocupação.

– Esse é só outro exemplo das diferenças entre nós. Eu sou otimista; você sempre pensa o pior. Eu deixo tudo aberto e espalhado; você guarda tudo muito bem-organizado. Eu vejo o copo meio cheio; você o vê com veneno.

– Você seria igual, se tivesse o mesmo tipo de trabalho que eu. E é por isso que nunca vou permitir que faça o mesmo trabalho.

– Você disse que iria pensar.

Ele *tinha* pensado.

Apesar de seu bom senso recomendar o contrário, ele tinha considerado a ideia de colocá-la no serviço. Claro que ela não iria se esgueirar em parapeitos de janelas nem contrabandear documentos. Mas Charlotte era observadora e sabia ganhar a confiança dos outros. Ele podia enxergar os dois voltando para casa ao fim de um baile ou jantar, compartilhando suas observações, conversas e fofocas que tivessem ouvido. Para então fazerem amor apaixonadamente. Mas quando a viu desmaiada no corredor, todos os planos dele mudaram. Tudo mudou.

– Eu consigo, Piers. Já tenho a disposição para isso. Quando eu voltar da viagem vou estar mais refinada, mais experiente. Uma parceira competente para você, e capaz de me defender.

– Eu vou defendê-la. E você não vai viajar para lugar nenhum.

Ela lhe lançou um olhar magoado.

– Você prometeu me dar uma chance de provar que sou capaz.

– Isso foi antes de você quase morrer nos meus braços. Quando eu a encontrei no chão...

Ele soltou o palavrão mais violento que jamais tinha soltado na presença de uma mulher.

– Eu sei. – Ela se adiantou até a borda da cadeira, fechando as mãos sobre os dedos trêmulos dele e apertando-os. – Eu sei que você ficou assustado.

Não, ela não sabia.

Ela não fazia ideia de como aquela cena o abalou, e nunca faria. Esse segredo – o peso esmagador da vergonha – seria apenas dele. Ele o suportava há décadas, e continuaria a suportá-lo no futuro.

– Eu preciso dizer algo. – Ela apertou as mãos dele, embora seu olhar baixasse para o chão. – Estou querendo lhe dizer há algum tempo. Não que vá ser uma surpresa. Você é inteligente o bastante para ter percebido, a esta altura. Quero dizer... a clareira... você já deve ter chegado à essa conclusão.

Ele a observava, perplexo.

– Receio que seja algo que você não ficará feliz em escutar. Você vai querer discutir, mas não vai adiantar nada. Não é o único que sabe tomar decisões irreversíveis, e também sabe que sou muito obstinada para alguém tentar me dissuadir.

Bom Deus. Ela queria deixá-lo. Ele tinha sido um fanfarrão estúpido na outra noite, gabando-se de todas as alternativas de que dispunha para ter resolvido a situação deles. Agora ela iria desafiá-lo, pedir para ser liberada do compromisso.

E o que era pior – ele sabia qual deveria ser sua resposta. Teria que ser decente o bastante para deixá-la ir. Mas de jeito nenhum Piers faria isso agora.

– Uamucê – ela disparou.

Ele arregalou os olhos.

– O quê?

Que diabos era Uamucê? Um vilarejo? Uma pessoa? Uma propriedade? Algum lugar para onde ela queria viajar?

– Nossa! – ela exclamou, depois de alguns instantes em silêncio. – Eu sabia que você era contra a ideia, mas esperava um pouco mais de reação.

– Charlotte, você vai ter que me explicar. Estou completamente perdido. Onde... ou o quê... é Uamucê?

Ela olhou para o teto e suspirou.

– Não disse "Uamucê", seu bobo. Eu disse "eu amo você".

Capítulo vinte

Charlotte foi ficando cada vez mais ansiosa enquanto esperava pela reação de Piers.

Durante momentos longos e insuportáveis, ele só a encarou.

Talvez ela precisasse repetir o que tinha dito.

Ela deslizou até a borda do assento e se inclinou para frente até seus joelhos tocarem os dele.

– Piers – ela sussurrou –, eu disse que eu, Charlotte... com todo este órgão que bate em meu peito, que as pessoas normalmente chamam de coração... amo você. Profundamente. Isso faz mais sentido?

– Não. – Ele sacudiu a cabeça, entorpecido. – Na verdade, não.

Deus, aquilo iria ser pior do que ela tinha imaginado. Charlotte sabia que ele não tinha intimidade com emoções – pelo menos não quando se tratava de uma ligação romântica. Mas decerto ele compreendia o conceito.

Pensando bem, talvez ele compreendesse muito bem... A expressão dele era um pouco além do que apenas confusa. Ele parecia relutante. Desafiador. Hostil.

– Você não pode dizer isso, Charlotte.

– Por que não? Você acha que é cedo demais?

– Daqui a cem anos seria cedo demais. Existem muitas coisas que você não sabe. Coisas que nunca vai saber.

– Você não acha... – Ela fez uma pausa, reunindo coragem para fazer a pergunta. – Com certeza você não acha que o envenenamento foi culpa sua.

– É claro que foi minha culpa. Eu deveria ter sido mais cuidadoso. Isso não teria acontecido se eu...

– Não, não – Charlotte disse. – Não estou falando de mim. Pelo menos não só de mim. Mas da sua mãe, também.

Ele semicerrou os olhos, defensivo.

– O que a minha mãe tem a ver com esta conversa?

– Tudo, eu acho. Como não poderia influenciar sua reação? Você me encontrou caída no corredor, o que deve ter provocado lembranças dolorosas em você. Foi láudano que a levou, ou outra coisa?

– Quem lhe contou isso?

– Você contou – ela o encarou.

– Não. – Ele soltou as mãos dela e recuou. – Eu contei que ela morreu depois de uma longa doença. Nunca falei nada sobre como aconteceu.

– Não diretamente, mas faz sentido. Todo mundo sabe que mulheres com variações violentas de humor são tratadas com esse tipo de remédio. Nada consegue abalar você, mas começou a suar frio quando eu demorei para acordar de uma soneca. Quando fui envenenada, você levantou todas as muralhas de novo.

– Muralhas? Que muralhas?

– As muralhas ao redor do seu coração, Piers. Você perdeu tudo quando era criança. Ao ficar adulto, empenhou-se em uma profissão perigosa, às vezes violenta. É difícil até imaginar como isso tudo pode afetar um homem. Como pode deixá-lo insensível. Relutante a permitir que qualquer pessoa se aproxime.

– Você está sendo absurda. – Ele se levantou e se afastou alguns passos. – Pulgas têm mais dificuldade para pular de um cachorro para outro do que sua mente pula de uma conclusão para outra.

– Oh, não. Nem pense que você pode se fechar para mim, agora. – Ela foi atrás dele, colocando-se à sua frente para bloquear o caminho. – Eu sei o quanto demorou para você deixar alguém se aproximar tanto. Pelo amor de Deus, faz mais de um ano desde que Ellingworth morreu, e você ainda não foi em busca de um cachorro novo.

Ele desviou o olhar e soltou um suspiro baixo, irritado.

– Eu sei o que você quer. Eu disse para você, desde o início, que não era o homem que lhe daria tudo o que almeja.

– Então somos iguais. Porque Deus sabe que existem mulheres mais bem preparadas para amar você. Mas parece que eu sou a mulher que o ama. – Ela tocou o peito dele. – Você mesmo me disse que é tarde demais. Eu estou na sua cabeça, em seu ser, no seu sangue. Não vai conseguir me manter longe de seu coração.

– Você precisa entender uma coisa: minha vida não tem espaço para incerteza, nem margem para erro. Eu tenho que conseguir pensar com clareza, ou pessoas se machucam. Você pode se machucar. – A mão dele se fechou sobre o curativo no pulso dela. – Diabos, isso já aconteceu.

– E se eu lhe dissesse que sei quais são os riscos e estou disposta a enfrentá-los?

– Não mudaria nada. Essas muralhas, como você disse... Já fazem parte de mim, e são resistentes como ferro. – Ele levou a mão ao rosto dela, passando o polegar no lábio inferior. – Mesmo que eu quisesse, não saberia como destruí-las.

– Eu sei – ela disse em voz baixa. – Eu sei. – Charlotte passou os braços ao redor do pescoço dele. – É por isso que você precisa de mim. Eu vou acabar com elas.

Ele começou a responder. Mas ela não queria ouvir.

Charlotte puxou-o pelo pescoço, trazendo-o para si, e capturou a boca dele com a dela.

A princípio ele resistiu, mas ela não lhe deu chance. Talvez não fosse justo usar desejo contra ele, mas essa era a única arma de que ela dispunha. Essa era uma batalha para conquistar o coração dele. Charlotte usaria qualquer vantagem disponível.

Primeiro, ela beijou a boca dele delicadamente, tranquilizando aqueles lábios austeros. Depois, deslizou sua língua para dentro da boca de Piers, explorando suas profundezas.

Tomar a iniciativa era uma nova experiência. Ela gostou. Gostou muito, na verdade.

Com um suspiro de abandono, ela passou as mãos pelas costas dele, depois alcançou, impetuosa, os ombros e o peito nu.

– Você é perfeito. Tão lindo em tudo. – Ela beijou o peito dele, bem à esquerda do esterno. – Lindo por dentro, também...

Ele grunhiu para alertá-la.

– Charlotte...

– Sim? – ela disse, com a voz meiga e inocente. Ela recuou um passo e olhou para ele, deixando o robe de cetim deslizar até o chão. – Você dizia...?

Pelo modo faminto como o olhar dele passeou pela nudez de seu corpo, Charlotte soube que tinha vencido. Ele se renderia.

Ela recuou um passo, depois outro. Piers andou na direção dela como se fosse puxado por fios invisíveis que se estendiam dos mamilos dela até seus olhos.

Quando a parte de trás das coxas dela encostaram no colchão, ela se deitou na cama. Com o olhar ainda grudado nos seios nus dela, Piers a seguiu, subindo de quatro pelo corpo dela.

– Não assim. Não desta vez. – Ela passou uma perna pela cintura dele e o virou, deitando-o de costas e ficando por cima. – Esta vez é minha.

Enquanto Charlotte se inclinava para beijar seu pescoço não barbeado, Piers murmurou uma imprecação. Ela deslizou a língua pela clavícula dele, e foi descendo pelo meio do peito, mordiscando os mamilos.

Então, ela montou sobre as coxas dele. Levantou os seios com as mãos, juntando-os para o deleite de Piers. Ela circulou os bicos com a ponta dos dedos, provocando-os até ficarem duros e salientes.

Ele soltou um som gutural.

— Você vai me matar.

Ela apenas sorriu.

Charlotte colocou a ponta de um dedo sobre os lábios dele, então o arrastou pelo queixo, pelo pescoço, chegando ao peito. Desceu mais e mais... até encontrar o volume que armava a calça dele, envolvendo-o com a mão.

Ela levou as mãos aos botões do fecho, e, dessa vez, seus dedos não vacilaram.

Piers prendeu a respiração quando ela colocou a mão dentro de sua calça, libertando a ereção inchada da prisão de camurça. Ela massageou a extensão dura para cima e para baixo, depois desceu para acariciar o saco macio e vulnerável.

Segurando-o, ela baixou a cabeça e passou a língua na ponta do membro. Os quadris dele sacudiram e Piers murmurou algo em um idioma que ela não reconheceu.

Quando Charlotte levantou a cabeça, ele a encarava. Mantendo o contato dos olhos, ela baixou a cabeça e o lambeu de novo, dessa vez enrolando a cabeça com a língua.

— Cristo.

A blasfêmia não a deteve nem por um instante. Ao contrário, ela sentiu um surto de poder quase divino.

Charlotte endireitou as costas. Piers estendeu as mãos para tocá-la, mas ela as pegou, entrelaçando seus dedos aos dele. Então ela empurrou os braços dele até a cama, prendendo-os no colchão. Quando ela se inclinou para frente, para segurá-lo com seu peso, o cabelo se soltou da trança e caiu sobre os dois.

Ela se movimentou um pouco, sentindo a dureza dele escorregar deliciosamente em seus lugares mais sensíveis. Então Charlotte foi sentando-se nele, um pouquinho de cada vez, recebendo-o todo.

Estabelecendo um ritmo lento e suave, ela movimentou os quadris, recebendo todo o volume dele uma vez após a outra. Ela manteve os braços dele presos à cama e o encarou no fundo dos olhos.

– É tão gostoso ter você dentro de mim – ela sussurrou. – Tão grande e duro.

Ela adorava quando ele dizia coisas carnais. Talvez ouvir Charlotte falando-as também o excitasse.

E pareceu que ela tinha imaginado corretamente. Ele começou a arquear as costas, indo ao encontro dela em cada movimento. Estimulando-a a ir mais depressa. Enquanto eles se moviam juntos, o cabelo solto de Charlotte roçava seus próprios mamilos e as bochechas dele.

– Não vou aguentar por muito tempo – Piers disse, rilhando os dentes. – Goze.

Ela sorriu para ele.

– Você primeiro.

Charlotte soltou os braços dele, apoiando seu peso nos cotovelos e enfiando os dedos no cabelo de Piers. As mãos dele foram até os quadris dela, procurando a pele de Charlotte desesperadas. Ele orientou os movimentos dela, fazendo-a cavalgá-lo mais rápido, mais forte. Piers franziu o cenho com o esforço, e também mostrou os dentes.

O tempo todo, os olhares dos dois ficaram travados. Ele a penetrava mais fundo com os olhos azuis do que com o pau. Vasculhando-a, implorando.

– Eu te amo – ela arfou, sentindo-o crescer ainda mais dentro dela. – Amo, amo, am...

Ele a beijou. Piers podia calar suas palavras, mas não sua emoção. Nenhuma força na Terra poderia conter a onda que crescia no coração dela, nem o êxtase que se formava em seu centro.

Finalmente, ele se rendeu. Com um grito gutural, bárbaro, ele foi fundo, segurando os quadris dela no lugar. Ela sentiu uma série de espasmos frenéticos quando ele liberou seu prazer.

O êxtase dele provocou o dela. Charlotte fechou os olhos. Não conseguiu evitar. A alegria, o desejo, o alívio, o amor... Tudo isso entrou em redemoinho e colidiu dentro dela. Luz brilhou por trás de suas pálpebras. Ela viu estrelas.

Quando sua respiração acalmou, ela olhou de novo para ele – e ficou enternecida por encontrá-lo olhando para ela. Ela afastou o cabelo úmido da testa dele.

– Isso... – ela deu um beijo nos lábios dele – ... foi fazer amor.

Ele fechou os olhos.

– Charlotte...

Ela o silenciou.

– Está tudo bem. Eu sei que é novo para você, e provavelmente um pouco assustador. É bem novo e assustador para mim, também. Mas eu amo você, e é importante que saiba disso. Porque não importa o quanto tente controlar suas próprias emoções, não vai conseguir controlar as minhas. Eu sei o que existe dentro de você, por trás de todas essas muralhas. Vou continuar quebrando-as, pedacinho por pedacinho, até chegar lá. Mesmo que demore anos. Décadas. Eu sei que o esforço vai valer a pena. – Ela deitou sobre o peito dele, escondendo o rosto na curva do pescoço. – Nunca vou desistir de você.

Ele passou os braços ao redor dela, apertando-a tanto que ela mal conseguia respirar. Mesmo assim, Charlotte se sentiu segura naquele abraço. O coração dele batia junto à orelha dela, firme e forte, colocando-a em um transe.

Algum dia, Charlotte disse para si mesma, ela precisava aprender a fazer amor sem cair no sono logo depois.

Esse dia não seria hoje.

– Charlotte, acorde.

Ela abriu os olhos de uma vez e sentou ereta na cama. As últimas duas vezes em que ele tentou acordá-la foram um desastre. Ela não iria fazer com que Piers ficasse preocupado de novo.

– Tem fumaça aqui – ele disse. – Precisamos nos apressar.

Assim que ele a tirou da cama, passos ecoaram no corredor. Alguém estava correndo pela casa, parando apenas por tempo suficiente para bater em cada porta.

– Fogo! Fogo!

Enquanto Piers verificava o corredor para ter certeza de que era seguro sair, ela colocou o robe e o amarrou na cintura.

Eles saíram do quarto e encontraram a casa em polvorosa. Pessoas de camisola passavam apressadas por eles nas duas direções. Charlotte não viu chamas. Contudo, uma nuvem de fumaça acre tomava o corredor à direita, bloqueando o caminho para a escadaria principal.

– Por aqui – ele disse, pegando-a pelo punho e encaminhando-se à esquerda. – A escada de serviço. Vá na frente e seja rápida. Eu vou logo atrás com a sua mãe.

Ah, não. Mamãe.

Ela olhou para a fumaça preta que fluía. O quarto da mãe ficava daquele lado do corredor. Quase em frente ao de Charlotte.

Charlotte então pensou na idade da mãe, sua visão já não tão eficaz e seus nervos incontroláveis. Ela nunca conseguiria escapar sem ajuda.

Ela puxou o braço que Piers segurava e foi para a direita.

– Não. – Ele a segurou. – Desça a escada.

– Não posso. Não sem ela.

– Vá agora. Eu a carrego, se for necessário, mas não posso carregar vocês duas. Você vai acabar me distraindo.

– Mas...

Quem vai carregar você, se não aguentar?

Antes que Charlotte conseguisse reagir, Piers desapareceu no corredor fumacento. Ela ficou parada, olhando sem reação para ele por um momento. Então a nuvem de fumaça começou a envolvê-la, fazendo seus olhos arderem.

O instinto de sobrevivência de seu corpo a puxou em uma direção. Seu coração a puxou em outra.

– Charlotte?

Ela se virou na direção da voz. Delia estava parada à porta do quarto dela, tossindo. Charlotte correu para o lado da amiga, passando um braço por baixo de seu ombro.

– Apoie-se em mim. Nós vamos pela escada de serviço.

Juntas, elas se apressaram na direção da escada estreita e escura, e desceram tateando pelos degraus. Um deles estava torto e Delia tropeçou, mas Charlotte a segurou. Assim que chegaram ao pé da escada, foram cambaleando por um corredor estreito, conseguindo se manter no máximo dois passos à frente da fumaça, que as perseguia como um demônio malévolo.

Quando enfim saíram para a noite, respiraram o ar fresco e frio como água no deserto, então correram para se juntar ao grupo de familiares e criados no jardim dos fundos.

– Delia! – Lady Parkhurst correu para abraçar a filha, tirando-a do lado de Charlotte e correndo para o banco onde Frances estava sentada, trêmula.

Sir Vernon segurava uma tocha e gritava ordens para criados e cavalariços, organizando uma brigada de baldes para levar água da bomba até a fonte do incêndio. Até o jovem Edmund foi colocado na ativa para trazer baldes de couro dos estábulos.

Charlotte olhou para a casa. Estava tão escura, e os criados entrando e saindo dificultavam ainda mais a visão. A cada momento sua espera se arrastava, e seu coração subia mais pela garganta.

As duas pessoas mais importantes de seu mundo estavam no meio daquele inferno de calor e fumaça.

Se ela os perdesse...

A tensão era insuportável. Ela não conseguiu mais ficar ali, parada, e correu de volta à entrada de serviço, abrindo caminho em meio aos criados. Caso sua mãe e Piers estivessem em perigo, iria ajudá-los – ou morreria tentando.

Assim que ela chegou à entrada, sua mãe emergiu em meio à revoada de rendas brancas de sua camisola, com a touca de lado.

Charlotte correu até ela e passou os braços ao redor do pescoço da mãe, emocionada de alívio.

– Mamãe. Graças a Deus. Onde está Piers? – ela perguntou assim que tirou a mãe de perto da casa.

– Ele voltou para ajudar os homens a apagar as chamas.

Claro que sim. Sempre o herói.

Oh, Senhor. Charlotte levou as mãos à boca, segurando um soluço.

– Venha. – A mãe pôs o braço em volta dos ombros de Charlotte. Sua voz estava calma. – Sente-se comigo.

– Não posso. Eu tenho que ir ajudar o Piers.

– Ele é forte e capaz. O melhor que você pode fazer para ajudar é ficar fora de perigo. E, enquanto isso, nós vamos rezar.

Rezar? Os pensamentos de Charlotte não conseguiam ser organizados para nada a não ser para os pedidos mais desesperados e desarticulados. Algo parecido com isto: *Por favor, por favor, por favor, por favor.*

Depois de alguns minutos, ela notou que o ritmo dos homens que carregavam os baldes tinha diminuído. Um deles saiu da casa e conversou com Sir Vernon, que então foi se juntar ao grupo.

Charlotte levantou do banco. A Sra. Highwood levantou com ela, segurando sua mão.

– O fogo foi apagado – ele anunciou, fazendo um gesto com as mãos, pedindo tranquilidade. – Os homens estão um pouco chamuscados, mas ninguém ficou ferido gravemente.

A ladainha interna de Charlotte mudou no mesmo instante.

Obrigada, obrigada, obrigada, obrigada.

– As chamas foram restritas a um quarto, felizmente. A ala inteira vai precisar ser bem arejada, para que o cheiro de fumaça saia, mas não houve outros prejuízos.

– O que provocou o incêndio? – Charlotte perguntou.

– Eu gostaria de lhe fazer essa mesma pergunta, Srta. Highwood. O incêndio foi no seu quarto.

– Como?

– Pelo que parece, as chamas começaram no chão, em uma pilha de roupas perto da lareira. Então se espalhou pelo tapete até as cortinas e ao dossel da cama.

Ah, não. Ele estava querendo dizer que tudo aquilo era culpa de Charlotte?

Lady Parkhurst se virou para ela.

– Você derrubou uma vela, Charlotte? Esqueceu de proteger o fogo?

– Eu... não, acredito que não.

Por outro lado, ela tinha revirado muitas roupas enquanto procurava seu robe mais sedutor. Talvez uma meia ou camisola tivesse caído perto demais da lareira.

Sir Vernon franziu a testa.

– Você deve ter alguma noção do que aconteceu. Com certeza notou as chamas, ou não estaria aqui.

– Deixe-a em paz – Delia disse. – Ela sofreu um choque. É óbvio que Charlotte teve sorte de escapar com vida.

– Não foi sorte. – Os olhos de Frances chisparam os de Charlotte. – E ela não sabe explicar como o fogo começou, papai, porque não estava no quarto, mas nos aposentos de Lorde Granville.

Todos a encararam nesse momento. Charlotte não sabia para onde olhar. Ela puxou o robe ao redor do corpo, segurando-o bem junto ao pescoço. Pela primeira vez desde que escapou da casa, um arrepio a fez estremecer.

Delia, boa amiga que era, correu em sua defesa.

– Você deve estar enganada, Frances. A casa toda estava um alvoroço.

– Eu vi os dois deixando o quarto dele... juntos – Frances disse. – Não estou enganada, estou Srta. Highwood?

Charlotte engoliu em seco. Não adiantava negar.

– Não.

O silêncio que se seguiu foi doloroso.

– Charlotte? – Delia a encarou, magoada. – Eu pensei que nós tínhamos planos. Você disse que não queria nada com ele.

– Nós temos planos. Isso não mudou.

– Mas então por que você...

– Assassinato! – Edmund gritou. – Assassinato! Ele está tentando matá-la há semanas. Eu ouvi. *Ah, ah, ah*. Então *grrr...*

Lady Parkhurst pôs a mão sobre a boca do filho.

– Ass-ss – ele insistiu, apesar da boca coberta.

– Eu tentei avisar você – Frances disse para a irmã. – Fofoca tem sempre um fundo de verdade. Você leu sobre ela no *Tagarela*, mas não quis acreditar. Agora sabe a verdade. Charlotte estava usando você.

Charlotte se virou para Delia.

– Não é verdade, não acredite nela. Nós somos amigas. Melhores amigas.

– Amigas são honestas umas com as outras. Você mentiu para mim.

– Eu não queria mentir. Tudo começou com um mal-entendido. Eu estava tentando consertar tudo, e então...

– Eu fui tão burra. – Delia olhou para longe. – Eu deveria ter percebido. A ida às compras. Suas ausências misteriosas. Fui ao seu quarto na noite em que disse estar com enxaqueca, mas você não estava lá. Também deve ter fingido aquele caso bobo de envenenamento. Assim como as amoras e o cuspe de Satanás.

– Não, Delia, por favor. Eu sei como isso soa errado, mas me dê uma chance de explicar.

Não adiantava. Delia estava na defensiva. Talvez, algum dia, ela se dispusesse a ouvi-la e perdoá-la, mas não seria nesta noite.

– Não se preocupe, Delia – Frances disse com afetação. – A Sociedade irá puni-la. Acredito que nós já sabemos que nome o *Tagarela* vai dar para ela, agora. É bem fácil, já que rima com Charlotte.

– Bisbilhote? – Lady Parkhurst sugeriu.

– Não, outro.

Sir Vernon interveio:

– Ela quer dizer "amigalhote".

– Amigalhote? – a Sra. Highwood repetiu. – O que isso quer dizer?

– É um termo utilizado para amigos que inspiram pouca confiança. Frances suspirou.

– Sério, papai? Ninguém vai chamá-la de amigalhote.

– Bem, então o que você está sugerindo? – Lady Parkhurst perguntou.

– Marmota, imagino. Mas isso não rima.

Charlotte não conseguiu aguentar mais aquela maluquice e disse:

– Cocote!

A palavra fez toda conversa cessar.

– É o que Frances está querendo dizer. Que vão me chamar de Charlotte Cocote.

Uma mão grande pousou nas costas dela. Seu dono anunciou com a voz grave, dominante:

– Todos irão chamá-la de Sua Senhoria, Marquesa de Granville. Minha esposa.

Piers! Charlotte deu meia-volta. Lá estava ele, ainda sem camisa. O tronco sujo de fuligem, e cinzas cobriam seu cabelo. Ele cheirava como uma fogueira.

Aos olhos dela, ele nunca esteve tão perfeito.

Naquele momento, Charlotte não se importou com nada que pensassem dela. Não se importou que Frances a chamasse de todo tipo de nome vulgar.

Ela passou os braços pela cintura dele e o abraçou, segurando a respiração para poder ouvir as batidas reconfortantes do coração de Piers.

— Eu tive tanto medo — ela sussurrou.

Ele deslizou a mão pela coluna dela para cima e para baixo, acalmando-a com um murmúrio.

— Acabou, querida. Está tudo bem agora.

Frances não se abalou.

— Com certeza não pretende mesmo se casar com ela, meu lorde. Não se deixe enganar para preservar a virtude de uma mulher que não tem nenhuma. Ela e a mãe são duas alcoviteiras infelizes...

— Perdoe-me, Srta. Parkhurst — a mãe de Charlotte interveio. — Eu posso ser alcoviteira, mas Charlotte? Jamais. Não importa o quanto eu a tenha encorajado, essa garota teimosa nunca cooperou.

Sir Vernon olhou com severidade para a filha mais velha.

— Frances, procure se acalmar.

— Acalmar? Você não consegue ver o que está acontecendo? — Frances gesticulou para Charlotte. — Ela armou uma emboscada para Lorde Granville desde o começo. E agora que ele está prestes a partir, ela ficou desesperada. Aposto que causou o incêndio de propósito. Então foi até o quarto de Lorde Granville na esperança de provocar um escândalo quando o alarme fosse dado. Estou lhe dizendo, papai, ela poderia ter queimado toda a nossa casa.

— Basta! — Piers ordenou. — Devo lembrá-la, Srta. Parkhurst, que é da minha futura esposa que está falando. Não vou aceitar que a acuse de trapaças ou de não ter moral, muito menos que a calunie com a acusação de incendiária. Nosso noivado foi acordado muito antes desta noite. A licença de casamento foi pedida, os contratos foram assinados e o anúncio vai aparecer na edição de amanhã do *Times*.

— Você já publicou um anúncio de noivado? — Charlotte olhou para ele. — Sem falar comigo?

Piers nem olhou para ela.

— Ela vai embora comigo e nós nos casaremos na minha propriedade.

Charlotte não conseguia entender como aquilo tinha acontecido. Ele deve ter ficado bastante ocupado enquanto ela dormia.

— Bem — Lady Parkhurst disse, em um esforço óbvio para descontrair a voz. — Que coincidência feliz. Vamos mesmo oferecer um baile amanhã. Podemos aproveitar para comemorar essa notícia alegre.

Delia olhou para Charlotte, os olhos transbordando mágoa.

– Perdoem-me se eu não comparecer. Desejo muita felicidade ao casal.

Ela se virou e andou em direção à casa.

Charlotte deixou os braços de Piers para correr atrás da amiga.

– Espere! Delia, espere. Por favor, deixe-me explicar. As coisas que Frances disse... não são verdade, eu juro. Eu não queria outra coisa a não ser viajar pela Europa com você. Eu... eu sinto muito.

– Eu também – Delia disse. – Eu vou embora agora. Não venha atrás de mim.

– Mas...

– Não, Charlotte. Não é justo. Eu sou muito fácil de alcançar. Pelo menos me permita a dignidade de uma saída dramática. Você me deve isso.

Charlotte quis argumentar, mas sabia que não adiantaria. Então concordou, relutante. E ficou observando sua melhor amiga se afastar.

~ *Capítulo vinte e um* ~

Pela manhã, Charlotte subiu até seu quarto para pegar tudo que pudesse ser salvo. Ela ficou no meio do aposento, olhando ao redor para a fuligem e as cinzas, e soltou um suspiro baixo e pesaroso.

Poderia ter sido pior, disse para si mesma.

Graças à reação rápida dos homens, as chamas tinham se restringido à pilha de roupas na frente da lareira e à tapeçaria do dossel no pé da cama. Contudo, a fuligem e a fumaça nunca sairiam de seus vestidos e xales.

– Vou comprar tudo novo para você.

Ela se virou e viu que Piers, em silêncio, tinha se juntado a ela.

– Nós podemos ir a algumas lojas hoje – ele completou.

– Algumas das minhas roupas estão na lavanderia da mansão. E meu melhor vestido foi levado para passar. Não fiquei sem nada.

Charlotte colocou a valise sobre a cômoda chamuscada e a abriu. Ela vasculhou as gavetas à procura de tudo que pudesse ser aproveitado.

– De qualquer modo, imagino que você esteja chateada.

– Por que eu estaria chateada? – Ela examinou uma pulseira coberta de fuligem. – Não é como se eu tivesse ficado entre a vida e a morte enquanto dormia, ou minha amiga tivesse parado de falar comigo e eu quase tivesse incendiado uma casa. – Ela viu uma peliça queimada e encharcada no chão. – Por mais que eu não queira admitir, você tinha razão. Acho que eu criei mesmo uma armadilha mortal. Acredito que agora aprendi minha lição.

– Nós vamos anunciar nosso noivado esta noite, depois iremos embora imediatamente. Já providenciei tudo.

– Sim, eu lembro. Uma licença, um anúncio e tudo mais. – Ela o encarou. – O que você quis dizer com contratos assinados? Eu não assinei nenhum contrato.

– Sua mãe assinou.

– Minha mãe?

– Você ainda não tem 21 anos. Ela continua sendo sua guardiã.

Ela deixou a pulseira cair.

– Não acredito que você fez isso. Eu ainda preciso aparecer na igreja e recitar meus votos ou você já cuidou disso também?

Ele deu um passo na direção dela.

– Charlotte, você precisa compreender.

– Estou tentando. Talvez você possa me explicar como pretende me confiar suas casas e seus filhos, mas não confia em mim para assinar meu próprio contrato de casamento.

Ele abriu os braços e gesticulou para a destruição em volta.

– Olhe só para isso. Vou tirar você desta casa de loucos e levá-la para a minha casa. Onde eu sei que você vai estar em segurança.

– Você é tão impressionável quanto Edmund. – Ela meneou a cabeça. – O incêndio foi minha culpa. A flor venenosa foi um acidente. Delia fechou minha janela naquela noite. Ninguém está tentando me *assassinar*.

– Talvez sim, talvez não. Considerando que para ter certeza disso teríamos que correr o risco de você morrer, não estou interessado em arriscar. – Os olhos dele chisparam. – Não quero encontrar seu corpo sem vida no corredor.

Charlotte estremeceu, arrependida. Ela devia ser mais compreensiva, menos grosseira. Não era como se ele tivesse planejado dessa forma. Se não fosse pelo incêndio, eles não teriam sido pegos juntos. Piers não teria feito um anúncio dramático no jardim.

Mais uma vez, ela não tinha ninguém para culpar além de si mesma.

– Desculpe-me – ela disse. – Eu sei que suas intenções são boas e não quero discutir. O importante é que todos estamos em segurança e não houve prejuízos irreparáveis. – Ela só desejava poder dizer o mesmo quanto à sua amiga e à sua reputação. – Tudo neste quarto pode ser substituído.

Tudo exceto...

– Ah, não. Minha flanelinha. – Ela correu para a cabeceira da cama e empurrou para o lado as tapeçarias queimadas e molhadas do dossel, e começou a revirar travesseiros e cobertas. – Deveria estar aqui em algum lugar. Eu a deixo debaixo do meu travesseiro à noite.

Mas não estava lá. Charlotte procurou em meio à roupa de cama, mas não conseguiu encontrar.

– Onde poderia estar? Se os travesseiros não foram tocados pelo fogo, como pode ter queimado?

Piers se aproximou dela e pôs as mãos em seus braços.

– Não se preocupe. Você está exausta e emocionada. Desça para descansar que eu procuro.

– Não vou descansar. Não vou conseguir descansar até encontrar minha flanelinha.

Ela foi até o baú e começou a revirá-lo. Teria colocado o objeto em algum outro lugar? Quando essa busca não deu em nada, Charlotte correu até o armário e começou a vasculhar os bolsos de suas capas e casacos. Nada.

A exaustão e o medo que tinha passado na noite anterior começaram a se fazer sentir. Ela sentiu o peso do desespero caindo sobre seus ombros.

Não iria chorar, Charlotte disse para si mesma. Considerando o que tinha acontecido na noite anterior, ela, sua mãe, os Parkhurst, Piers e todos os outros tiveram sorte de escapar ilesos.

– Está aqui.

Charlotte se virou. Piers estava na lareira, retirando sua flanelinha de dentro da caixa de ferro forjado em que eram guardadas as peças para acender o fogo.

– Você é um anjo. – Charlotte correu para pegar a flanela, passando os dedos pela maciez familiar, reconfortante. Ela a levou até o nariz. Não cheirava a fumaça. – Como é que foi parar dentro dessa caixa, afinal?

– Isso importa?

– Acho que não. – Ela apertou o tecido junto ao peito. – Estou feliz que não tenha queimado. Mas é muito estranho. Eu sei que não a coloquei ali, mas é o lugar mais seguro em que poderia estar. Como se alguém soubesse que...

A voz dela foi sumindo. Um nó se formou na garganta dela.

Só havia uma pessoa que possuía tanto a capacidade de começar um incêndio no quarto de Charlotte quanto o conhecimento para colocar em segurança o objeto mais valioso dela.

Charlotte olhou para Piers.

– Você começou o incêndio. Você fez isso.

Piers não tentou negar. Ela precisava saber a verdade.

– Você veio até aqui enquanto eu dormia na sua cama – ela disse, arregalando os olhos enquanto observava o quarto. – Você amontoou minhas coisas no chão e colocou fogo nelas.

— Eu tive cuidado de conter o fogo. Foi mais brasa, poucas chamas. Nunca teria se espalhado além deste quarto.

— Por que você faria algo assim?

— Você é uma mulher inteligente. Não precisa que eu lhe diga.

Ela ficou encarando Piers.

— Você queria que fôssemos descobertos. Sabia que eu queria um noivado longo e decidiu me forçar.

O silêncio dele serviu de confissão.

— Canalha. — Ela apontou para a janela. — Eu fiquei aterrorizada naquele jardim, na noite passada. Sem saber se eu o veria com vida outra vez. Pedindo a Deus por você.

— Então você perdeu seu tempo. No futuro, faria melhor em guardar suas orações para outra pessoa.

— Por que você faria algo assim? Por que mentir para mim?

— Ora, Charlotte. Eu venho mentindo para você desde a noite em que nos conhecemos.

— Se está falando da sua carreira...

— É muito mais do que isso. — Ele caminhou até o lado oposto do quarto, abrindo espaço entre os dois. — Os fornicadores misteriosos, para começar. Era Parkhurst aquela noite na biblioteca.

— Lady Parkhurst? — Ela franziu a testa. — Mas... mas eu tinha pistas. Ela não se encaixa.

— Não Lady Parkhurst. Sir Vernon. Ele era o fornicador. Ainda não tenho certeza quanto à fornicadora.

— Sir Vernon? Mas não parece ser ele... Tão recatado, e sua única paixão são os esportes. Ele não parece o tipo de homem que joga a amante na escrivaninha e... rosna em cima dela.

— Ele é o motivo pelo qual estou aqui. O homem está perdendo dinheiro. Saindo misteriosamente de Londres. Uma amante ou um filho bastardo são as explicações mais prováveis, mas eu precisava excluir a chantagem.

— Então você sabia disso desde o início. Antes mesmo de se oferecer para casar comigo.

— Sim, eu desconfiava.

— Sir Vernon também sabia. O tempo todo. E nos deixou levar a culpa pela indiscrição dele.

— É assim com segredos. As pessoas fazem de tudo para esconder a verdade. Eu nunca deveria ter permitido que você tentasse investigar. Mas não imaginava que você...

— Seria boa nisso?

– Eu subestimei você. – Ele deu de ombros. – Admito.

– Não consigo acreditar. – Ela se virou. – Eu me esgueirei por janelas, montei cavalos possuídos, arriscando tudo para consertar minha reputação aos olhos de Sir Vernon, para poder viajar pela Europa com Delia. E agora você vem me dizer que Sir Vernon era o culpado, e eu fiz tudo isso por nada? – A voz dela estava carregada de raiva. – Isso não era um jogo para mim, Piers.

– Também não era um jogo para mim. Investigar as indiscrições de Sir Vernon era meu dever para com a Coroa. Este Sir vai ser indicado para um posto no exterior.

– Em que lugar do exterior?

– Austrália.

Ela levou a mão à testa.

– Austrália?

– Se um homem na posição dele fosse chantageado, os interesses da Inglaterra correriam risco. Vidas estariam em jogo.

– E assim você decidiu sacrificar a minha.

– Você está sendo dramática demais, Charlotte.

– Não muito. A noite passada me custou uma amizade e o pouco de respeito que eu tinha reconquistado. Você me traiu. Não acredito que pôde fazer algo assim.

– Não acredita? Como acha que um diplomata convence um déspota a entregar territórios? Como ele força um exército invasor a recuar?

Ela baixou o olhar para o tapete chamuscado.

– Sem lhe deixar nenhuma alternativa.

– Acertou de primeira – ele disse. – Eu fiz o que era necessário para proteger você.

– Ah, por favor. Você está protegendo a si mesmo. Não pode me dizer que tudo que fizemos... – ela gesticulou para a parede, a cama, a banheira – ...você fez por dever. Foi real demais para você, intenso demais. Cheguei perto demais do seu coração. Eu disse que o amava, e isso o matou de medo.

– Você não me ama, pois não me conhece. Se acha que isso tudo chega perto do pior que eu já fiz, está muito enganada. Você tem contado para si mesma uma historinha bonita. Convenceu a si mesma de que no fundo eu sou um homem honrado. Eu venho tentando avisá-la: se for capaz de enxergar dentro de mim, só encontrará escuridão.

– Recuso-me a acreditar nisso. Sei que existe amor dentro de você.

– Eu invadi propriedades e roubei. – Ele andou na direção dela. – Negociei segredos e promovi trocas que causaram a morte de inocentes.

Derramei sangue com minhas próprias mãos e deixei homens feridos morrerem sozinhos.

— A Inglaterra estava em guerra — ela disse. — Homens bons fazem coisas espantosas.

Pelo amor de Deus. Piers esfregou o rosto.

— Não foi na guerra, Charlotte. É quem eu sou. Eu engano todas as pessoas na minha vida desde que tinha 7 anos de idade.

— Bem, isso não quer dizer nada. Quem não conta mentiras com 7 anos?

— Não esse tipo de mentira. Eu escondi a verdade a respeito da morte da minha mãe. De todo mundo. Durante décadas.

Ela franziu a testa.

— Então não foi láudano demais?

— Ah, foi sim, láudano demais. E não foi um acidente. Ela tirou a própria vida.

— Mas... você era uma criança. Como poderia saber disso?

— Porque eu estava lá. Eu a encontrei na cama, pouco antes de ela dar o último suspiro. Eu ouvi as derradeiras palavras dela.

— Piers... — Charlotte deu um passo na direção dele.

Ele a deteve com o braço estendido. Aquilo não era um pedido de piedade, mas o contrário.

— Eu não podia deixar ninguém saber que foi suicídio. Principalmente, não meu pai. Eu era criança, mas entendia isso. Ele teria encarado o fato como uma mancha no legado da família. — Piers parou e olhou ao longe. — Então escondi a verdade. A garrafa tinha escorregado da mão dela e se espatifado no chão. Eu recolhi todos os cacos de vidro e enxuguei o chão. Carreguei tudo até o lago, fiz um pacote com uma pedra e o joguei na água para que afundasse.

Ele ainda podia ver as plantas amontoadas na borda da água, senti-las agarrando suas botas enquanto entrava no lago. Ele ouvia o canto dos pássaros. E a rã que pulou à sua frente quando jogou o pacote para o fundo das águas esverdeadas.

— Eu não contei nada disso para ninguém — ele disse. — Pretendia fingir surpresa quando ela fosse descoberta. Pensei que seria uma questão de horas. Não pensava era que meu pai pudesse demorar tanto para me dar a notícia.

— Demorar quanto?

Ele inspirou fundo.

— Meses.

– Ah, não.

– Imagino que ele acreditasse que o choque seria muito grande. Rafe era novo demais para compreender. Ele disse que ela tinha ido a um retiro médico para se tratar. A cada uma ou duas semanas me contava que ela tinha escrito uma carta. Mamãe dizia que sentia saudade dos filhos, mas que o tratamento não estava adiantando. Finalmente, ele me disse que ela tinha perecido. Eu a encontrei morrendo em maio. Só fui levado até o túmulo dela no inverno. À essa altura, eu estava escondendo minha tristeza há tanto tempo... que não teria conseguido mostrá-la nem se tentasse.

Não foi só a tristeza que ele escondeu. Foi a vergonha de ter mentido para o pai, de ter negado à mãe o luto a que ela tinha direito. A vergonha de não ter conseguido fazê-la ficar.

Uma mãe devia viver para seus filhos, não? Mas Piers não tinha dado à mãe razão suficiente para continuar.

Não posso. Não posso suportar.

Ele se distanciou das lembranças dolorosas.

– É suficiente dizer que a mentira se tornou fácil para mim desde então.

Ela o encarou com aqueles olhos azul-claros.

– Sinto muito pelo que aconteceu, Piers. Fico feliz que tenha me contado a verdade. Espero que você consiga conversar mais a respeito. Comigo, com Rafe ou com outra pessoa. Mas não vejo como isso possa desculpar o que você fez na noite passada.

– Não estou pedindo desculpas nem oferecendo qualquer explicação. Não desejo perdão. Eu fiz o que precisava ser feito.

– O que precisava ser feito? – Ela arregalou os olhos, incrédula. – Você fez aquele discurso sobre ser um homem poderoso com todas as opções ao seu dispor, e eu devo acreditar que você não teve nenhuma outra ideia além de tocar fogo nas minhas roupas de baixo no meio da noite?

Ele gesticulou para o chão queimado.

– Essas roupas tiveram o que mereciam. Elas me atacaram primeiro.

– Bom Deus. – Ela recuou um passo. – Não consigo decidir se você se tornou um completo pateta ou se está se esforçando para ser detestável.

– Diga-me você. – Ele apontou o dedo para o lado esquerdo do rosto. – Pensei que o oráculo da sobrancelha revelasse tudo.

– Sim, bem. É difícil observar sua sobrancelha quando você está com a cabeça tão enfiada no próprio traseiro!

Ele apertou o maxilar.

– Já está feito. Não há como desfazer. Vamos partir esta noite e nos casaremos em breve. Não há escolha.

– Oh, mas eu tenho uma escolha. Mesmo que as consequências tenham mudado, eu sempre tenho uma escolha. Se minhas alternativas são ruína perante a Sociedade ou um casamento sem amor, escolho a ruína. Pelo menos isso me dá a chance de encontrar a felicidade em outro lugar.

Ele espalmou as mãos.

– Não sei o que você quer que eu diga.

– Eu quero que você me diga, em termos simples, o que vou ganhar se me casar com você. Está me oferecendo amor e companheirismo? Ou uma prisão fria e decorada com elegância?

Ele suspirou fundo.

– Charlotte...

– Não me venha com esse suspiro exasperado. Você sabe que isso é importante para mim. Eu quero ouvir, da sua boca, que nosso casamento será feito de respeito mútuo, risadas e afeto. Você me faz acreditar nisso, aqui e agora, ou vou embora desta casa, sozinha. Ou deixarei que *você* vá embora sozinho. Não vamos juntos, é o que quero dizer.

Aparentemente, ele não era o único que sabia ser um negociador implacável.

– Estou esperando. – Ela cruzou os braços.

– Deixei claro desde o início que não posso lhe oferecer o que deseja.

– *Amor*, Piers. É disso que estamos falando. Eu sei que você não está acostumado, mas não consegue nem mesmo se obrigar a dizer a palavra?

– Palavras – ele bufou. – Palavras não têm nenhum significado.

– Argh! – Ela fez um movimento com as mãos como se estrangulasse o ar. – O objetivo das palavras é significar algo! Existem livros inteiros dedicados a somente listar palavras e seus significados. São chamados dicionários; talvez você já tenha visto um.

Ele lhe deu um olhar frio.

– Pode ser só uma palavra – ela disse, acalmando-se. – Mas ouvi-la teria um significado enorme para mim.

– Eu não aceito ultimatos. De ninguém. E não posso me dar ao luxo de distrações. Não faço uma declaração assim desde criança.

– Talvez você só precise de prática.

– E talvez *você* precise amadurecer.

As palavras saíram afiadas, destinadas a machucar, e Piers percebeu de imediato que atingiram o alvo.

– Não aceito, então – ela disse em voz baixa. – Já perdi minha amiga. Não tenho como recuperar minha reputação. Graças a Frances, a fofoca chegará a Londres mais rápido do que nós. Eu serei chamada de todo nome infame que existir, quer rime com Charlotte ou não.

– Ninguém se atreverá. – Pelo menos isso ele podia prometer para ela. – Não se quiserem evitar o cano da minha pistola ou a ponta da minha espada.

– Homens podem duelar à vontade. Isso se trata de rivalidade entre mulheres, Piers. Você não pode me proteger disso. A língua de uma mulher pode ser afiada como um florete. Na minha frente, as mulheres irão me ignorar. Pelas costas, vão me cortar em pedaços. – Ela levou a mão ao peito. – Eu seria capaz de aguentar tudo, se soubesse que você me amava. Se tivéssemos uma vida que fosse além de festas e procriação. Mas sem isso...

– Charlotte... – Ele sentiu o coração apertar.

– Não posso – ela disse. – Não posso suportar.

Ela saiu apressada do quarto. E em sua mente vieram todas as doces palavras dela na noite anterior... Jurando derrubar as defesas dele. Trabalhar anos, décadas, se fosse necessário, para conquistar seu coração. Porque, para ela, ele valia a pena.

Nunca vou desistir de você.

Mesmo assim, ela desistiu. E só demorou uma noite. Bastou ver como Piers realmente era, e do que era capaz, que as promessas ingênuas dela se desfizeram em fumaça. Como ele sabia que aconteceria.

Porque Charlotte, afinal, tinha enxergado a verdade. Se ela conseguisse derrubar as muralhas, encontraria dentro dele pouca coisa além de um espaço vazio e escuro. Não valia a pena. De modo nenhum.

～ Capítulo vinte e dois ～

Charlotte passou o dia em uma espécie de transe, incapaz de dormir ou ingerir qualquer coisa além de uns goles de chá.

Quando as criadas chegaram ao seu novo quarto, ela deixou que a vestissem com roupas de baixo recém-lavadas, apertassem com o espartilho e a colocassem num vestido azul de seda. Ela ficou sentada, absolutamente imóvel, enquanto arrumavam seu cabelo em uma pilha de cachos no alto da cabeça, presa com uma fita prateada.

Ela encarou o espelho. *Oh, Charlotte. Você foi tão tola.*

Desde o início ela insistiu que o casamento deles desafiava a lógica. Ninguém podia deixar de notar a imensa distância que havia entre eles em classe social, educação e experiência, para não falar das personalidades tão diferentes.

Mas, em algum momento, a união deles começou a fazer sentido – para Charlotte, pelo menos –, não importava quão implausível pudesse parecer para o mundo. Ela o desestabilizava; Piers lhe proporcionava equilíbrio. Juntos eles podiam ser mais do que eram sozinhos.

Ela tinha ousado esperar que ele sentisse o mesmo. Que também a amasse. Mesmo que dizer isso não fosse algo fácil para ele, se Piers mostrasse disposição em apoiar os sonhos dela, para esperá-la, para tratá-la como igual, provaria que era verdade.

Mas em vez de apoiá-la, ele a tinha jogado aos lobos.

Charlotte não sabia o que fazer. Delia não queria falar com ela. E embora sua mãe a tivesse apoiado na noite anterior, não podia pedir o conselho dela agora. Charlotte sabia qual seria a resposta: "É claro que você vai se casar com ele. É um marquês! Você não se importa com os meus nervos?".

Assim que a criada terminou de prender uma gargantilha com um camafeu no pescoço dela, alguém bateu de leve na porta.

– Charlotte? – Uma fresta foi aberta. – Somos nós.

Ela conhecia aquela voz. O coração dela deu um pulo e a porta correu para abrir.

Suas irmãs estavam ali, amarrotadas e empoeiradas da viagem.

Para Charlotte elas pareciam anjos.

– Oh, isso é maravilhoso! Fico muito feliz por vocês terem vindo!

Ela abraçou a irmã mais velha, então se virou para Minerva e a apertou.

– É claro que estamos aqui. – Minerva ajeitou os óculos. – Colin foi convidado para uma festa. Ele nunca deixa de comparecer.

Colin foi convidado? Deve ter sido obra de Piers. Ele tinha pedido aos Parkhurst que convidassem sua família. Para que estivessem presentes quando o noivado fosse anunciado. Muita consideração, a dele.

– Nós decidimos fazer uma viagem de família. – Diana olhou para Minerva. – Pensamos que você pudesse precisar de nós.

– É preciso. Preciso desesperadamente de vocês. – Charlotte as puxou para dentro do quarto. Elas se sentaram na cama. – Parece que eu vou ficar noiva de um marquês rico, atraente e insensível.

Diana sorriu.

– O que ele tem de errado, mesmo?

– Além de ser tudo que mamãe sempre quis, claro – Minerva acrescentou.

Charlotte fungou.

– Eu nem sei por onde começar.

Minerva pegou um biscoito na bandeja de chá que Charlotte nem tinha tocado.

– Experimente pelo começo.

Então ela começou. E contou tudo para elas. Ou melhor, quase tudo. Não disse nada a respeito do trabalho secreto de Piers, claro, e foi propositalmente vaga a respeito dos episódios que envolviam a remoção de peças de roupas. As irmãs riram quando ela contou os episódios do quarto trancado e de Lady, a Égua Demoníaca.

Quatro biscoitos e um lenço molhado de lágrimas depois, Charlotte chegou ao fim.

– E então ele me disse que eu precisava crescer.

– Ele não fez isso! – Diana disse. A exclamação de choque e consternação da irmã deram alguma satisfação a Charlotte.

– Ele é tão fechado, tão teimoso. O homem parece não saber nada de amor.

Minerva sorriu.

– Ao contrário de... você?

As irmãs mais velhas trocaram um olhar. Do tipo "ah-que-fofa".

Charlotte ficou brava.

– Eu sei que deve parecer ridículo. Ele é um nobre viajado e instruído, e eu sou jovem e inexperiente. Mas quando se trata de emoção, estou léguas à frente.

– Homens podem aprender sobre essas coisas – Minerva disse. – Mesmo os mais malcomportados, como Colin.

– E perdoe-me por dizer – Diana acrescentou –, mas você também pode ter que aprender algo. Eu tive que aprender. – Ela apertou a mão de Charlotte. – Você o ama?

– Amo. – Ela suspirou. – Mas eu já disse isso para ele, e mesmo assim Piers me traiu, criando uma situação que me obrigasse a casar.

– Bem, aí está o problema! – Minerva exclamou. – Você disse que o amava. Isso não significa que ele acreditou. O mais provável é que, de um modo desesperado, míope, incendiário, ele estivesse testando você. Seria tipicamente masculino.

– Talvez.

Se aquilo foi um teste, Charlotte foi reprovada. Ele tinha revelado seu segredo mais profundo, mais vergonhoso, e ela o recebeu com indiferença. Apesar de todas as promessas de ter paciência, de derrubar as muralhas... ela tinha desistido.

– Eu sei que ele gosta de mim. Quando Piers consegue deixar de ser ele mesmo, é tão carinhoso e passional. Mas talvez eu seja mesmo nova demais. Talvez isso tudo seja mesmo rápido demais. Se nos casarmos agora, será pelas razões erradas.

– Eu gostaria de conhecer alguém que tenha se casado pelas razões certas – Minerva disse. – Eu praticamente raptei Colin, e ele só se entregou quando já estávamos quase na Escócia.

– E existe um motivo para meus gêmeos terem nascido menos de oito meses depois que me casei com Aaron – Diana disse. – Às vezes o amor se desenvolve aos poucos. Mas não é raro que a vida apresse as coisas.

Charlotte deu um sorriso tímido, e o nó que apertava seu coração afrouxou. As irmãs dela eram o melhor remédio.

Ainda assim, ela retorceu o lenço nas mãos.

– Acho que estou com medo.

– Do quê, querida?

– De me transformar na mamãe.

Lá estava, a verdade, afinal.

– Não sou uma cientista como você, Minerva. Nem paciente como você, Diana. Se eu me casar sem amor, com pouca experiência do mundo e sem nada para ocupar meu tempo... O que vai evitar que eu me torne uma mulher cômica com um problema nos nervos?

Minerva se virou para Diana e elas trocaram outro daqueles olhares.

– Será que devemos contar para ela?

– Acho que devemos – Diana respondeu.

– Contar o quê?

– Você vai se transformar na mamãe – Minerva disse. – É inevitável. Depois que os filhos vierem, você nem mesmo terá escolha.

– É verdade. – Diana suspirou. – Todas as coisas que jurei não fazer, nunca dizer... – Ela escondeu o rosto nas mãos. – Outro dia, eu disse ao Aaron para tomar cuidado com os meus nervos.

Minerva levantou da cama e foi até sua bolsa de viagem.

– Sabe o que é ainda pior? – Ela enfiou a mão na bolsa e retirou a prova. – Eu comecei a carregar um leque.

– Oh, céus. – Charlotte riu.

Diana sorriu para a irmã.

– A verdade é que só agora compreendemos. Mamãe nos ama, e, à sua própria maneira equivocada, procurou nos garantir o melhor futuro que ela podia imaginar.

– Eu sei – Charlotte disse. – E nós também não facilitamos para ela.

– Pelo menos nós não vamos ter uma ideia tão estreita do que poderá ser o futuro das nossas filhas – Minerva disse, voltando a sentar na cama. – Colin e eu já começamos a reservar dinheiro para Ada ir para a universidade.

– Universidade? Mas não existem faculdades que aceitem mulheres.

– Ainda não. Mas temos tempo para mudar isso, não? Se for o caso, podemos até mesmo construir nossa própria universidade.

– E se Ada não quiser estudar?

– Não seja ridícula. – Minerva a encarou por cima dos óculos. – É claro que ela vai querer estudar.

Charlotte viu uma imagem de Minerva invadindo a Universidade de Oxford e exigindo uma faculdade para mulheres – com Ada vários passos atrás, encolhendo-se de vergonha.

Talvez cada geração de mulheres Highwood estivesse destinada a ser um constrangimento para suas filhas. Charlotte pensou que se acontecesse com ela, pelo menos não estaria sozinha.

– Se você não quiser se casar com o marquês, não precisa – Minerva procurou tranquilizar a irmã. – Você sempre será bem-vinda em nossa casa. Depois que a situação se normalizar e a fofoca for esquecida, você pode começar de novo, ir atrás do futuro que deseja para si mesma.

– Escândalo é como fogo – Diana acrescentou –, só queima enquanto você fornece o combustível.

– Amor também não precisa de combustível?

Será que Piers e ela conseguiriam manter esse fogo ardendo pela vida toda? Depois do ocorrido na noite anterior, e da discussão pela manhã, Charlotte não estava tão certa. Ela não era forte o bastante para ser a única a carregar o combustível. Ele teria que contribuir um pouco, também.

Mas ele tinha se recusado nessa manhã.

Diana deu um tapa de leve em seu joelho.

– Eu e Minerva precisamos nos lavar e nos vestir para a festa. Vamos deixar você sozinha para pensar.

Sir Vernon convidou Piers para encontrá-lo na biblioteca antes da festa, para um drinque. Piers aceitou, naturalmente. A ironia era irresistível. Eles voltariam à cena do crime.

– Todo aquele constrangimento no jardim ontem à noite foi muito ruim. Mas tudo deu certo no final, não é, Granville?

Ele entregou uma taça de conhaque para Piers antes de se sentar atrás da infame escrivaninha barulhenta.

– Não precisa se preocupar com qualquer escândalo – ele disse. – Minhas filhas entendem que é do interesse delas não denegrir a virtude de uma amiga próxima.

A audácia daquele homem.

Piers assumia a responsabilidade por magoar Charlotte. Mas nunca a teria magoado se Sir Vernon Parkhurst fosse o homem honesto e justo que fingia ser.

Ele tinha cometido adultério em cima daquela escrivaninha. Ele teve semanas para confessar sua indiscrição, mas até aquele momento estava permitindo que a amiga de sua filha pagasse o preço. O que causou um prejuízo, claro, inclusive para Delia.

Piers virou um gole escaldante do conhaque. Ele tinha sido enviado até ali para conseguir respostas. E estava cansado de perguntas indiretas.

Esqueça investigações e discrição. Ele iria encará-lo de frente.

– Sir Vernon, há quanto tempo é casado?

O homem franziu a testa, refletindo.

– Iremos completar 23 anos em agosto, eu creio. – Ele contou nos dedos. – Não, 24 anos. – Sir Vernon riu. – Se minha mulher perguntar, eu respondi corretamente da primeira vez. Sem hesitação.

– É claro.

– Não sou muito bom com números, mas lembro de tudo da noite em que nos conhecemos. Era um baile à fantasia. Ela foi fantasiada de gata. Com cauda presa na saia, orelhinhas pretas e pontudas. O corpete peludo.

– Ele levantou uma sobrancelha e se recostou na cadeira, colocando as botas sobre a escrivaninha. – Eu sou um caçador, Granville. Um esportista por completo. Soube naquele momento que Helena poderia ser difícil de ser caçada, mas que no fim seria minha.

Que história encantadora.

Piers se endireitou na cadeira.

– Nós somos amigos, não?

– Com toda certeza, espero que sim – Sir Vernon respondeu.

– Então espero que me permita uma pergunta pessoal. A resposta será mantida em total sigilo, é claro.

Sir Vernon levantou a taça de conhaque convidando-o a perguntar.

– Como você mesmo disse, é um esportista. Em 23 anos, nunca avistou uma presa diferente? Não se sentiu tentado a caçar?

O sorriso do anfitrião sumiu. Ele firmou os pés no chão e colocou o conhaque sobre a escrivaninha.

– Eu sei do que se trata isso, Granville. O que está perguntando na verdade.

– Ótimo. – Assim tudo ficava mais fácil.

– Nós somos homens e compreendemos um ao outro.

– Sim, acredito que sim.

– Então vamos ao cerne da questão. – Sir Vernon o encarou com seriedade. – Você está com dúvidas.

Pasmo, Piers não encontrou palavras.

– Eu... você...

– Não precisa ter vergonha, Granville. Não precisa inventar desculpas para mim. Eu senti o mesmo às vésperas das minhas núpcias. Passei uma noite sem dormir convencido de que estava cometendo um erro. Pela manhã, pensei que vomitaria nos paramentos do vigário. – Ele tamborilou os dedos no bloco de papel sobre a mesa. – Mas vou lhe dizer a verdade, com toda sinceridade. Assim que vi minha Helena entrando pelo corredor da igreja, todas as minhas dúvidas desapareceram.

– Desapareceram?

– Sumiram. – Os olhos do homem brilharam solenes, firmes. – Nunca olhei para outra mulher depois daquele dia. Bem, serei honesto. Sou homem, olhei. Mas nunca fiquei inquieto, nunca me senti tentado a caçar. Nunca pensei nisso.

Piers encarou o anfitrião.

A maioria das pessoas eram péssimas mentirosas. Fazia tempo que ele sabia distinguir verdades de mentiras, a menos que o mentiroso em questão fosse muito, muito bom.

E ele queria ir para o inferno se não acreditou, até o último fio de cabelo, que Sir Vernon Parkhurst estava dizendo a verdade. O homem era apaixonado pela esposa. O que significava que Piers poderia ter entendido tudo errado.

Não fazia sentido. O dinheiro faltante. As estranhas idas a casas pobres e estalagens do interior. O que podia estar atrás disso tudo, se não uma amante ou um filho ilegítimo?

Aparentemente, algum outro agente teria que descobrir, porque Piers estava perdido.

Sir Vernon levantou de sua cadeira e rodeou a escrivaninha para dar um tapa caloroso nas costas de Piers.

– Você vai ficar bem, Granville. Um pouco de dúvida por parte do noivo é natural. Mas não se deixe enganar. Sua preocupação não é se ela será suficiente para você, mas sim se você será suficiente para ela.

Piers pegou a taça e virou o restante do conhaque com um gole.

– Sabe, você nunca vai ser suficiente – Sir Vernon continuou, rindo. – Por alguma razão incompreensível, as mulheres insistem em nos amar mesmo assim. Às vezes penso que elas gostam ainda mais de nós por causa disso.

Com outro tapa forte nas costas de Piers, Sir Vernon saiu da biblioteca – deixando o marquês sozinho, com um copo vazio, um redemoinho de pensamentos na cabeça e o coração cheio de arrependimento.

Ele olhou para o nicho da janela. Lembrou de como manteve Charlotte junto ao peito enquanto ela ria até chorar contra a camisa dele. Lembrou de vê-la sorrir enquanto conversava com Rafe, seu irmão. Ele lembrou de como foi fazer amor com ela em uma clareira ensolarada.

Piers pensou em Uamucê, e em como estava "em uma boa posição".

Era provável que hoje ele tivesse mergulhado no fundo dessa classificação, ficando só um pouco acima dos cretinos que não tomam banho.

Quem Piers queria enganar? Estava abaixo desses também.

Maldição. Ele foi tão idiota. Mais que idiota. Estava com uma mulher linda, doce e nua em sua cama, jurando amá-lo para sempre. E no minuto em que ela adormeceu, decidiu ir brincar com fósforos. Na tentativa mais estúpida de provar que ela estava errada.

Agora – graças a Sir Vernon Parkhurst, vejam só – estava claro para Piers que ele não tinha sido apenas um idiota, mas um canalha também.

Claro que Charlotte estava errada.

Toda mulher estava errada. Elas tinham que estar, ou a humanidade teria acabado muito tempo atrás. Se elas pudessem ouvir os pensamentos mais ordinários na cabeça de um homem, a escuridão que se escondia no peito dele... nunca permitiriam que chegassem perto delas.

E era provável que fosse igual para as mulheres. Sem dúvida Charlotte possuía defeitos ou alguma insegurança que a fazia preferir engolir pregos a deixar Piers ver quais eram. Mas nada disso faria qualquer diferença na maneira como ele se sentia. Ele não a amava por ser perfeita. Ele a amava por ser Charlotte.

Santo Deus.

Ele a amava.

Ele a *amava*.

Claro que sim. Ela o compreendia. Voltava para ele, não importava quantas vezes Piers a afastava. Ela tinha encontrado um caminho até o coração dele, e se Charlotte o deixasse agora, Piers ficaria mais oco do que nunca.

Naturalmente ele só se deu conta disso depois que colocou fogo no quarto dela. E a humilhou na frente de várias pessoas. E fez com que a melhor amiga de Charlotte a rejeitasse. Foi uma pena também ter destruído os sonhos dela.

Diabos. Piers apoiou as mãos espalmadas na escrivaninha e afastou sua cadeira, colocando-se de pé. Era um homem de ação. Não iria ficar sentado ali, sem fazer nada.

Ele tinha afundado, merecidamente, ao nível do lodo no fundo do lago. De algum modo precisava abrir caminho e nadar de volta à superfície. Implorar o perdão de Charlotte, confessar seus verdadeiros sentimentos.

Não, não. Ele estava invertendo a ordem.

Primeiro, precisava admitir que possuía sentimentos. Então confessar quais eram. Convencê-la de que tornaria todos os sonhos dela realidade, implorar para que aceitasse ser sua mulher... Flores não iriam mal. Tudo isso em...

Ele consultou o relógio. Cinco horas. Mais ou menos. A tarefa não era desprezível, e o que estava em jogo não podia ser mais importante. Mesmo que ele conseguisse providenciar o cenário para um pedido de desculpas grandioso, não havia garantia de que Charlotte o aceitaria. Ele corria o perigo de perdê-la para sempre.

Piers puxou os punhos da camisa, endireitando-os. Bem, ele era um dos melhores agentes da Coroa, não?

Perigo era sua vida.

Capítulo vinte e três

Para Charlotte, a cena era familiar demais.

A orquestra aqueceu os instrumentos, a quadrilha começou... e ela viu que era, mais uma vez, invisível. Delia estava sentada no canto oposto do salão de festas, recusando-se a olhar na direção dela.

Pelo menos nesta noite ela tinha a família ao seu redor. Sua mãe conversava – ou, o que era mais provável, vangloriava-se – com Lady Parkhurst e as amigas desta. Mas Diana e Aaron, Minerva e Colin... todos faziam companhia a Charlotte.

– Vocês não precisam ficar comigo – Charlotte disse. – Vão dançar.

– Não sou muito de dançar – Aaron afirmou.

– Nem eu – Minerva disse.

Charlotte se virou para Colin, que raramente encontrava uma dança ou uma parceira de que não gostasse.

– Vou guardar minhas forças para a valsa – ele disse. – Estou ficando um velho grisalho, sabe. Com um pouco de artrite, talvez.

Os lábios dela se curvaram em um sorriso agridoce. Eles estavam evidentemente tentando consolá-la. E Charlotte os amou ainda mais por isso.

Diana se aproximou de Charlotte e pegou em seu braço, apertando-o em um gesto de apoio.

– A que horas o noivado vai ser anunciado?

– Lady Parkhurst nos pediu para esperarmos até o fim da ceia da meia-noite. Todos vão estar reunidos no mesmo lugar. Sir Vernon vai fazer um brinde.

Minerva inclinou a cabeça.

– Você decidiu o que vai...

– Não – Charlotte disse. – Ainda não.

Ela estava esperando para ver Piers, desesperada para falar com ele. Mas até aquele momento ele não tinha aparecido no salão. Dessa vez, ela não iria atrás dele.

– Se ele não se apresentar, Dawes e eu iremos desafiá-lo – Colin disse, apertando o maxilar. – Não vamos, Aaron?

Aaron cruzou os grandes braços de ferreiro à frente do peito.

– Com certeza.

– Vocês não devem fazer isso – Charlotte os aconselhou. – Lorde Granville é bom com a pistola. E o irmão dele seria o padrinho.

Colin refletiu sobre isso.

– Esse irmão é o campeão peso-pesado de boxe, por acaso?

– Ele mesmo.

– Só queria confirmar que ele não tinha, você sabe, algum outro irmão, menor, menos violento. – Colin tomou um gole de seu drinque. – Ainda assim vamos desafiá-lo, é claro.

– Com certeza – Aaron confirmou, parecendo um pouco menos certo do que estava um instante atrás.

– Nós nos garantimos. Dawes aqui é forte, e eu já estive em algumas brigas. Nós éramos os melhores milicianos de Spindle Cove, não é verdade? Bem, éramos os melhores sem contar o Bram. Ou o Thorne.

– Susanna – Minerva acrescentou. – Acredito que Susanna também era melhor do que vocês.

Colin torceu o canto da boca.

– Sim, não podemos negar isso. Mas também não somos molengas.

– Com certeza estão em uma das posições mais altas – Charlotte afirmou.

Ela sentiu um aperto no coração. Onde Piers poderia estar? Ela passou os olhos pelo salão, inclinando-se para os dois lados para espiar os casais que dançavam. A passagem de um homem alto com cabelo escuro fez com que ela desse dois passos para a esquerda.

Não era Piers. Mas algo mais chamou a atenção de Charlotte. Um toque de perfume pairando atrás dela. O perfume.

Papoula, baunilha e ládano. O aroma a transportou de volta ao nicho da janela na biblioteca, onde ela riu nos braços de Piers enquanto a escrivaninha rangia e os amantes grunhiam.

Ela se virou, tentando parecer indiferente ao procurar a origem do perfume. O caminho dela estava bloqueado por dois cavalheiros, que, cordiais, abriram caminho para ela – mas de modo enlouquecedoramente lento – fazendo com que ela perdesse segundos preciosos. Charlotte seguiu, abrindo caminho pela borda do salão, inspirando fundo com o máximo de frequência que podia sem levantar questões quanto ao estado de sua saúde.

Então o salto de seu sapato deslizou em algo, e seu pé quase escorregou. Ela se virou para o chão. Um pedaço de papel dobrado jazia nas sobras onde a parede revestida de seda adamascada encontrava o piso de tacos.

Charlotte se agachou com discrição para pegá-lo. Assim que pegou o papel, ela sentiu o cheiro. Não era uma pessoa perfumada que ela tinha detectado, mas um bilhete perfumado.

Sentiu o coração batendo alto nos ouvidos e escondeu o bilhete na mão enluvada. Ela não arriscaria abri-lo ali.

Sem parar para dar qualquer explicação, saiu do salão de festas e se dirigiu ao seu quarto no andar de cima. Trancando a porta atrás de si, ela acendeu uma luminária antes de desdobrar o papel com dedos trêmulos.

O bilhete continha um poema simples, de quatro versos, escrito com uma letra floreada. Ela o segurou perto da luz para ler.

> *Onde o amor sincero arde, o desejo é chama pura:*
> *É o reflexo da nossa terrena moldura,*
> *Tira seu sentido da parte mais nobre da criação,*
> *E traduz, apenas, a linguagem do coração.*
>
> *— S. T. Coleridge*

Um poema muito bonito, mas totalmente inútil. Sem saudação, sem assinatura. O coração dela murchou com a decepção. Ela virou o papel para o outro lado, observando-o de perto. Nada ali, também.

Então ela voltou ao poema. Decidiu ler em voz alta, bem devagar. Talvez ele tivesse algum tipo de mensagem oculta.

– Onde o amor sincero arde, o desejo é chama pura – ela leu alto. – É o reflexo da nossa terrena...

Charlotte parou e piscou. Agora ela estava vendo coisas. Podia jurar ter visto palavras dançando entre as linhas do poema.

Segurou o papel perto da luminária, bem sobre a chama. Enquanto observava, uma palavra se materializou em um espaço em branco do papel, escurecendo até ficar sépia, uma letra após a outra.

f–r–i–a

Fria.

Tinta invisível!

Havia uma mensagem escondida entre os versos do poema.

Empolgada, Charlotte remexeu na confusão de escovas de cabelo e fitas sobre sua penteadeira até encontrar a pinça de cachear. Ela a utilizou para segurar o papel sobre a chama, fazendo o calor chegar a todos os cantos, como se estivesse tostando uma fatia de pão. O aborrecimento da ação levou sua paciência ao limite, mas ela não podia arriscar que o papel pegasse fogo.

Quando finalmente aqueceu todas as partes do papel, alisou o bilhete sobre a superfície plana da mesa. A mensagem invisível apareceu:

vão se encontrar na terça-feira
para ana estudos e tricô
uma girafa a meia bordada
nessa noite fria

Girafa?

Girafa e noite fria.

Era uma mensagem misteriosa. Para que escrever essas palavras sem sentido, tolas, em tinta invisível, e ainda perfumar o bilhete?

Quem quer que fossem esses amantes misteriosos, Charlotte ficou aborrecida com os dois. Vão se encontrar na terça-feira, pois bem.

Ela esfregou os olhos e leu de novo. Então passou o papel pelo fogo mais uma vez. Nada de novo apareceu.

Talvez fosse algum tipo de código? Tentou ler de trás para frente, ler cada segunda palavra, cada terceira ou quarta letra... nenhum desses métodos resultou em uma mensagem compreensível.

Charlotte estava a ponto de amassar o bilhete e jogá-lo no fogo, revoltada, quando notou um pequeno risco sépia onde não deveria estar. Ela o tinha descartado antes como uma gota perdida de tinta invisível, mas agora notou que estava centralizada perfeitamente sob uma palavra do poema: "moldura".

Ela deslizou a ponta do dedo pelas outras linhas procurando sinais pequenos, não vistos. E encontrou mais um risco, bem debaixo da palavra "coração".

Moldura e coração.

Coração e moldura.

Seguindo um palpite, Charlotte pegou outro pedaço de papel, cortou-o do tamanho exato do bilhete, então dobrou-o ao meio e fez um corte com um canivete, removendo um pedaço do centro em formato de coração.

Então ela colocou a moldura improvisada sobre o bilhete, deslizando-a até parecer centralizada.

A moldura em forma de coração bloqueava quase toda a mensagem escrita com tinta invisível. As partes visíveis informavam:

encontrar
na estu
fa à meia
noite

— Oh, Senhor. — Ela levantou da cadeira, pulando para trás sem acreditar. — Eu... eu consegui. É isso. "Encontrar na estufa à meia-noite". — Riu em voz alta. — Eu, Charlotte Highwood, decodifiquei uma mensagem secreta, e fiz isso sozinha. Aceite, Agente Brandon.

Agora ela tinha vontade de dançar. Mas não havia tempo. Alguém esperava que um amante clandestino aparecesse na estufa à meia-noite, e Charlotte tinha ficado trabalhando nisso por muito tempo. A hora devia estar chegando.

Ela consultou o relógio na cornija da lareira.

Ah, não. Já passavam cinco minutos!

Charlotte desceu a escada correndo.

Ela se aproximou com cuidado da porta da estufa e a abriu silenciosamente, deslizando para dentro. O ar estava denso com as fragrâncias de milhares de flores. Os painéis de vidro estavam embaçados.

Uma luz fraca, trêmula, vinha de um canto distante do jardim fechado.

Uma trilha de pétalas de rosas no chão levava para dentro da estufa, depois desaparecia em uma curva cerca de três metros à frente. Perfume, poesia, pétalas de rosas...? Aquele ou aquela amante, quem quer que fosse, era romântico de verdade.

Importava mesmo quem estava no fim desta trilha? Era tarde demais para recuperar a reputação, e a verdade não mudaria seu dilema com Piers. Mas significaria muito para Charlotte recuperar sua amizade com Delia. Descobrir os amantes também ajudaria muito sua autoestima. Pelos padrões da Sociedade, ela não tinha talentos. Essa era a chance de provar que todos estavam errados.

De qualquer modo, tinha chegado até ali. O mistério a assombraria para sempre se não desse aqueles últimos passos.

Então Charlotte segurou a respiração enquanto seguia a trilha de pétalas vermelhas e aveludadas. Quando virou a esquina, seu coração ribombou dentro do peito.

A névoa perfumada da estufa se abriu para revelar uma figura alta, morena.

Lá, esperando na alcova folhosa e iluminada por velas estava...

– Piers?

Ele fez uma reverência elegante.

– Boa noite, Charlotte.

– O que você está fazendo aqui? Você também encontrou um bilhete? – Ela olhou ao redor. – Onde eles estão agora? Você os viu?

– Quem eu poderia ter visto aqui?

– Os amantes misteriosos! Ou fornicadores, ou quem quer que sejam. Eu encontrei um bilhete perfumado, codificado, no salão de festas. Demorei um século para decifrá-lo, até ser quase tarde demais, então corri para...

Enquanto falava, ela foi notando os detalhes da cena. O castiçal de metal com a vela. A garrafa de champanhe gelando no balde de prata. A cesta de piquenique.

O sorriso matreiro no rosto de Piers.

– Foi você. – Ela deu um tapa na própria testa. – Você deixou o bilhete. Para mim.

– As pétalas de rosa foram ideia de Ridley. – Ele pegou a garrafa de champanhe e espocou a rolha. – Gostou do seu trabalho investigativo?

– Você me enganou.

– Não enganei, não. Você está aqui, certo? Isso significa que não foi enganada. – Ele entregou uma taça da bebida para Charlotte e indicou com o queixo o papel na mão dela. – Para essa mensagem, adaptei o mesmo método que o General Benedict Arnold empregou para enviar informações durante a rebelião dos colonos americanos. Você a decifrou. Muito bem. – Piers ergueu a taça a ela, então bebeu o champanhe.

Sim. Ela tinha decifrado, não é mesmo?

Charlotte tomou um merecido gole.

– Viu? Eu disse que poderia ser uma espiã.

– Talvez. Mas você precisa trabalhar duro para ser bem-sucedida. Arnold foi pego, sabia? – Piers pegou um sanduíche que já estava meio comido na cesta e gesticulou com ele. – Eu trouxe comida. Temos tortas de limão.

Ela olhou para a cesta de sanduíches e doces.

– Você me enganou e começou o piquenique sem mim. Não sei qual é a pior ofensa.

– Eu não sabia quanto tempo você ia demorar para resolver o enigma.

Ela tirou o sanduíche mordido da mão dele.

– Isso resolve. Estou brava com você por duvidar de mim. – Ela deu uma mordida grande no lanche.

– Da próxima vez, vou tornar o desafio mais difícil.

Próxima vez?

Apesar da provocação, a satisfação era evidente no olhar dele. Piers estava satisfeito consigo mesmo e com Charlotte.

Mais do que isso, ele estava se divertindo. E ela também.

Charlotte imaginou os dois, um ajudando o outro, em uma misteriosa caça ao tesouro noturna pela mansão dele, com as luzes apagadas e uma cena romântica aguardando no final.

Será que eles podiam ter uma vida assim? Baseada em diversão, sedução e uma pitada de mistério? Esse pensamento aqueceu o coração dela. Mas tudo dependia de ele também sentir o mesmo.

– Eu amo você, Charlotte.

Ela quase engasgou com o pedaço de sanduíche.

– Agora? – ela protestou através de um bocado de pão e pepino fatiado. Então engoliu. – Você me diz isso agora. Não podia esperar até eu terminar meu sanduíche?

– Não. Eu planejei esperar, mas não consegui.

– Bem, espero que você pretenda dizer pelo menos mais uma vez.

– É claro que pretendo, querida.

Querida. Ela adorava quando ele a chamava assim. Com a voz aristocrática e grave dele, o adjetivo parecia composto de partes iguais de afeto e sofisticação, com um toque de perigo ao redor.

Após colocar de lado sua taça, Piers encurtou a distância entre os dois com passadas lentas e determinadas. Oh, como ele estava magnífico nesta noite. A barba bem-feita, vestindo uma casaca preta com gravata e colete brancos. Perfeito.

Ele colocou as mãos nos braços dela, acariciando-a com delicadeza.

– Você está incomparavelmente linda esta noite. Eu já disse isso?

Ela negou com a cabeça, mais empolgada do que imaginava possível.

– Eu gostaria de poder dizer, com honestidade, que me adular não vai lhe ajudar em nada.

– Não vai me ajudar, eu sei. Devo-lhe mais do que elogios. Você merece um pedido sério de desculpas.

Bem. Ela não iria contestar isso.

– Depois que você foi envenenada, eu disse para mim mesmo que deveria assumir o controle de tudo para protegê-la. Mas você tinha razão. A única pessoa que estava protegendo era eu mesmo. A ideia de perder você acabou comigo. Não havia outro pensamento na minha cabeça que não guardá-la, torná-la irremediavelmente minha. Não importava que infâmia fosse necessária.

– Como você pôde acreditar que eu o deixaria? Depois de tudo que compartilhamos? Eu disse que o amava, Piers.

– Como eu posso explicar? – Ele fez uma pausa. – Pensei que não era o bastante. Pensei que eu não era suficiente.

O quê? Aquele homem lindo, forte e leal, preocupado que não fosse suficiente? Charlotte teve vontade de rir do absurdo, mas em vez disso, uma lágrima perversa ardeu no canto do seu olho. Ela piscou para afugentá-la.

– Como você pôde pensar uma coisa dessas?

– Experiências de vida. As mães se encantam com os filhos, é o que dizem. A minha não encontrou encanto suficiente para continuar comigo. Meu primeiro noivado terminou quando minha noiva cansou de me esperar. – Ele deu de ombros. – Não tive muito sucesso convencendo as mulheres de que eu valho uma vida inteira.

Ela passou os braços pelo pescoço dele.

– Você é mais do que suficiente para mim.

– Não estou pedindo para ouvir banalidades. É difícil me entender, e mais difícil ainda me amar.

– Mas a esta altura você já deve entender como a minha cabeça funciona. Isso tudo só o torna mais tentador. Eu adoro saber que você é muito mais do que aparenta na superfície. E que, embora seja brilhante, em parte é também sombrio e convoluto. Você é um enigma que vai demorar séculos para eu resolver, mas sabe como sou teimosa. Não sou de desistir.

Ele passou os braços ao redor da cintura de Charlotte e encostou a testa na dela.

– Prometa.

– Eu prometo. – Ela fechou os olhos. – Desculpe se eu lhe dei motivo para duvidar. Nunca mais farei isso.

– Eu também nunca lhe darei motivo.

Ela levantou a cabeça.

– Sabe, você não chegou a dizer de novo.

Piers lhe deu um beijo lento e doce, com sabor de champanhe.

– Uamucê.

Ela grunhiu um protesto divertido.

– Estou brincando. Só brincando. – Ele a encarou no fundo dos olhos. – Eu amo você, Charlotte. De algum modo você entrou no meu coração, causou uma explosão e o deixou em ruínas. Não sei se consegui remontar o suficiente para amá-la como você merece. Mas juro que, enquanto eu viver, não vou parar de tentar.

– Muito melhor assim, obrigada. – Ela se embalou nos braços dele, olhando para aquele homem que pertencia a ela. – Nós vamos levar uma vida e tanto, aventurando-nos pela Europa, roubando segredos...

Ele meneou a cabeça.

– Essa é a única coisa que não posso lhe dar. Eu posso mandar você e Delia viajarem pelo continente. Vou esperar o tempo que for preciso. Mas o meu trabalho exige, no mínimo, a aparência de indiferença com minha esposa. Do contrário, é muito perigoso. Qualquer um que quisesse me atingir saberia que o caminho mais curto seria através de você.

– Compreendo – ela disse, tentando disfarçar a decepção. – Não vou reclamar se você parecer distante ou frio quando estivermos em público. Eu... eu vou agir como se estivesse trabalhando disfarçada.

– Não, querida. Não posso arriscar. É por isso que vou me demitir imediatamente.

~ *Capítulo vinte e quatro* ~

– Demitir? – Charlotte ficou consternada. Ela se soltou dos braços dele, deixando-o desolado.

– Isso – ele disse. – É necessário. O quanto antes.

– Mas você não pode renunciar. A Coroa precisa de você, e você precisa do seu trabalho. Já o vi em momentos de ação. É quando você ganha vida.

– Eu fico vivo quando estou com você. – Ele tocou o rosto dela.

– Mas o desafio, o perigo. Eu sei que você gosta.

– Oh, eu não vou desistir de nada disso. – Ele sorriu. – Amor é, de longe, a coisa mais perigosa que já senti. Casar com você vai ser como pular de um penhasco. Sinto-me tão seguro na minha capacidade de merecer você quanto na minha capacidade de voar.

– Eu acho que você pode fazer qualquer coisa, inclusive voar.

– A verdade é que... – ele começou – ... desde que você entrou na minha vida, minhas habilidades têm me falseado. Continuar no meu posto seria irresponsável. Meus instintos estão entorpecidos. Deixei passar claros sinais de perigo. Não estou mais perto de cumprir minha missão hoje do que no dia em que cheguei, e perdi completamente meu talento de enganar. – Ele observou o lindo rosto dela. – Por que parece que não consigo esconder nada de você?

– Porque você não quer esconder.

Ele franziu o cenho. O que ela disse não fazia sentido.

Charlotte já tinha destruído a compostura e as defesas dele. Talvez agora estivesse danificando seu cérebro também.

– Você não quer mentir para mim – ela insistiu. – Acho que você estava morrendo de vontade de contar seus segredos para alguém. Por algum motivo, escolheu contar para mim.

Ele olhou para o vidro embaçado por um instante, pensando nisso. Será que ela estava certa?

Talvez, alguma parte profunda, visceral, dele tivesse reconhecido de imediato a afinidade que eles tinham. Talvez Piers tivesse intuído que poderia se abrir com ela. Que se uma fenda nas muralhas ao redor do coração dele liberasse uma inundação de culpa ou melancolia... Charlotte seria leve demais para afundar, teimosa demais para se afogar.

Se fosse verdade seria tão irônico.

Ele tinha passado os últimos quinze dias quase em pânico, aterrorizado por estar perdendo seus instintos. Talvez tivesse se preocupado à toa, e seus instintos estivessem funcionando melhor do que nunca. Talvez em sua melhor forma.

– Mas eu ainda não tenho a menor ideia do que está incomodando Sir Vernon – ele disse. – Eu tinha tanta certeza de que ele estava tendo um caso, e que a amante dele tentou afugentar você com o incidente do mata-cão. Mas essa tarde me convenci de que o homem só tem olhos para a esposa.

– E nenhuma das mulheres na minha lista bate com as pistas, que nem eram consistentes. Ela tem cabelo ruivo ou moreno? Quem trouxe o café da manhã foi a empregada ou a lady que compra perfumes caros? – Ela franziu o rosto, concentrada. – É como se não pudesse ser a mesma pessoa.

Piers ficou imóvel. Alguma coisa pipocou em sua mente. Uma teoria. Depois uma lembrança. No intervalo de uma batida de coração, a conjectura se tornou conclusão.

– Charlotte. – Ele a pegou pelos ombros e a beijou com entusiasmo. – Você é brilhante!

– Como assim? Eu só disse que não poderia ser a mesma...

Ele a observava quando a mesma conclusão apareceu nos olhos dela.

– Não – ela disse. – Você não acha que...

– Tem que ser. Tudo se encaixa, não? O dinheiro, as viagens, as pistas que não batem... a razão pela qual ele não disse a verdade.

– Encaixa mesmo. – Ela bateu no peito dele. – Eu disse para você que eram amantes, não fornicadores misteriosos. Admita, eu estava certa.

– Muito bem, você estava certa.

Ela sorriu.

– Eu nunca vou deixar que você esqueça isso.

Piers não iria querer que fosse diferente. Ela precisava continuar sempre a ser a otimista, em oposição ao cinismo dele, a risada contra o silêncio, o caos na ordem dele, o calor em sua frieza. Os corações se encontrariam em algum lugar no meio desses extremos.

– Nós devemos dizer para eles que sabemos? – ela perguntou.

– De que serviria isso? – Ele olhou para a porta. – Nós vamos anunciar nosso noivado a qualquer momento. Isso é... se é que vamos. Não quero me precipitar, caso você...

– Deus do céu. – Ela pôs a mão na dele e o puxou na direção da porta. – É claro que sim. Não vamos começar com isso de novo.

Piers ficou bastante feliz de deixar essa questão para trás – e para sempre.

Eles saíram da estufa e correram de mãos dadas pelo corredor, na direção da sala de jantar. Piers assumiu a liderança, ziguezagueando pelas portas e escolhendo o caminho.

Estavam passando pelo vestíbulo da casa quando o tornozelo dele pegou em algo. Um cordão fino esticado de um lado a outro do aposento.

Ele teve a presença de espírito de soltar a mão de Charlotte no mesmo instante, para não a levar consigo. Piers caiu de ombro, com a esperança de transformar a queda infeliz em um movimento elegante de cambalhota e recuperação. Mas no momento em que atingiu o chão de tacos, foi coberto por algo que caiu de cima.

Uma rede. Pesada, feita de corda.

– Arrá! Agora eu peguei você.

Piers grunhiu baixo. Ele conhecia aquela voz.

Edmund.

Maldição. Aquele era um novo recorde negativo. Ele tinha sido capturado por um garoto de 8 anos.

Piers tentou virar o corpo para poder se livrar da rede.

– Muito bem, Edmund. Vamos conversar como cavalhe... *ai.*

Edmund cruzou os braços e se jogou de traseiro na barriga de Piers, prendendo-o.

– Seu garoto horrível. – Charlotte agarrou o braço de Edmund. – Saia de cima dele.

– Não o machuque demais – Piers disse. – Pode ser que o Ministério das Relações Exteriores ofereça um cargo a ele dentro de 10 anos.

– AS-SAS-SI-NO! AS-SAS-SI-NO! AS-SAS-SI-NO!

Delia chegou correndo.

– Edmund! O que você está fazendo? Solte Lorde Granville agora mesmo.

– Só depois que o magistrado chegar. Ele tem que ser denunciado por assassinato.

Os convidados começaram a vir da sala de jantar, atraídos pelo alarido. Os criados também. Que maravilha.

– Isso nem sequer é possível, Edmund – Charlotte disse. – Para que haja um assassinato, é preciso haver uma vítima. Ninguém morreu.

– Bem, então foi uma tentativa de homicídio – Edmund respondeu, obstinado. – Ele tentou estrangular a Srta. Highwood com uma corda. Na primeira noite, na biblioteca.

Um burburinho começou entre os presentes.

– Edmund, não seja ridículo – Delia disse. – Você deve ter se enganado.

– Não me enganei, não. Eu ouvi tudo.

– Delia, por favor, escute – Charlotte sussurrou. – Eu tentei contar para você. Na noite do baile, houve um mal-entendido.

– Primeiro – Edmund começou, satisfeito por ter uma plateia fascinada –, ouvi um rangido. Nhec-nhec-nhec. Depois... – Ele fez uma pausa, para efeito dramático. – Gritos.

O silêncio no vestíbulo era unânime. A multidão aguardava ansiosa cada palavra sórdida do menino.

– E finalmente – Edmund disse –, veio um barulho que parecia o próprio Satanás grunhindo. Assim: *Grrraaaa...*

– *Grrrraaagh.*

– Assim mesmo! – Edmundo pulou na barriga de Piers. – Estão vendo? Foi ele.

– Edmund, não foi Lorde Granville agora – Delia disse. – O barulho veio do armário.

– Armário?

Todos os presentes olharam para o armário. Uma série de sons perturbadoramente familiares emanava de trás da porta.

Bam. Bam. Bam.

Piers tentou enxergar o lado positivo. A julgar pelo ritmo frenético, pelo menos desta vez os amantes estavam a meio caminho andado.

Bam.

– Ah!

Bam.

– Humpf.

Bam-bam-bam-bam.

E enfim:

– *Grrraaaagh.*

Depois que os ruídos fizeram o favor de parar, Edmund se pôs de pé, deixando Piers livre para sair do emaranhado de cordas.

Com os punhos à frente, o garoto correu na direção do armário.

Piers o pegou pelas costas do casaco.

– Você não quer fazer isso.

– Solte-me! – ele disse, socando o ar.

– Srta. Delia – Piers disse em voz baixa –, por favor, leve seu irmão para o quarto. Agora.

– Isso – Charlotte concordou, pegando a mão livre de Delia. – Na verdade, vamos todos entrar. E logo.

– Mas o assassino! – Edmund exclamou.

Tarde demais. A porta do armário foi aberta e de dentro saiu um casal de amantes ofegantes, com o rosto corado, os cabelos desgrenhados e as roupas amarrotadas.

Charlotte tentou cobrir a visão de Edmund, mas ele desviou o rosto. Seus olhos infantis ficaram do tamanho de pires no rosto arredondado.

– Pai? – ele perguntou com a voz contida. – O qu... que você estava fazendo com a mamãe?

Minutos depois, Charlotte estava sentada na sala vazia, olhando para as mãos entrelaçadas enquanto ela e Piers esperavam que Sir Vernon e Lady Parkhurst se arrumassem.

– Eu acabei de me dar conta de algo – ela disse para Piers. – Nós nunca, jamais, poderemos contar para nossos filhos sobre como nos conhecemos.

– Vou inventar alguma história convincente – ele respondeu. – Tenho experiência nisso.

– Imagino que sim. – Charlotte olhou para o teto. – Pelo menos agora Delia acredita que eu não a traí. Ela vai voltar a falar comigo.

Ela esperava dar boas risadas com a amiga a respeito disso tudo. De preferência, acompanhadas de generosas taças de xerez. Havia tanto para contar.

– Pobrezinha – Charlotte disse. – Delia deve estar lá em cima conversando com Edmund sobre pêssegos e berinjelas.

Piers inclinou a cabeça.

– Que história é essa com berinjelas, afinal?

Antes que Charlotte pudesse explicar, Sir Vernon e Lady Parkhurst entraram na sala, fechando a porta atrás de si.

Piers levantou do sofá, esperando que Lady Parkhurst se acomodasse em uma poltrona antes de voltar a se sentar. Sempre um cavalheiro, mesmo em uma ocasião tão bizarra quanto essa.

– Nós nos conhecemos em um baile à fantasia – Lady Parkhurst disse.
– Imagino que foi quando começou.

– Eu sou um esportista – Sir Vernon acrescentou, sociável como sempre. – Não posso evitar. Eu vivo por uma caçada, uma boa perseguição.

– E eu adoro ser caçada.

– Faz o sangue correr mais rápido.

– Então nós... – Lady Parkhurst fechou os olhos – ... interpretamos papéis. Ao longo dos anos, foram ficando mais complexos. Vernon me dá uma bolsa cheia de dinheiro que eu uso para criar uma nova identidade. Nome novo, vestidos novos. Perucas, joias e até criados. Eu escrevo uma carta para ele, na voz da personagem, contando onde e quando me encontrar, e então...

– Então vocês desfrutam da companhia um do outro – Piers concluiu.

Obrigada, Charlotte respondeu em silêncio. Ela não queria saber dos detalhes.

– Às vezes é cavalheiro e meretriz – Lady Parkhurst continuou. – Ou viajantes parados em uma estalagem. Amantes tendo um caso secreto...

– Mordomo e camareira – Charlotte sugeriu.

– Isso também.

– Então foi você quem levou a bandeja de café da manhã ao meu quarto, naquele dia – Charlotte disse. – Você estava usando uniforme de criada e peruca.

– Sim – Lady Parkhurst confessou. – E sinto muito pelo mata-cão, querida. Foi um acidente. Não foi culpa minha. – Ela deu um olhar torto para o marido. – O "mordomo" fez a besteira. Ele confundiu a flor com uma íris.

– O que eu entendo de flores? Era roxa e bonita.

– A flor poderia tê-la matado, Vernon.

– Mas não matou, certo? – Sir Vernon apontou para Charlotte. – Olhe só para ela. Está muito bem agora.

Charlotte apertou a mão de Piers. Ela sentiu que ele se esforçava para não dizer algo rude.

– É verdade – Charlotte confirmou. – Estou plenamente recuperada. E sempre imaginei que fosse um erro inocente.

– Por que você não me contou a verdade na primeira noite? – Piers perguntou para Sir Vernon.

– Eu teria feito com prazer, Granville. Mas em particular, longe dos ouvidos de Edmund. Entretanto, você foi tão rápido em se oferecer para ficar com a garota que eu não tive chance. Pensei que talvez houvesse algo entre vocês. Afinal, estavam escondidos juntos atrás das cortinas.

Charlotte e Piers se entreolharam.

– É verdade, estávamos mesmo.

– E você não estava enganado, Sir Vernon. – Piers fitou Charlotte. – Havia algo entre nós desde o início.

Lady Parkhurst soltou um suspiro de alívio.

– Fico feliz que tudo tenha dado certo. Podemos contar com seu perdão?

– Podem, é claro. – Charlotte levantou e foi até Lady Parkhurst, beijando-a no rosto. – Você pode contar até com minha gratidão.

E Charlotte admitiu, para si mesma, sua admiração. Era encorajador ver um casal tão evidentemente apaixonado – e cheio de desejo – depois de tantos anos de casamento. Ela achava bonito que eles ainda encontrassem modos de surpreender um ao outro, o que lhe dava esperança para seu casamento com Piers. Quer eles casassem no dia seguinte ou dali a anos, ficarem juntos não significava que eles precisavam se acomodar.

Quanto ao choque de Edmund... Bem, há coisas piores para uma criança do que ter que encarar o fato de que seus pais se amam.

– Todo mundo retornou à sala de jantar. Devem ter perdido a fome, mas de um modo ou de outro, a ceia já teria acabado a essa altura. – Lady Parkhurst alisou o cabelo e as saias. – Considerando os eventos desta noite, talvez seja melhor pularmos o brinde de Vernon e irmos diretamente para o anúncio, não?

Piers levantou.

– Acredito que seja melhor.

Eles seguiram os anfitriões pelo corredor, mas Piers parou à entrada da sala de jantar.

– Entendo que existam duas formas de fazer isto – ele disse.

– Sim?

– Eu poderia fazer um anúncio formal da nossa intenção de nos casarmos, beijar o ar acima da sua mão e tirá-la para dançar o próximo minueto.

– Hum. Bem nobre. Qual a segunda?

Ele arqueou a sobrancelha com ar malicioso.

– Envolve uma declaração de amor passional, arrebatadora. Um beijo de tirar o fôlego. Múltiplas valsas em que eu a seguro indecorosamente perto. A contrariedade de seus cunhados, um possível desmaio por parte de sua mãe... e fofoca suficiente para ocupar as três próximas edições do *Tagarela*.

Charlotte fingiu refletir a respeito.

– Qual vai ser, meu amor? – Ele lhe ofereceu o braço. – Vamos fazer um remendo na sua péssima reputação? Ou você quer começar um escândalo?

Eles entrelaçaram os braços.

– Com você? Eu escolho o escândalo sempre.

Epílogo

Três meses depois

Eles saíram um de cima do outro, desabando sobre os travesseiros e lençóis, ofegantes e molhados de suor.

No momento, estavam saciados – mas só por um momento.

Três meses de abstinência não podiam ser compensados de uma vez.

Charlotte deitou a cabeça no peito nu do marido. Ele passou o braço musculoso ao redor dela, puxando-a para perto. Uma carícia suave no braço dela fez com que ondas de calor reconfortassem seu corpo lânguido.

Não havia outro lugar no mundo em que ela preferiria estar.

Ele olhou para o lustre.

– Como é que minha luva foi parar lá?

– Não faço ideia.

Ela observou o quarto. Havia roupas jogadas por toda parte. A camisa e o colete dele tinham sido arremessados sobre a penteadeira. As meias dela pendiam nas hastes da cama. Montes de anáguas jaziam no chão, enroscadas em calças cinza. O vestido de casamento de seda, com renda delicada e pequenas pérolas, tinha sido reduzido a uma pilha no tapete.

– Prometo que vou fazer um esforço para ser mais ordeira – ela disse.

– Mas só depois que passarmos a lua de mel bagunçando todos os quartos da sua casa.

– Primeiro, querida, a casa é *nossa*. Segundo, sinto-me obrigado a avisá-la que Oakhaven tem 46 aposentos.

– Eu aceito o desafio se você aceitar.

Ele se virou para encará-la e passou um olhar lento, cheio de desejo, pelo corpo da esposa.

– Não duvide. O trabalho é duro, mas estou disposto.

Ela riu. Os dois tinham se visto com frequência nos meses antes do casamento, que aconteceu no Natal. Eles precisaram escolher flores e cardápios, e atender as vontades extravagantes da mãe de Charlotte. Até conseguiram ir a alguns bailes e duas vezes à ópera. Contudo, nunca estiveram sem acompanhante. A não ser por um beijo roubado aqui e ali, todo o contato físico foi reduzido a mãos dadas e olhares apaixonados.

Como ela sentia falta disso – não só do prazer carnal que Piers lhe dava, mas apenas de ficar abraçada e conversar com ele na cama.

– Quem sabe nós possamos usar o banheiro da próxima vez. – Ele sentou na borda da cama e se abaixou para dar um beijo doce nos lábios dela. – Mas primeiro precisamos nos alimentar.

Quando Piers levantou da cama, Charlotte desabou de costas no colchão. Quarenta e seis quartos. Senhor. Só o tamanho do quarto em que estavam já era palaciano.

Em breve ela teria que se reconciliar com aquela mansão e com a ideia intimidadora de ser sua dona.

Contudo, nessa noite ela precisava apenas dar atenção a Piers. Seu marido. Seu amigo. Seu querido amor.

Seu fornicador habilidoso, quando preciso.

Ela o observou com um olhar possessivo, desavergonhado, enquanto Piers se afastava – adorando o modo como os músculos do traseiro e das coxas dele se contraíam e alongavam. E observou com atenção ainda mais descarada quando ele voltou, trazendo uma bandeja de prata com champanhe e petiscos.

Um suspiro escapou dela. Charlotte era mesmo uma mulher de sorte.

E, de repente, uma mulher faminta.

Ela sentou com os pés debaixo das coxas e os dois fizeram um tipo de piquenique no meio da cama. Sanduíches, bolo com cobertura e biscoitos com groselha, uma variedade de queijos e frutas. Como a cozinheira dele conseguia damascos maduros e doces em dezembro? Incrível!

– Eu quase me esqueci. – Ele disse, colocando de lado um pãozinho recheado de manteiga e presunto finíssimo. – Tenho presentes para você.

Charlotte terminou sua taça de champanhe.

– Presentes de casamento?

– De casamento, de Natal. O que você preferir.

– Fiquei interessada.

Ele se esticou para abrir a gaveta de uma mesa lateral e remexeu nela.

– Bem, primeiro, este é o presente esperado. – Com um ar descuidado, entediado, ele tirou um reluzente cordão de ouro com joias da gaveta e o estendeu para ela.

Charlotte quase teve medo de tocar na joia. Quase. Os dedos dela tremeram um pouco enquanto pegava o colar e o colocava sob a luz. Um grupo de safiras magníficas, todas maiores que suas unhas, pendiam de uma corrente cravejada de diamantes.

– Minha nossa... Piers.

Ela o colocou sobre o peito, e Piers a ajudou a prender às costas. Charlotte esticou o pescoço para ver o reflexo no espelho do outro lado do quarto. Mesmo à distância, o colar brilhava e reluzia como uma noite estrelada.

– Não sei o que dizer. É lindo.

– Fica mais lindo quando está em você. Mas, como eu disse, esse é o presente esperado.

– Eu, com certeza, não estava esperando.

– Tem mais alguns presentes, menos tradicionais.

Relutante, Charlotte arrastou o olhar de seu próprio reflexo.

– Mais?

– Está vendo a cômoda? – Ele apontou com a cabeça para um móvel castanho imenso, com flores em marchetaria, ocupando um canto inteiro do quarto.

– É difícil não ver.

– Tem catorze gavetas escondidas. E nenhuma dica. Desconfio que você vai demorar anos para encontrar.

– Rá. E eu desconfio que você só quer me fazer aprender a utilidade de gavetas.

– Quem sabe. Agora, o último. E melhor, espero. Feche os olhos e estenda as mãos.

Ela obedeceu, endireitando-se e abrindo as mãos à frente.

– Pode abrir.

Charlotte abriu os olhos e viu uma peça de bronze pendendo de um cordão de veludo.

– Uma chave? Do quê?

– De uma passagem secreta, localizada em algum lugar desta casa.

Ela soltou uma exclamação de alegria.

– Esta casa tem uma passagem secreta?

– Agora tem. Ela leva a uma sala secreta. Eu contratei uma equipe de arquitetos e construtores para fazê-la. Nem eu sei onde ela fica, então não pense que conseguirá tirar a resposta de mim.

Piers a conhecia tão bem.

E ele tinha razão, esse era o melhor presente.

Ela pegou a chave.

– Este é o presente mais perfeito que eu já ganhei. Obrigada. E este é o momento em que confesso que só tenho um presente para você, e não é nem de perto tão maravilhoso.

– Charlotte. – Ele estendeu a mão para ela, encostando-a no rosto dela. – Poucas horas atrás, você jurou ser minha mulher diante de Deus. Eu amo você de um modo tão absoluto; você já preencheu cada canto escondido do meu coração, e cada gaveta secreta e escura do meu ser. Não precisa se preocupar com presentes. Eu me considero presenteado pelo resto da minha vida.

Oh, esse homem. Como ela pôde ter pensado que ele era frio, e não romântico?

Ela sorriu e piscou para se livrar de uma lágrima boba.

– Muito bem, então. Talvez meu presente seja adequado, afinal.

Ela pulou da cama, remexeu na bagagem que os criados tinham deixado no quarto e encontrou a caixa que procurava, voltando apressada com seu presentinho.

– Aqui. – Antes que perdesse a coragem, ela o colocou nas mãos dele. – É só um retrato. De mim.

Excelente, Charlotte. Como se ele não pudesse ver o que era por si só.

– Delia pintou antes de ir embora com a família – Charlotte explicou.

– Ela retratou você muito bem.

– Acha mesmo?

Como resposta, ele colocou o retrato de lado e tomou a boca de Charlotte em um beijo apaixonado.

– Eu adorei – ele sussurrou contra os lábios dela. – Adoro você.

Piers inclinou a cabeça para beijar o pescoço e a orelha dela, envolvendo um seio com a mão e passando o polegar com delicadeza no mamilo.

– Delia escreveu que está pintando uma paisagem agora. – Charlotte prendeu a respiração quando a mão dele mergulhou entre suas coxas. – Uma vista de colinas ondulantes e bosques. Ela disse que o interior da Toscana é tão inspirador quanto os afrescos.

– Fico feliz em saber.

Ela enfiou a mão no cabelo dele enquanto Piers a deitava de costas.

– Eu já agradeci por você usar sua influência para mudar o compromisso de Sir Vernon?

– Hum-hum – ele murmurou, passando a língua pelo mamilo.

– E por prometer que iremos visitar os Parkhurst no próximo verão, parando em Paris e Viena no caminho?

– Só uma dúzia de vezes.

– É que significa tanto para... Oh!

Ele sugou o mamilo de Charlotte, provocando o bico sensível com a língua e os dentes. Quando ele o soltou, ela tinha perdido o fio da meada por completo.

Em um átimo, Piers se colocou sobre ela, afastando-lhe as coxas e passando suas pernas por cima dos ombros dele. Então a agarrou pelos quadris e a puxou na direção do rosto, abrindo os lugares mais íntimos de Charlotte para um beijo.

O movimento foi brusco, impositivo. Qualquer coisa, menos decoroso. E o modo como ele usou a língua foi diabólico.

– Piers. – Depois que ela se contorceu e exclamou por vários momentos, Charlotte puxou-o pelo cabelo, até seus olhares se encontrarem. – Você não se demitiu mesmo, demitiu?

– A verdade?

– Sempre.

Piers lhe deu um sorriso lento e malicioso.

– Espiões nunca se demitem de fato, querida. Eles só ficam adormecidos.

Com isso, ele a cobriu até a cintura e desapareceu debaixo da colcha.

Na manhã seguinte, Charlotte dormia como uma pedra.

~ *Agradecimentos* ~

Como Charlotte Highwood, eu sempre fui fascinada por mistérios.

Então agradeço à minha mãe, por ter me dado todos os seus livros antigos da investigadora Nancy Drew. Agradeço às minhas amigas e família – próxima e distante –, pelo apoio e compreensão com minhas divagações. E muita gratidão ao meu marido, que concorda que nosso amor é um mistério que não precisa ser resolvido. E apenas deixa ser.

Outro mistério persistente na minha vida é como minha editora, Tessa Woodward, continua a me aguentar... Mas sou grata a ela por isso. Sou grata também a todos que integram o time de craques da Avon Books. E todo meu apreço ao meu agente, Steve Axelrod, e a Lori e Elsie, que sempre têm todas as respostas.

Finalmente, minha gratidão (e minhas desculpas) a Jane Austen e Stephen King, por criarem duas linhas icônicas da ficção, as quais eu distorci, sem qualquer pudor, para meus próprios fins, já que não era uma noite especialmente escura nem tempestuosa.

Este livro foi composto com tipografia Electra e impresso
em papel Off-White 70 g/m² na gráfica Rede.